名家经典文库。

胡适作品精选

胡 适 著

云南出版集团

云南人民出版社

图书在版编目（CIP）数据

胡适作品精选 / 胡适著 . -- 昆明：云南人民出版
社，2021.1
　（现代名家经典文库）
ISBN 978-7-222-19828-9

Ⅰ . ①胡… Ⅱ . ①胡… Ⅲ . ①中国文学—现代文学—
作品综合集 Ⅳ . ① I216.2

中国版本图书馆 CIP 数据核字（2021）第 018044 号

项目策划：杨　森
责任编辑：韩　旭　起　源
装帧设计：何洁薇
责任校对：范晓芬
责任印制：李寒东

胡适作品精选

胡适　著

出版　　云南出版集团　云南人民出版社
发行　　云南人民出版社
社址　　昆明市环城西路 609 号
邮编　　650034
网址　　www.ynpph.con.cn
E-mail　ynrms@sina.com
开本　　710mm×1000mm　1/16
印张　　16
字数　　180 千
版次　　2021 年 1 月第 1 版第 1 次印刷
印刷　　天津盛奥传媒印务有限公司
书号　　ISBN 978-7-222-19828-9
定价　　49.80 元

如需购买图书、反馈意见，请与我社联系

总编室：0871-64109126　发行部：0871-64108507　审校部：0871-64164626　印制部：0871-64191534

云南人民出版社微信公众号

前　言

　　20世纪的中国文坛名家辈出，如群星璀璨。他们借着"诗界革命""文学革命"的推动，于"五四新文学革命"前后发轫，以白话文学为主导，以思想启蒙为目标，以现代思想观念为价值核心，奠定了至今一个多世纪的中国文学的主体形态。

　　在那样一个社会剧烈动荡、思想文化如狂飙突进的年代里，众多的文学名家展现出了无与伦比、令人惊叹的才情。说到"才"，主要指他们创作中的才华。中国白话文学创作在发端后的短短几十年时间里，诗歌、小说、散文、杂文、戏剧，几乎在每个文学领域和体裁中均有突破，均有足以传之后世的经典作品出现，而每一个领域又都涌现出了众多的代表性人物。说到"情"，文学前辈们对于国家、民族、民众的挚爱，或对于乡土、亲朋、爱人的眷恋，都通过他们的文字传神地表达出来。"才"和"情"的历史际遇性的统一，是20世纪文学历史上一个突出的特点，也是我们得以继承的宝贵的文学遗产和思想财富。

　　在人数众多的文坛名家群体里，我们选取了尤以才情著称的作家，精选他们的代表性作品编辑了"现代名家经典文库"丛书。首批选取了戴望舒、胡也频、林徽因、刘半农、庐隐、鲁彦、柔石、石评梅、苏曼殊、闻一多、萧红、徐志摩、许地山、郁达夫、郑振铎、朱湘、朱自清17位名家，此次又选取了鲁迅、胡适、周作人等多位名家。我们选取他们作为这套丛书的"主角"，不仅因为他们的过人才华在文坛上大放异彩，也因为他们每个人的经历和作品中都充满了耐人寻味的"情"的因素，使我们久久品读而不能忘怀。

这套丛书只能说是20世纪中国文学史的一个小小的侧面和缩影，因为篇幅的限制，所选取的也只能是每位名家的少量代表性作品，不免挂一漏万。同时，在保留原作品风貌的基础上，我们按照通行标准对原作的部分文字和标点符号进行了修订和统一，错漏之处敬请读者指正。

他们才华横溢，激情四射，
成为历史夜空中一颗颗璀璨的星辰；
那一个个令人久久不能忘记的名字，
让我们常常追忆那远去的才情年华……

编　者
2020年9月

胡适简介

　　胡适（1891～1962），曾用名嗣穈，字希疆，学名洪骍，后改名适，字适之，安徽绩溪人。中国著名的思想家、文学家、哲学家。

　　1910年，留学美国，入康奈尔大学，选读农科。

　　1915年，入哥伦比亚大学哲学系，师从约翰·杜威。

　　1917年，在《新青年》上发表了《文学改良刍议》。同年回国，在北京大学任教，参加编辑《新青年》。

　　1922年，任北京大学教务长及英文学系主任，创办《努力周报》，与蔡元培、李大钊、陶行知、梁漱溟等联名发表《我们的政治主张》。

　　1928年，创办《新月》月刊，任上海中国公学校长。

　　1932年，任北京大学文学院院长兼中国文学系主任，邀蒋廷黻、丁文江、傅斯年、翁文灏等创办《独立评论》。

　　1942年，旅居纽约，从事学术研究。

　　1946年，回国，任北京大学校长。

　　1949年，离开中国大陆前往美国。后至台湾。

　　1962年，因病逝于台湾。

　　胡适一生的学术活动主要在史学、文学和哲学方面，主要著作有《中国哲学史大纲》《尝试集》《白话文学史》

《胡适文存》等。晚年潜心于《水经注》的考证。他在学术上影响最大的是提倡"大胆的假设，小心的求证"的治学方法。

胡适的文章一直诉之于理性，能驾驭情感，使之蕴含于文字之中，作品的修辞也别具一格，具有浅显活泼、明白顺畅的特色。朱自清曾评价胡适说："胡先生在运动情感的笔锋，却不教情感朦胧了理智，这是难能可贵的。"

目　录

归国杂感

　　我在美国动身的时候，有许多朋友对我道："密司忒胡，你和中国别了七个足年了，这七年之中，中国已经革了三次的命，朝代也换了几个了。真个是一日千里的进步。你回去时，恐怕要不认得那七年前的老大帝国了。"我笑着对他们说道："列位不用替我担忧。我们中国正恐怕进步太快，我们留学生回去要不认得他了，所以他走上几步，又退回几步。他正在那里回头等我们回去认旧相识呢。"

　　这话并不是戏言，乃是真话。我每每劝人回国时莫存大希望：希望越大，失望越大。所以我自己回国时，并不曾怀什么大希望。果然船到了横滨，便听得张勋复辟的消息。如今在中国已住了四个月了，所见所闻，果然不出我所料。七年没见面的中国还是七年前的老相识！到上海的时候，有一天，一位朋友拉我到大舞台去看戏。我走进去坐了两点钟，出来的时候，对我的朋友说道："这个大舞台真正是中国的一个绝妙的缩本模型。你看这大舞台三个字岂不很新？外面的房屋岂不是洋房？这里面的座位和戏台上的布景装潢岂不是西洋新式？但是做戏的人都不过是赵如泉、沈韵秋、万盏灯、何家声、何金寿这些人。没有一个不是二十年前的旧古董！我十三岁到上海的时候，他们已成了老角色了。如今又隔了十三年了，却还是他们在台上撑场面。这十三年造出来的新角色都到那里去了呢？你再看那台上做的《举鼎观画》。那祖先堂上的布景，岂不很完备？只是那小薛蛟拿了那老头儿的书信，就此跨马加鞭，却忘记了台上布的景是一座祖先堂！又看那出《四进

士》。台上布景，明明有了门了，那宋士杰却还要做手势去关那没有的门！上公堂时，还要跨那没有的门槛！你看这二十年前的旧古董，在二十世纪的大舞台上做戏；装上了二十世纪的新布景，却偏要做那二十年前的旧手脚！这不是一副绝妙的中国现势图吗？"

我在上海住了十二天，在内地住了一个月，在北京住了两个月，在路上走了二十天，看了两件大进步的事：第一件是"三炮台"的纸烟，居然行到我们徽州去了；第二件是"扑克"牌居然比麻雀牌还要时髦了。"三炮台"纸烟还不算稀奇，只有那"扑克"牌何以会这样风行呢？有许多老先生向来学A、B、C、D是很不行的，如今打起"扑克"来，也会说"恩德""累死""接客倭彭"了！这些怪不好记的名词，何以会这样容易上口呢？他们学这些名词这样容易，何以学正经的A、B、C、D又那样蠢呢？我想这里面很有可以研究的道理。新思想行不到徽州，恐怕是因为新思想没有"三炮台"那样中吃罢？A、B、C、D，不容易教，恐怕是因为教的人不得其法罢？

我第一次走过四马路，就看见了三部教"扑克"的书。我心想"扑克"的书已有这许多了，那别种有用的书，自然更不少了，所以我就花了一天的工夫，专去调查上海的出版界。我是学哲学的，自然先寻哲学的书。不料这几年来，中国竟可以算得没有出过一部哲学书。找来找去，找到一部《中国哲学史》，内中王阳明占了四大页，《洪范》倒占了八页！还说了些"孔子既受天之命""与天地合德"的话。又看见一部《韩非子精华》，删去了《五蠹》和《显学》两篇，竟成了一部"韩非子糟粕"了。文学书内，只有一部王国维的《宋元戏曲史》是很好的。又看见一家书目上有翻译的莎士比亚

剧本，找来一看，原来把会话体的戏剧，都改作了《聊斋志异》体的叙事古文！又看见一部《妇女文学史》，内中苏蕙的回文诗足足占了六十页！又看见《饮冰室丛著》内有《墨学微》一书，我是喜欢看看墨家的书的人，自然心中很高兴。不料抽出来一看，原来是任公先生十四年前的旧作，不曾改了一个字！此外只有一部《中国外交史》，可算是一部好书，如今居然到了三版了。这件事还可以使人乐观。此外那些新出版的小说，看来看去，实在找不出一部可看的小说。有人对我说，如今最风行的是一部《新华春梦记》，这也可以想见中国小说界的程度了。

总而言之，上海的出版界——中国的出版界——这七年来简直没有两三部以上可看的书！不但高等学问的书一部都没有，就是要找一部轮船上、火车上消遣的书，也找不出！（后来我寻来寻去，只寻得一部吴稚晖先生的《上下古今谈》，带到芜湖路上去看。）我看了这个怪现状，真可以放声大哭。如今的中国人，肚子饿了，还有些施粥的厂把粥给他们吃。只是那些脑子叫饿的人可真没有东西吃了。难道可以把些《九尾龟》《十尾龟》来充饥吗？

中文书籍既是如此，我又去调查现在市上最通行的英文书籍。看来看去，都是些什么莎士比亚的《威匿思商》《麦克白传》，阿狄生的《文报选录》，戈司密的《威克斐牧师》，欧文的《见闻杂记》……，大概都是些十七世纪十八世纪的书。内中有几部十九世纪的书，也不过是欧文，迭更司，司各脱，麦考来几个人的书，都是和现在欧美的新思潮毫无关系的。怪不得我后来问起一位有名的英文教习，竟连Bernard Shaw的名字也不曾听见过，不要说Tchekoff和Andreyev了。我想这都是现在一班教会学堂出身的英文教习的罪过。这

些英文教习，只会用他们先生教过的课本。他们的先生又只会用他们先生的先生教过的课本。所以，现在中国学堂所用的英文书籍，大概都是教会先生的太老师或太太老师们教过的课本！怪不得和现在的思想潮流绝无关系了。

有人说，思想是一件事，文字又是一件事，学英文的人何必要读与现代新思潮有关系的书呢？这话似乎有理，其实不然。我们中国学英文，和英国、美国的小孩子学英文，是两样的。我们学西洋文字，不单是要认得几个洋字，会说几句洋话，我们的目的在于输入西洋的学术思想。所以，我以为中国学校教授西洋文字，应该用一种"一箭射双雕"的方法，把"思想"和"文字"同时并教。例如教散文，与其用欧文的《见闻杂记》或阿狄生的《文报选录》，不如用赫胥黎的《进化杂论》。又如教戏曲，与其教莎士比亚的《威匿思商》，不如用Bernard Shaw的Androcles and the Lion，或是Galsworthy的Strife或Justice。又如教长篇的文字，与其教麦考来的《约翰生行述》不如教弥尔的《群己权界论》。我写到这里，忽然想起日本东京丸善书店的英文书目。那书目上，凡是英、美两国一年前出版的新书，大概都有。我把这书目和商务书馆与伊文思书馆的书目一比较，我几乎要羞死了。

我回中国所见的怪现状，最普通的是"时间不值钱"。中国人吃了饭没有事做，不是打麻雀，便是打"扑克"。有的人走上茶馆，泡了一碗茶，便是一天了。有的人拿一只鸟儿到处逛逛，也是一天了。更可笑的是朋友去看朋友，一坐下便生了根了，再也不肯走。有事商议或是有话谈论，倒也罢了，其实并没有可议的事、可说的话。我有一天在一位朋友处有事，忽然来了两位客，是××馆的人员。我的朋友走出去会客，我因为事没有完，便在他房里等他。我以为这两位客一定

是来商议这××馆中什么要事的。不料我听得他们开口道："××先生，今回是打津浦火车来的，还是坐轮船来的？"我的朋友说是坐轮船来的。这两位客接着便说轮船怎样不便，怎样迟缓。又从轮船上谈到铁路上，从铁路上又谈到现在中交两银行的钞洋跌价。因此又谈到梁任公的财政本领，又谈到梁士诒的行踪去迹……谈了一点多钟，没有谈上一句要紧的话。后来我等的没法了，只好叫听差去请我的朋友。那两位客还不知趣，不肯就走。我不得已，只好跑了，让我的朋友去领教他们的"二梁优劣论"罢！

美国有一位大贤名弗兰克令（Benjamin Franklin）的，曾说道："时间乃是造成生命的东西。"时间不值钱，生命自然也不值钱了。上海那些拣茶叶的女工，一天拣到黑，至多不过得二百个钱，少的不过得五六十钱！茶叶店的伙计，一天做十六七点钟的工，一个月平均只拿得两三块钱！还有那些工厂的工人，更不用说了。还有那些更下等、更苦痛的工作，更不用说了。人力那样不值钱，所以卫生也不讲究，医药也不讲究。我在北京、上海看那些小店铺里和穷人家里的种种不卫生，真是一种黑暗世界。至于道路的不洁净、瘟疫的流行，更不消说了。最可怪的是无论阿猫、阿狗都可挂牌医病，医死了人，也没有人怨恨，也没有人干涉。人命的不值钱，真可算得到了极端了。

现今的人都说教育可以救种种的弊病。但是依我看来，中国的教育，不但不能救亡，简直可以亡国。我有十几年没到内地去了，这回回去，自然去看看那些学堂。学堂的课程表，看来何尝不完备？体操也有，图画也有，英文也有，那些国文，修身之类，更不用说了。但是学堂的弊病，却正在这课程完备上。例如我们家乡的小学堂，经费自然不充足了，却也要

每年花六十块钱去请一个中学堂学生兼教英文唱歌。又花二十块钱买一架风琴。我心想，这六十块一年的英文教习，能教什么英文？教的英文，在我们山里的小地方，又有什么用处？至于那音乐一科，更无道理了。请问那种学堂的音乐，还是可以增进"美感"呢，还是可以增进音乐知识呢？若果然要教音乐，为什么不去村乡里找一个会吹笛子的唱昆腔的人来教？为什么一定要用那实在不中听的二十块钱的风琴呢？那些穷人的子弟学了音乐回家，能买得起一架风琴来练习他所学的音乐知识吗？我真是莫名其妙了。所以我在内地常说："列位办学堂，尽不必问教育部规程是什么，需先问这块地方上最需要的是什么。譬如我们这里最需要的是农家常识、蚕桑常识、商业常识、卫生常识，列位却把修身教科书去教他们做圣贤！又把二十块钱的风琴去教他们学音乐！又请一位六十块钱一年的教习教他们的英文！列位且自己想想看，这样的教育，造得出怎么样的人才？所以我奉劝列位办学堂，切莫注重课程的完备，需要注意课程的实用。尽不必去巴结视学员，且去巴结那些小百姓。视学员说这个学堂好，是没有用的，需要小百姓都肯把他们的子弟送来上学，那才是教育有成效了。"

以上说的是小学堂。至于那些中学校的成绩，更可怕了。我遇见一位省立法政学堂的本科学生，谈了一会，他忽然问道："听说东文是和英文差不多的，这话可真吗？"我已经大诧异了。后来他听我说日本人总有些岛国习气，忽然问道："原来日本也在海岛上吗？"——这个固然是一个极端的例。但是如今中学堂毕业的人才，高又高不得，低又低不得，竟成了一种无能的游民。这都由于学校里所教的功课和社会上的需要毫无关涉。所以学校只管多，教育只管兴，社会上的工人，伙计，账房，警察，兵士，农夫……还只是用没有受

过教育的人。社会所需要的是做事的人才，学堂所造成的是不会做事又不肯做事的人才，这种教育不是亡国的教育吗？

我说我的《归国杂感》，提起笔来，便写三四千字。说的都是些很可以悲观的话。但是我却并不是悲观的人。我以为这二十年来中国并不是完全没有进步，不过惰性太大，向前三步又退回两步，所以到如今还是这个样子。我这回回家寻出了一部叶德辉的《翼教丛编》，读了一遍，才知道这二十年的中国实在已经有了许多大进步。不到二十年前，那些老先生们，如叶德辉、王益吾之流，出了死力去驳康有为，所以这书叫做《翼教丛编》。我们今日也痛骂康有为。但二十年前的中国，骂康有为太新；二十年后的中国却骂康有为太旧。如今康有为没有皇帝可保了，很可以做一部《翼教续编》来骂陈××了。这两部"翼教"的书的不同之处，便是中国二十年来的进步了。

（本文最初发表于1918年1月《新青年》第4卷第1号）

我对于丧礼的改革

去年北京通俗讲演所请我讲演"丧礼改良"，讲演日期定在十一月二十七日。不料到了十一月二十四日，我接到家里的电报，说我的母亲死了。我的讲演还没有开讲，就轮着我自己实行"丧礼改良"了！

我们于二十五日赶回去。将动身的时候，有两个学生来见我，他们说："我们今天过来，一则是送先生起身；二则呢，适之先生向来提倡改良礼俗，现在不幸遭大丧，我们很盼望先生能把旧礼大大的改革一番。"

我谢了他们的好意，就上车走了。

我出京之先，想到家乡印刷不便，故先把讣帖付印。讣帖如下式：

先母冯太夫人于中华民国七年十一月二十三日病殒于安徽绩溪上川本宅。敬此讣闻。

胡适谨告

这个讣帖革除了三种陋俗。一是"不孝□□等罪孽深重，不自殒灭，祸延显妣"一派的鬼话。这种鬼话含有儿子有罪连带父母的报应观念，在今日已不能成立；况且现在的人心里本不信这种野蛮的功罪见解，不过因为习惯如此，不能不用，那就是无意识的行为。二是"孤哀子□□等泣血稽颡"的套语。我们在民国礼制之下，已不"稽颡"，更不"泣血"，又何必自欺欺人呢？三是"孤哀子"后面排着那一大群的"降服子""齐衰期服孙""期""大功""小功"等等亲族，和"文泪稽首""拭泪顿首"等等有"谱"的虚文。这

现代名家经典文库

· 8 ·

一大群人为什么要在讣闻上占一个位置呢？因为这是古代宗法社会遗传下来的风俗如此。现在我们既然不承认大家族的恶风俗，自然用不着列入这许多名字了。还有那从"泣血稽颡"到"拭泪顿首"一大串的阶级，又是因为什么呢？这是儒家"亲亲之杀"的流毒。因为亲疏有等级，故在纸上写一个"哭"字也要依着分等级的"谱"。我们绝对不承认哭丧是有"谱"的，故把这些有"谱"的虚文一概删去了。

我在京时，家里电报问"应否先殓"，我复电说"先殓"。我们到家时，已殓了七日了，衣裳棺材都已办好，不能有什么更动。我们徽州的风俗，人家有丧事，家族亲眷都要送锡箔、白纸、香烛；讲究的人家还要送盘缎纸衣帽、纸箱担等件。锡箔和白纸是家家送的，太多了，烧也烧不完，往往等丧事完了，由丧家打折扣卖给店家。这种糜费，真是无道理。我到家之后，先发一个通告给各处有往来交谊的人家。通告上说：

本宅丧事拟于旧日陋俗略有所改良，倘蒙赐吊，只领香一炷或挽联之类。此外如锡箔，素纸，冥器，盘缎等物，概不敢领，请勿见赐。伏乞鉴原。

这个通告随着讣帖送去，果然发生效力，竟没有一家送那些东西来的。

和尚，道士，自然是不用的了。他们怨我，自不必说。还有几个投机的人，预算我家亲眷很多，定做冥器、盘缎的一定不少，故他们在我们村上新开一个纸扎铺，专做我家的生意。不料我把这东西都废除了，这个新纸扎铺只好关门。

我到家之后，从各位长辈亲戚处访问事实，——因为我去国日久，事实很模糊了，——做了一篇《先母行述》。我们既不"寝苫"，又不"枕块"，自然不用"苦块昏迷，语无

伦次"等等诳语了。"棘人"两字，本来不通，（《诗·桧风·素冠》一篇本不是指三年之丧的，乃是怀人的诗，故有"聊与子同归""聊与子如一"的话，素冠、素衣也不过是与《曹风》"麻衣如雪"同类的话，未必专指丧服；"棘人"两字，棘训急，训瘠，也不过是"劳人"的意思；这一首很好的相思诗，被几个腐儒解作一篇丧礼论，真是可恨！）故也不用了。我做这篇《行述》，抱定一个说老实话的宗旨，故不免得罪了许多人。但是得罪了许多人，便是我说老实话的证据。文人做死人的传记，既怕得罪死人，又怕得罪活人，故不能不说谎，说谎便是大不敬。

讣闻出去之后，便是受吊。吊时平常的规矩是：外面击鼓，里面启灵帏，主人男妇举哀，吊客去了，哀便止了。这是作伪的丑态。古人"哀至则哭"，哭岂是为吊客哭的吗？因为人家要用哭来假装"孝"，故有大户人家吊客多了，不能不出钱雇人来代哭。我是一个穷书生，哪有钱来雇人代我们哭？所以我受吊的时候，灵帏是开着的，主人在帏里答谢吊客，外面有子侄辈招待客人；"哀至即哭"，哭不必做出种种假声音，不能哭时，便不哭了，决不为吊客做出举哀的假样子。

再说祭礼。我们徽州是朱子、江慎修、戴东原、胡培翚的故乡，代代有礼学专家，故祭礼最讲究。我做小孩的时候，也不知看了多少次的大祭、小祭。祭礼很繁，每一个祭，总得要两三个钟头；祠堂里春分、冬至的大祭，要四五点钟。我少时听见秀才先生们说，他们半夜祭春分、冬至，跪着读祖宗谱，一个人一本，读"某某府君，某某孺人"，灯光又不明，天气又冷，石板的地又冰又硬，足足要跪两点钟！他们为了祭包和胙肉，不能不来鬼混念一遍。这还算是宗法社会上一种很有意味的仪节，最怪的，是人家死了人，一定要请一班秀

才先生来做"礼生",代主人做祭。祭完了,每个"礼生"可得几尺白布,一条白腰带,还可吃一桌"九碗"或"八大八小"。

大户人家,停灵日子长,天天总要热闹,故天天须有一个祭。或是自己家祭,或是亲戚家送祭。家祭是今天长子祭,明天少子祭,后天长孙祭……送祭是那些有钱的亲眷,远道不能来,故送钱来托主人代办祭菜,代请"礼生"。总而言之,哪里是祭?不过是做热闹,装面子,摆架子!——哪里是祭!

我起初想把祭礼一概废了,全改为"奠"。我的外婆七十多岁了,他眼见一个儿子两个女儿死在他生前,心里实在悲伤,所以他听见我要把祭全废了,便叫人来说,"什么事都可依你,两三个祭是不可少的"。我仔细一想,只好依他,但是祭礼是不能不改的。我改的祭礼有两种:

(一)本族公祭仪节:(族人亲自做"礼生")序立,就位,参灵,三鞠躬,三献,读祭文(祭文中列来祭的人名,故不可少)。

(二)亲戚公祭。我不要亲戚送祭。我把要来祭的亲戚邀在一块,公推主祭者一人,赞礼二人,余人陪祭,一概不请外人作"礼生"。同时一奠,不用"三献礼"。向来可分七八天的祭,改了新礼,十五分钟就完了。仪节如下:序立;主祭者就位;陪祭者分别就位;参灵,三鞠躬;读祭文;辞灵;礼成,谢奠。

我以为我这第二种祭礼,很可以供一般人的采用。祭礼的根据在于深信死人的"灵"还能受享。我们既不信死者能受享,便应该把古代供献死者饮食的祭礼,改为生人对死者表示敬意的祭礼。死者有知无知,另是一个问题。但生人对死者表

示敬意，是在情理之中的行为，正不必问死者能不能领会我们的敬意。有人说，"古礼供献酒食，也是表示敬意，也不必问死者能不能饮食"。这却有个区别。古人深信死者之灵真能享用饮食，故先有"降神"，后有"三献"，后有"侑食"，还有"望燎"，还有"举哀"，都是见神见鬼的做作，便带着古宗教的迷信，不单是表示生人的敬意了。

再论出殡。出殡的时候，"铭旌"先行，表示谁家的丧事；次是灵柩，次是主人随柩行，次是送殡者。送殡者之外，没有别样排场执事。主人不必举哀，哀至则哭，哭不必出声，主人穿麻衣，不戴帽，不执哭丧杖，不用草索束腰，但用白布腰带。为什么要穿麻衣呢？我本来想用民国服制，用乙种礼服，袖上蒙黑纱。后来因为来送殡的男人女人都穿白衣，主人不能独穿黑，只好用麻衣，束白腰带。为什么不戴帽呢？因为既不用那种俗礼的高粱孝子冠，一时寻不出相当的帽子，故不如用表示敬意的脱帽法。为什么不用杖呢？因为古人居父母的丧要自己哀毁，要做到"扶而后能起，杖而后能行"的半死样子，故不能不用杖。我们既不能做到那种半死样子，又何必拿那根杖来装门面呢？

我们是聚族而居的，人死了，该送神主入祠。俗礼先有"题主"或"点主"之法，把"神主牌"先请人写好，留着"主"字上的一点，再去请一位阔人来，求他用朱笔蘸了鸡冠血，把"主"字上一点点上。这就是"点主"。"点主"是丧事里一件最重要的事，因为他是一件最可装面子摆架子的事。你们回想当年袁世凯死后，他的儿子、孙子们请徐世昌"点主"的故事，就可晓得这事的重要了。

那时家里人来问我要请谁"点主"。我说，用不着"点主"了。为什么呢？因为古礼但有"请善书者书主"（《朱子

家礼》与《温公书仪》同）。这是恐怕自己不会写好字，故请一位写好字的写牌，是郑重其事的意思。后来的人，要借死人来摆架子，故请顶阔的人来题主。但是阔人未必会写字。也许请的是一位督军连字都不认得。所以主人家先把牌子上的字写好，单留"主"字上的一点，请"大宾"的大笔一点。如此办法，就是不识字的大帅，也会题主了！我不配借我母亲来替我摆架子，不如行古礼罢。所以我请我的老友近仁把牌位连那"主"字上的一点一齐写好。出殡之后把神主送进宗祠，就完了事。

　　未出殡之前，有人来说，他有一穴好地，葬下去可以包我做到总长。我说，我也看过一些堪舆书，但不曾见那部书上有"总长"二字，还是请他留下那块好地自己用罢。我自己出去，寻了一块坟地，就是在先父铁花先生的坟的附近。乡下的人以为我这个"外国翰林"看的风水，一定是极好的地，所以我的母亲葬下之后，不到十天，就有人抬了一口棺材，摆在我母亲坟下的田里。人来对我说，前面的棺材挡住了后面的"气"。我说，"气"是四方八面都可进来的，没有东西可挡得住，由他挡去罢。

　　以上记丧事完了。

　　再论我的丧服。我在北京接到凶电的时候，哪有仔细思想的心情？故糊糊涂涂的依着习惯做去，把缎子的皮袍脱了，换上布棉袍，布帽，帽上还换了白结子，又买了一双白鞋。时表上的链子是金的，——镀金的，——故留在北京。眼镜脚也是金的，但是来不及换了，我又不能离开眼镜，只好戴了走。里面的棉袄是绸的，但是来不及改做布的，只好穿了走，好在穿在里面，人看不见！我的马褂袖上还加了一条黑纱。这都是我临走的一天，糊糊涂涂的时候，依着习惯做的

事。到了路上，我自己回想，很觉惭愧。何以惭愧呢？因为我这时候用的丧服制度，乃是一种没有道理的大杂凑。白帽结、布袍、布帽、白鞋，是中国从前的旧礼。袖上蒙黑纱是民国元年定的新制，既蒙了黑纱，何必又穿白呢？我为什么不穿皮袍呢？为什么不敢穿绸缎呢？为什么不敢戴金色的东西呢？绸缎的衣服上蒙上黑纱，不仍旧是民国的丧服吗？金的不用了，难道用了银的就更"孝"了吗？

我问了几个"为什么"，自己竟不能回答。我心里自然想着孔子"食夫稻，衣夫锦，于汝安乎"的话，但是我又问：我为什么要听孔子的话？为什么我们现在"食稻"（吃饭）心已安了？为什么"衣锦"便不安呢？仔细想来，我还是脱不了旧风俗的无形的势力，——我还是怕人说话！

但是那时我在路上，赶路要紧，也没有心思去想这些"细事小节"。到家之后，更忙了，便也不曾想到服制上去。丧事里的丧服，上文已说过了。丧事完了之后，我仍旧是布袍、布帽、白帽结、白棉鞋，袖上蒙了一块黑纱。穿惯了，我更不觉得这种不中不西、半新半旧的丧服有什么可怪的了。习惯的势力真可怕！

今年四月底，我到上海欢迎杜威先生，过了几天，便是五月七日的上海国民大会。那一天的天气非常的热，诸位大概总还有人记得。我到公共体育场去时，身上穿着布的夹袍，布的夹裤还是绒布里子的，上面套着线缎的马褂。我要听听上海一班演说家，故挤到台前，身上已是汗流遍体。我脱下马褂，听完演说，跟着大队去游街，从西门一直走到大东门，走得我一身衣服从里衣湿透到夹袍子。我回到一家同乡店家，邀了一位同乡带我去买衣服更换。因为我从北京来，不预备久住，故不曾带得单衣服。习惯的势力还在，我自然到石路上

小衣店里去寻布衫子，羽纱马褂，布套裤之类。我们寻来寻去，寻不出合用的衣裤，因为我一身湿汗，急于要换衣服，但是布衣服不曾下水是不能穿的。我们走完一条石路，仍旧是空手。我忽然问我自己道："我为什么一定要买布的衣服？因为我有服在身，穿了绸衣，人家要说话。我为什么怕人家说我的闲话？"我问到这里，自己不能回答。我打定主意，去买绸衣服，买了一件原当的府绸长衫，一件实地纱马褂，一双纱套裤，再借了一身衬衣裤，方才把衣服换了。初换的时候，我心里还想在袖上蒙上一条黑纱。后来我又想：我为什么一定要蒙黑纱呢！因为我丧期没有完。我又想：我为什么一定要守这三年的服制呢？我既不是孔教徒，又向来不赞成儒家的丧制，为什么不敢实行短丧呢？我问到这里，又不能回答了，所以决定主意，实行短丧，袖上就不蒙黑纱了。

我从五月七日起，已不穿丧服了。前后共穿了五个月零十几天的丧服。人家问我行的是什么礼？我说是古礼。人家又问，哪一代的古礼？我说是《易传》说的太古时代"丧期无数"的古礼。我以为"丧期无数"最为有理。人情各不相同，父母的善恶各不相同，儿子的哀情和敬意也不相同。《檀弓》上说：

子夏既除丧而见，予之琴，和之不和，弹之而不成声，作而曰："哀未忘也，先王制礼而弗敢过也。"子张既除丧而见，予之琴，和之而和，弹之而成声，作而曰："先王制礼，不敢不至焉。"

这可见人对父母的哀情各不相同，子张、宰我嫌三年之丧太长了，子夏、闵子骞又嫌三年太短了。最好的办法是"丧期无数"，长的可以几年，短的可以三月，或三日，或竟无服。不但时期无定，还应该打破古代一定等差的丧服制

度。我以为服制不必限于自己的亲属：亲属值得纪念的，不妨为他纪念成服；朋友可以纪念的，也不妨为他穿服；不值得纪念的，无论在几服之内，尽可不必为他穿服。

我的母亲是我生平最敬爱的一个人，我对他的纪念，自然不止五六个月，何以我一定要实行短丧的制度呢？我的理由不止一端。

第一，我觉得三年的丧服在今日没有保存的理由。顾亭林说，"三代圣王教化之事，其仅存于今日者，惟服制而已"（《日知录》卷十五）。这话说得真正可怜！现在居丧的人，可以饮酒食肉，可以干政筹边，可以嫖赌纳妾，可以作种种"不孝"的事，却偏要苦苦保存这三年穿素的"服制"！不能实行三年之"丧"，却偏要保存三年的"丧服"！这真是孟子说的"放饭流歠而问无齿决，是之谓不知务"了！

第二，真正的纪念父母，方法很多，何必单单保存这三年服制？现行的服制，乃是古丧礼的皮毛，乃是今人装门面自欺欺人的形式，我因为不愿意用这种自欺欺人的服制来做纪念我母亲的方法，所以我决意实行短丧。我因为不承认"穿孝"就算"孝"，不承认"孝"是拿来穿在身上的，所以我决意实行短丧。

第三，现在的人居父母之丧，自称为"守制"，写自己的名字要加上一个小"制"字，请问这种制是谁人定的制？是古人遗传下来的制呢，还是现在国家法律规定的制呢？民国法律并不曾规定丧期。若说是古代遗制，则从斩衰三年到小功，总都是"制"，何以三年之丧单称为"制"呢？况且古代的遗制到了今日，应该经过一番评判的研究，看那种遗制是否可以存在，不应该因为他是古制就糊糊涂涂的服从他。我因为尊重良心的自由，不愿意盲从无意识的古制，故决意实行

短丧。

第四，现行的服制实际上有许多行不通的地方。若说素色是丧服，现在的风尚喜欢素色衣裳，素色久已不成为丧服的记号了。若说布衣是丧服，绸缎不是丧服，那么，除了丝织的材料之外，许多外国的有光的织料是否算是布衣？有光的洋货织料可以穿得，何以本国的丝织物独不可穿？蚕丝织的绸缎既不能穿，何以羊毛织的呢货又可以穿得？还有羊皮既可以穿得，何以狐皮便穿不得？银器既可以戴得，金器和镀金器何以又戴不得？——诸如此类，可以证明现在的服制全凭社会的习惯随意乱定，没有理由可说，没有标准可寻；颠倒杂乱，一无是处。经济上的困难且丢开不说，就说这心理上的麻烦不安，也很够受了。我也曾想采用一种近人情，有道理，有一贯标准的丧服，竟寻不出来，空弄得精神上受无数困难惭愧。因此，我索性主张把服丧的期限缩短，在这短丧期内，无论穿何种织料的衣服，——无论布的，绸缎的，呢的，绒的，纱的，——只要蒙上黑纱，依民国的新礼制，便算是丧服了。

以上记我实行短丧的原委和理由。

我把我自己经过的丧礼改革，详细记了出来，并不是说我所改的都是不错的，也并不敢劝国内的人都依着我这样做。我的意思，不过是想表示我个人从一次生平最痛苦的经验里面得来的一些见解，一些感想；不过想指点出现在丧礼的种种应改革的地方和将来改革的大概趋势。我现在且把我对于丧礼的一点普通见解总括写出来，做一个结论。

结论　人类社会的进化，大概分两条路子：一边是由简单的变为复杂的，如文字的增添之类；一边是由繁复的变为简易的，如礼仪的变简之类。近来的人，听得一个"由简而繁，由浑而画"的公式，以为进化的秘诀全在于此了。却不

知由简而繁固然是进化的一种，由繁而简也是进化的一条大路。即如文字因是逐渐增多，但文法却逐渐变简。拿英文和希腊拉丁文比较，便是文法变简的进化。汉文也有逐渐变简的痕迹。古代的代名词，"吾""我"有别，"尔""汝"有别，"彼""之"有别。现代变为"我""你""他""我们""你们""他们"，使主次宾次变为一律，使多数单数的变化也归一律。这不是一大进化吗？古代的字如马两岁叫做"驹"，三岁叫做"駣"，八岁叫做"䮮"；又马高六尺为"骄"，七尺为"騋"。这都是很不规则的变化，现在都变简易了。

我举这几个例，来证明由繁而简也是进化。再举礼仪的变迁，更可以证明这个道理。我们试请一位孔教会的信徒，叫他把一部《仪礼》来实行，他做得到吗？何以做不到呢？因为古人生活简单，那些一半祭司一半贵族的士大夫，很可以玩那"一献之礼宾主百拜"的把戏儿。后来生活复杂了，谁也没有工夫来干这揖让周旋的无谓繁文。因此，自古以来，礼仪一天简单一天，虽有极顽固的复古家，势不能恢复那"礼仪三百，威仪三千"的盛世规模。故社会生活变复杂了，是一进化。同时礼仪变简单了，也是一进化。由我们现在的生活，要想回到茹毛饮血，穴居野处的生活，因是不可能；但是由我们现在简单礼节，要想回到那揖让周旋宾主百拜的礼节，也是不可能。

懂得这个道理，方才可以谈礼俗改良，方才可以谈丧礼改良。

简单说来，我对于丧礼问题的意见是：

一、现在的丧礼比古礼简单多了，这是自然的趋势，不能说是退化。将来社会的生活更复杂，丧礼应该变得更简单。

二、现在丧礼的坏处，并不在不行古礼，乃在不曾把古代遗留下来的许多虚伪仪式删除干净。例如不行"寝苦枕块"的礼，并不是坏处；但自称"苦块昏迷"便是虚伪的坏处。又如古礼，儿子居丧，用种种自己刻苦的仪式，"水浆不入于口者三日，杖而后能起"，所以必须用杖。现在的人不行这种野蛮的风俗，本是一大进步，并不是一种坏处；但做"孝子"的仍旧拿着哭丧棒，这便是作伪了。

三、现在的丧礼还有一种大坏处，就是一方面虽然废去古代的繁重礼节，一方面又添上了许多迷信的、虚伪的野蛮风俗。例如地狱天堂，轮回果报等等迷信，在丧礼上便发生了和尚念经超度亡人，棺材头点"随身灯"，做法事"破地狱""破血盆湖"等等迷信的风俗。

四、现在我们讲改良丧礼，当从两方面下手。一方面应该把古丧礼遗下的种种虚伪仪式删除干净，一方面应该把后世加入的种种野蛮迷信的仪式删除干净。这两方面破坏工夫做到了，方才可以有一种近于人情，适合于现代生活状况的丧礼。

五、我们若要实行这两层破坏的工夫，应该用什么做去取的标准呢？我仔细想来，没有绝对的标准，只有一个活动的标准，就是"为什么"三个字。我们每做一件事，每行一种礼，总得问自己：我为什么要做这件事？为什么要行那种礼？（例如我上面所举"点主"一件事）能够每事要寻一个"为什么"，自然不肯行那些说不出为什么要行的种种陋俗了。凡事不问为什么要这样做，便是无意识的习惯行为。

那是下等动物的行为，是可耻的行为！

（本文作于1916年6~10月，原载《新青年》6卷1号）

文学进化观念

文学进化的观念有四层意义，每一层含有一个重要的教训。

第一层总论文学的进化：文学乃是人类生活状态的一种记载，人类生活随时代变迁，故文学也随时代变迁，故一代有一代的文学。周秦有周秦的文学，汉魏有汉魏的文学，唐有唐的文学，宋有宋的文学，元有元的文学。《三百篇》的诗人做不出《元曲选》，《元曲选》的杂剧家也做不出《三百篇》。左丘明做不出《水浒传》，施耐庵也做不出《春秋左传》。这是文学进化观念的第一层教训，最容易明白，故不用详细引证了。（古人如袁枚，焦循，多有能懂得此理的。）

文学进化观念的第二层意义是：每一类文学不是三年两载就可以发达完备的，须是从极低微的起源，慢慢的，渐渐的，进化到完全发达的地位。有时候，这种进化刚到半路上，遇着阻力，就停住不进步了。有时候因为这一类文学受种种束缚不能自由发展。故这一类文学的进化史，全是摆脱这种束缚力争自由的历史。有时候，这种文学上的羁绊居然完全毁除，于是这一类文学便可以自由发达。有时候这种文学革命只能有局部的成功，不能完全扫除一切枷锁镣铐，后来习惯成了自然，便如缠足的女子，不但不想反抗，竟以为非如此不美了！这是说各类文学进化变迁的大势。西洋的戏剧便是自由发展的进化，中国的戏剧便是只有局部自由的结果。列位试读王国维先生的《宋元戏曲史》，试看中国戏剧从古代的"歌舞"（Ballad Dance，歌舞是一事，犹言歌的舞也）一

变而为戏优；后来加入种种把戏，再变而为演故事兼滑稽的杂戏（王氏以唐、宋、辽、金之滑稽为一种独立之戏剧，与歌舞戏为二事。鄙意此似有误。王氏引各书所记诙谐各则，未必独立于歌舞戏之外。但因打诨之中有谲谏之旨，故各书特别记此诙谐之一部分而略其不足记之他部分耳。元杂剧中亦多打诨语。今之京调戏亦可随时插入讥刺时政之打诨。若有人笔记之，后世读之者亦但见林步青、夏月珊之打诨而不见其他部分，或亦有疑为单独之滑稽戏者矣）；后来由"叙事"体变成"代言"体，由遍数变为折数，由格律极严的大曲变为可以增减字句变换宫调的元曲，于是中国戏剧三变而为结构大致完成的元杂剧。但元杂剧不过是大体完具，其实还有许多缺点：（一）每本戏限于四折；（二）每折限于一宫调；（三）每折限一人唱。后来南戏把这些限制全都毁除，使一剧的长短无定，一折的宫调无定，唱者不限于一人。杂剧的限制太严，故除一二大家之外，多只能铺叙事实，不能有曲折详细的写生工夫；所写人物，往往毫无生气，所写生活与人情，往往缺乏细腻体会的工夫。后来的传奇，因为体裁更自由了，故于写生，写物，言情，各方面都大有进步。试举例为证。李渔的《蜃中楼》乃是合并《元曲选》里的《柳毅传书》同《张生煮海》两本戏做成的，但《蜃中楼》不但情节更有趣味，并且把戏中人物一一都写得有点生气，个个都有点个性的区别。如元剧中的《钱塘君》虽与布局有关，但没有着意描写；李渔于《蜃中楼》的《戏寿》一折中，写钱塘君何等痛快，何等有意味！这便是一进步。又如元剧《渔樵记》写朱买臣事，为后来南戏《烂柯山》所本，但《烂柯山》中写人情世故，远胜《渔樵记》，试读《痴梦》一折，便知两本的分别。又如昆曲《长生殿》与元曲《梧桐雨》同记一事，但两本相比，《梧桐

雨》叙事虽简洁，写情实远不如《长生殿》。以戏剧的体例看来，杂剧的文字经济实为后来所不及；但以文学上表情写生的工夫看来，杂剧实不及昆曲。如《长生殿》中《弹词》一折，虽脱胎于元人的《货郎旦》，但一经运用不同，便写出无限兴亡盛衰的感慨，成为一段很动人的文章。以上所举的三条例，——《蜃中楼》《烂柯山》《长生殿》——都可表示杂剧之变为南戏传奇，在体裁一方面虽然不如元代的谨严，但因为体裁更自由，故于写生表情一方面实在大有进步，可以算得是戏剧史的一种进化。即以传奇变为京调一事而论，据我个人看来，也可算得是一种进步。

传奇的大病在于太偏重乐曲一方面，在当日极盛时代固未尝不可供私家歌童乐部的演唱，但这种戏只可供上流人士的赏玩，不能成通俗的文学。况且剧本折数无限，大多数都是太长了，不能全演，故不能不割出每本剧中最精彩的几折，如《西厢记》的《拷红》，如《长生殿》的《闻铃》《惊变》等，其余的几折往往无人过问了。割裂之后，文人学士虽可赏玩，但普通一般社会更觉得无头无尾不能懂得。传奇雅剧既不能通行，于是各地的"土戏"纷纷兴起：徽有徽调，汉有汉调，粤有粤戏，蜀有高腔，京有京调，秦有秦腔。统观各地俗剧，约有五种公共的趋向：（一）材料虽有取材于元明以来的"雅剧"（亦有新编者），而一律改为浅近的文字；（二）音乐更简单了，从前各种复杂的曲调渐渐被淘汰完了，只剩得几种简单的调子；（三）因上两层的关系，曲中字句比较的容易懂得多了；（四）每本戏的长短，比"雅剧"更无限制，更自由了；（五）其中虽多连台的长戏，但短戏的趋向极强，故其中往往有很有剪裁的短戏，如《三娘教子》《四进士》之类。依此五种性质看来，我们很可以说，从昆曲变为近百年的"俗

戏"，可算得中国戏剧史上的一大革命。大概百年来政治上的大乱，生计上的变化，私家乐部的销减，也都与这种"俗剧"的兴起大有密切关系。后来"俗剧"中的京调受了几个有势力的人，如前清慈禧太后等的提倡，于是成为中国戏界最通行的戏剧。但此种俗剧的运动，起源全在中下级社会，与文人学士无关，故戏中字句往往十分鄙陋，梆子腔中更多极不通的文字。俗剧的内容，因为他是中下级社会的流行品，故含有此种社会的种种恶劣性，很少如《四进士》一类有意义的戏。况且编戏做戏的人大都是没有学识的人，故俗剧中所保存的戏台恶习惯最多。这都是现行俗戏的大缺点。但这种俗戏在中国戏剧史上，实在有一种革新的趋向，有一种过渡的地位，这是不可埋没的。研究文学历史的人，须认清这种改革的趋向，更须认明这种趋向在现行的俗剧中不但并不曾完全达到目的，反被种种旧戏的恶习惯所束缚，到如今弄成一种既不通俗又无意义的恶劣戏剧——以上所说中国戏剧进化小史的教训是：中国戏剧一千年来力求脱离乐曲一方面的种种束缚，但因守旧性太大，未能完全达到自由与自然的地位。中国戏剧的将来，全靠有人能知道文学进化的趋势，能用人力鼓吹，帮助中国戏剧早日脱离一切阻碍进化的恶习惯，使他渐渐自然，渐渐达到完全发达的地位。

　　文学进化的第三层意义是：一种文学的进化，每经过一个时代，往往带着前一个时代留下的许多无用的纪念品，这种纪念品在早先的幼稚时代本来是很有用的，后来渐渐的可以用不着他们了，但是因为人类守旧的惰性，故仍旧保存这些过去时代的纪念品。在社会学上，这种纪念品叫做"遗形物"（Ves-tiges or Rudiments）。如男子的乳房，形式虽存，作用已失，本可废去，总没废去，故叫做"遗形物"。即以戏剧而论，古

代戏剧的中坚部分全是乐歌，打诨科白不过是一小部分，后来元人杂剧中，科白竟占极重要的部分，如《老生儿》《陈州粜米》《杀狗劝夫》等杂剧竟有长至几千字的说白，这些戏本可以废去曲词全用科白了，但曲词终不曾废去。元明之际，已有"终曲无一曲"的杂折，如屠长卿的《昙花梦》，可见此时可以完全废曲用白了；但后来不但不如此，并且白越减少，曲词越增多，明朝以后，除了李渔之外，竟连会做好白的人都没有了。所以在中国戏剧进化史上，乐曲一部分本可以渐渐废去，但也依旧存留，遂成一种"遗形物"。此外如脸谱，嗓子，台步，武把子等等，都是这一类的"遗形物"，早就可以不用了，但相沿下来至今不改。西洋的戏剧在古代也曾经过许多幼稚的阶级，如"和歌"（Chorus）面具，"过门"，"背躬"（Aside），武场等等。但这种"遗形物"，在西洋久已成了历史上的古迹，渐渐的都淘汰完了。这些东西淘汰干净了，方才有纯粹戏剧出世。中国人的守旧性最大，保存的"遗形物"最多。皇帝虽没有了，总统出来时依旧地上铺着黄土，年年依旧祀天祭孔，这都是"遗形物"。再回到本题，现今新式舞台上有了布景，本可以免去种种开门，关门，跨门槛的做作了，但这些做作依旧存在，甚至于在一个布置完好的祖先堂里"上马加鞭"！又如武把子一项，本是古代角抵等戏的遗风，在完全成立的戏剧里本没有立足之地，一部《元曲选》里，一百本戏之中只有三四本用得着武场，而这三四本武场戏之中有《单鞭夺槊》和《气英布》两本都用一个观戏的人口述战场上的情形，不用在戏台上打仗而战争的情状都能完全写出。这种虚写法便是编戏的一大进步。不料中国戏剧家发明这种虚写法之后六七百年，戏台上依旧是打斤斗，爬杠子，舞刀耍枪的卖弄武把子，这都是"遗形物"的怪现状。这种"遗形物"不扫除干

净，中国戏剧永远没有完全革新的希望。不料现在的剧评家不懂得文学进化的道理，不知道这种过时的"遗形物"很可能阻碍戏剧的进化。又不知道这些东西于戏剧的本身全不相关，不过是历史经过的一种遗迹；居然竟有人把这些"遗形物"——脸谱、嗓子、台步、武把子、唱工、锣鼓、马鞭子、跑龙套等等——当作中国戏剧的精华！这真是缺乏文学进化观念的大害了。

文学进化观念的第四层意义是：一种文学有时进化到一个地位，便停住不进步了，直到他与别种文学相接触，有了比较，无形之中受了影响，或是有意的吸收人的长处，方才再继续有进步。此种例在世界文学史上，真是举不胜举。如英国戏剧在伊里莎白女王的时代本极发达，有蒋生（Ben Jonson）莎士比亚等的名著。后来英国人崇拜莎士比亚太甚了，被他笼罩一切，故十九世纪的英国诗与小说虽有进步，于戏剧一方面实在没有出色的著作。直到最近三十年中，受了欧洲大陆上新剧的影响，方才有萧伯纳（Bernard Shaw）、高尔华胥（John Galsworthy）等人的名著。这便是一例。中国文学向来不曾与外国高级文学相接触，所接触的都没有什么文学的势力；然而我们细看中国文学所受外国的影响，也就不少了。六朝至唐的三四百年中间，西域（中亚细亚）各国的音乐、歌舞、戏剧，输入中国的极多：如龟兹乐，如"拨头"戏（《旧唐书·音乐志》："拨头者，出西域胡人。"）却是极明显的例。再看唐宋以来的典调，如《伊州》《凉州》《熙州》《甘州》《氏州》各种曲，名目显然，可证其为西域输入的曲调。此外中国词曲中还不知道有多少外国分子呢！现在戏台上用的乐器，十分之六七是外国的乐器，最重要的是"胡琴"，更不用说了。所以我们可以说，中国戏剧的变迁，实在

带着无数外国文学美术的势力。只可惜这千余年来和中国戏剧接触的文学美术都是一些很幼稚的文学美术，故中国戏剧所受外来的好处虽然一定不少，但所受的恶劣影响也一定很多。现在中国戏剧有西洋的戏剧可作直接比较参考的材料，若能有人虚心研究，取人之长，补我之短，扫除旧日的种种"遗形物"，采用西洋最近百年来继续发达的新观念、新方法、新形式，如此方才可使中国戏剧有改良进步的希望。

（本文原载《新青年》第5卷第4号）

读 书

"读书"这个题，似乎很平常，也很容易。然而我却觉得这个题目很不好讲。据我所知，"读书"可以有三种说法。

一、要读何书。关于这个问题，《京报》副刊上已经登了许多时候的"青年必读书"；但是这个问题，殊不易解决，因为个人的见解不同，个性不同。各人所选只能代表各人的嗜好，没有多大的标准作用。所以我不讲这一类的问题。

二、读书的功用。从前有人作"读书乐"，说什么"书中自有千钟粟，书中自有黄金屋，书中自有颜如玉"，现在我们不说这些话了。要说，读书是求知识，知识就是权力。这些话都是大家会说的，所以我也不必讲。

三、读书的方法。我今天是要想根据个人所经验，同诸位谈谈读书的方法。我的第一句话是很平常的，就是说，读书有两个要素：第一要精，第二要博。

现在先说什么叫"精"。

我们小的时候读书，差不多每个小孩都有一条书签，上面写十个字，这十个字最普遍的就是"读书三到：眼到，口到，心到"。现在这种书签虽不用，三到的读书法却依然存在。不过我以为读书三到是不够的；须有四到，是："眼到，口到，心到，手到。"我就拿它来说一说。

眼到是要个个字认得，不可随便放过。这句话起初看去似乎很容易，其实很不容易。读中国书时，每个字的一笔一画都不放过。近人费许多功夫在校勘学上，都因古人忽略一笔一画而已。读外国书要把ABCD……字母弄得清清楚楚，所以说这是

很难的。如有人翻译英文，把port看作pork，把oats看作oaks，于是葡萄酒一变而为猪肉，小草变成了大树。说起来这种例子很多，这都是眼睛不精细的结果。书是文字做成的，不肯仔细认字，就不必读书。眼到对于读书的关系很大，一时眼不到，贻害很大，并且眼到能养成好习惯，养成不苟且的人格。

口到是一句一句要念出来。前人说口到是要念到烂熟背得出来。我们现在虽不提倡背书，但有几类的书，仍旧有熟读的必要；如心爱的诗歌，如精彩的文章，熟读多些，于自己的作品上也有良好的影响。读此外的书，虽不须念熟，也要一句一句念出来，中国书如此，外国书更要如此。念书的功用能使我们格外明了每一句的构造，句中各部分的关系。往往一遍念不通，要念两遍以上，方才能明白的。读好的小说尚且要如此，何况读关于思想学问的书呢？

心到是每章、每句、每字意义如何？何以如是？这样用心考究。但是用心不是叫人枯坐冥想，是要靠外面的设备及思想的方法的帮助。要做到这一点，须要有几个条件。

一、字典，辞典，参考书等等工具要完备。这几样工具虽不能办到，也当到图书馆去看。我个人的意见是奉劝大家，当衣服，卖田地，至少要置备一点好的工具。比如买一本韦氏大字典，胜于请几个先生。这种先生终身跟着你，终身享受不尽。

二、要做文法上的分析。用文法的知识，作文法上的分析，要懂得文法构造，方才懂得它的意义。

三、有时要比较参考，有时要融会贯通，方能了解。不可单看字面。一个字往往有许多意义，读书者容易上当。例如turn这字：作外动字解有十五解，作内动字解有十三解，作名词解有二十六解，共五十四解，而成语不算。

又如Strike：作外动字解有三十一解，作内动字解有十六

解，作名词解有十八解，共六十五解。

又如go字最容易了，然而这个字：作内动字解有二十二解，作外动字解有三解，作名词解有九解，共三十四解。

以上是英文字须要加以考究的例。英文字典是完备的，但是某一字在某一句究竟用第几个意义呢？这就非比较上下文，或贯串全篇，不能懂了。

中文较英文更难，现在举几个例。

祭文中第一句"维某年月日"之"维"字，究作何解？字典上说它是虚字。《诗经》里"维"字有二百多，必须细细比较研究，然后知道这个字有种种意义。

又《诗经》之"于"字，"之子于归""凤凰于飞"等句，"于"字究作何解？非仔细考究是不懂的。又"言"字人人知道，但在《诗经》中就发生问题，必须比较，然后知"言"字为连接字。诸如此例甚多。中国古书很难读，古字典又不适用，非是用比较归纳的研究方法，我们如何懂得呢？

总之，读书要会疑，忽略过去，不会有问题，便没有进益。

宋儒张载说："读书先要会疑。于不疑处有疑，方是进矣。"他又说："在可疑而不疑者，不曾学。学则须疑。"又说："学贵心悟，守旧无功。"

宋儒程颐说："学原于思。"

这样看起来，读书要求心到；不要怕疑难，只怕没有疑难。工具要完备，思想要精密，就不怕疑难了。

现在要说手到。手到就是要劳动劳动你的贵手。读书单靠眼到，口到，心到，还不够的；必须还得自己动动手，才有所得。例如：

一、标点分段，是要动手的。

二、翻查字典及参考书，是要动手的。

三、做读书札记，是要动手的。札记又可分四类。

（1）抄录备忘。

（2）作提要，节要。

（3）自己记录心得。张载说："心中苟有所开，即便札记。不则还塞之矣。"

（4）参考诸书，融会贯通，作有系统的著作。

手到的功用。我常说：发表是吸收知识和思想的绝妙方法。吸收进来的知识思想，无论是看书来的，或是听讲来的，都只是模糊零碎，都算不得我们自己的东西。自己必须做一番手脚，或做提要，或做说明，或做讨论，自己重新组织过，申叙过，用自己的语言记述过，——那种知识思想方才可算是你自己的了。

我可以举一个例。你也会说"进化"，他也会谈"进化"，但你对于"进化"这个观念的见解未必是很正确的，未必是很清楚的；也许只是一种"道听途说"，也许只是一种时髦的口号。这种知识算不得知识，更算不得是"你的"知识。假如你听了我的话，不服气，今晚回去就去遍翻各种书籍，仔细研究进化论的科学上的根据；假使你翻了几天书之后，发愤动手，把你研究所得写成一篇读书札记；假使你真动手写了这么一篇"我为什么相信进化论"的札记，列举了：（一）生物学上的证据；（二）比较解剖学上的证据；（三）比较胚胎学上的证据；（四）地质学和古生物学上的证据；（五）考古学上的证据；（六）社会学和人类学上的证据。

到这个时候，你所有关于"进化论"的知识，经过了一番组织安排，经过了自己的去取叙述，这时候这些知识方才可算是你自己的了。所以我说，发表是吸收的利器；又可以

说，手到是心到的法门。

至于动手标点，动手翻字典，动手查书，都是极要紧的读书秘诀，诸位千万不要轻轻放过。内中自己动手翻书一项尤为要紧。我记得前几年我曾劝顾颉刚先生标点姚际恒的《古今伪书考》。当初我知道他的生活困难，希望他标点一部书付印，卖几个钱。那部书是很薄的一本，我以为他一两个星期就可以标点完了。那知顾先生一去半年，还不曾交卷。原来他于每条引的书，都去翻查原书，仔细校对，注明出处，注明原书卷第，注明删节之处。他动手半年之后，来对我说，《古今伪书考》不必付印了，他现在要编辑一部疑古的丛书，叫做《辨伪丛刊》。我很赞成他这个计划，让他去动手。他动手了一两年之后，更进步了，又超过那《辨伪丛刊》的计划了，他要自己创作了。他前年以来，对于中国古史，做了许多辨伪的文字；他眼前的成绩早已超过崔述了，更不要说姚际恒了。顾先生将来在中国史学界的贡献一定不可限量，但我们要知道他成功的最大原因是他的手到的功夫勤而且精。我们可以说，没有动手不勤快而能读书的，没有手不到而能成学者的。

第二要讲什么叫"博"。

什么书都要读，就是博。古人说："开卷有益"，我也主张这个意思，所以说读书第一要精，第二要博。我们主张"博"有两个意思：其一，为预备参考资料计，不可不博；其二，为做一个有用的人计，不可不博。

第一，为预备参考资料计。在座的人，大多数是戴眼镜的。诸位为什么要戴眼镜？岂不是因为戴了眼镜，从前看不见的，现在看得见了；从前很小的，现在看得很大了；从前看不分明的，现在看得清楚分明了？王荆公说得最好：

世之不见全经久矣。读经而已，则不足以知经。故某自百家诸子之书，至于《难经》《素问》《本草》诸小说，无所不读；农夫女工，无所不问；然后于经为能知其大体而无疑。盖后世学者与先王之时异矣；不如是，不足以尽圣人故也。……致其知而后读，以有所去取，故异学不能乱也。惟其不能乱，故能有所去取者，所以明吾道而已。（答曾子固）

他说："致其知而后读。"又说："读经而已，则不足以知经。"即如《墨子》一书在一百年前，清朝的学者懂得此书还不多。到了近来，有人知道光学、几何学、力学、工程学等，一看《墨子》，才知道其中有许多部分是必须用这些科学的知识方才能懂的。后来有人知道了伦理学、心理学等，懂得《墨子》更多了。读别种书愈多，《墨子》愈懂得多。

所以我们也说，读一书而已则不足以知一书。多读书，然后可以专读一书。譬如读《诗经》，你若先读了北大出版的《歌谣周刊》，便觉得《诗经》好懂的多了；你若先读过社会学、人类学，你懂得更多了；你若先读过文字学、古音韵学，你懂得更多了；你若读过考古学，比较宗教学等，你懂得的更多了。

你要想读佛家唯识宗的书吗？最好多读点伦理学、心理学、比较宗教学、变态心理学。

无论读什么书总要多配几副好眼镜。

你们记得达尔文研究生物进化的故事吗？达尔文研究生物演变的现状，前后凡三十多年，积了无数材料，想不出一个简单贯串的说明。有一天他无意中读马尔图斯的人口论，忽然大悟生存竞争的原则，于是得着物竞天择的道理，遂成一部破天荒的名著，给后世思想界打开一个新纪元。

所以要博学者，只是要加添参考的材料，要使我们读

书时容易得"暗示"；遇着疑难时，东一个暗示，西一个暗示，就不至于呆读死书了。这叫做"致其知而后读"。

第二，为做人计。专工一技一艺的人，只知一样，除此之外，一无所知。这一类的人影响于社会很少，好有一比，比一根旗竿，只是一根孤拐，孤单可怜。

又有些人广泛博览，而一无所专长，虽可以到处受一班贱人的欢迎，其实也是一种废物。这一类人，也好有一比，比一张很大的薄纸，禁不起风吹雨打。

在社会上，这两种人都是没有什么大影响，为个人计，也很少乐趣。

理想中的学者，既能博大，又能精深。精深的方面，是他的专门学问。博大的方面，是他的旁搜博览。博大要几乎无所不知，精深要几乎惟他独尊，无人能及。他用他的专门学问做中心，次及于直接相关的各种学问，次及于间接相关的各种学问，次及于不很相关的各种学问，以及毫不相关的各种泛览。这样的学者，也有一比，比埃及的金字三角塔。那金字塔（据最近《东方杂志》，第二十二卷第六号，页一四七）高四百八十英尺，底边各边长七百六十四英尺。塔的最高度代表最精深的专门学问；从此点以次递减，代表那旁收博览的各种相关或不相关的学问。塔底的面积代表博大的范围，精深的造诣，博大的同情心。这样的人，对社会是极有用的人才，对自己也能充分享受人生的趣味。宋儒程颢说的好："须是大其心使开阔：譬如为九层之台，须大做脚始得。"

博学正所以"大其心使开阔"。我曾把这番意思编成两句粗浅的口号，现在拿出来贡献给诸位朋友，作为读书的目标：为学要如金字塔，要能广大要能高。

南行杂记

隐隐江城玉漏催，

劝君且尽掌中杯。

高楼明月笙歌夜，

此是人生第几回？

前晚汪麓园醉后给我背诵明人张梦晋的这首诗，此诗大可代表中国的颓废派。南行的第一晚，我在车上睡不着，偶忆此诗，觉得他的意味很像波斯诗人莪默（Oman），因试以Fitzgerald译Oman的格律，把此诗译成英文；虽不能工，略可消遣不眠的旅夜了：

The water–clock is moving on unseen.

O friend.let us all drain these bowel of wine！

How often in life can we have nights like this.

When the moon's so full，and singing so fine.

十四，九，廿六

这回南下是受了武昌大学和武昌商科大学的邀请，去讲演五次。但到了武汉之后，各处的请求很难拒绝，遂讲演了十余次。先记日程于此：

	上午	下午	晚
九月二十七			武大学生欢迎会
二十八		绩溪同乡欢迎会	两大学教授公宴
二十九	新文学运动的意义（武大）	谈谈诗经（武大国文学会）	

	上午	下午	晚
三十		读书 （文科大学）	中学国文 （武大附中）
十月一日		读书 （武大）	中国哲学史的鸟瞰 （一） （武大）
十月二日 （中秋）	学校 （湖南中学）	文化侵略 （国大）	
三日			鸟瞰（二） （武大）
四日 （星期）			谈谈政治 （银行公会）
五日	教会教育 （华中大学）	"新文化" （武汉各界欢迎会）	道德教育 （青年会）

到武昌的第一夜（廿六）便看见一件可笑的事。有陈仲杰君夸说此间一个乩坛的灵验，我与鲠生、雪艇诸君同去参观。这是我看扶乩的第一次，十分失望。初到时，临坛的是济颠和尚。他们要我问一件事；我默问，乩说："默不行，练手不熟。"我就明说："要到上江看一个朋友，下江看一个朋友，都见得着吗？"沙上乩书，"停两分钟，吾神有要事。"我们都大笑。过了一会，又来了一位鬼秀才，姓余，说了许多迂陋的话。他们恐愚我再问，我仍申前问，乩上写了两首歪诗，上江一首，下江一首，夹了许多地名，全不相干，都猜不着。他们又问我的名姓，乩上说，"秀才最怕考，此君未通名，何能做诗嵌姓名？"我们默笑而别。——这样浅显的作伪，居然有人相信，相信的还是受过高等教育的人，岂不可怪！

武汉的教育最不行。近年野鸡大学添了许多，国立省立

的也不少。国立武昌大学之外，又有国立商科大学，已很可怪了。又有省立文科大学、医科大学、法科大学、农科大学等，每校各有校长，均已委任；有学校未成立而校长已委任的（如农科大学）。此真是怪现状。此间斗大山城，哪容得下这么多的大学校？第一步宜合并武大与商大，第二步宜合并省立各分科大学为一大学，第三步然后合并为一个武昌大学，名义上为国立，而省政府担负一部分的经费。或者划分武昌大学区，以两湖为主，担负大部分的经费，而邻近各省分担一部分的经费。

当张之洞在湖北时，武昌成为国内的一个文化中心；文武新旧的学术，此间皆有学校。十余年来，武汉几乎没有学校可说。这是什么缘故呢？我想，有几个理由可说。第一是由于当日办学之人本不解教育，目的在于敷衍，设施不期于永久，故人去则政废。第二，本省缺乏领袖人才，当日一班候补道办的学堂如何能持久呢？此时的救济，在于先定一教育计划，明察中国中部的需要，分期进行，不期于速效，而重在长久之计，使一班以教育为终身事业的人才以全力办理其事，五年之后便可改观。若如今日的现状，湖北仍是没有教育可说也。

湖北开化最早——与中原文化约同时，古代所谓楚民族的文化是也。然而依丁在君的统计，湖北在各朝代的史传里有名的人物之中，成绩最低，平均每朝只占百分之三。此中原因定必很复杂，然天气之酷热当居其一个原因。汉口的炎热为全国之冠，夏间早夜热度有时也不降低。居此的人，每年有四个月不能作事，这是文化上一大障碍。此间江汉合流，地势窿下，故有此现象。然多造森林，或可少许挽救。今日龟山蛇山仍是光濯之地，无人肯做此十年种树的大计，可叹。

近年湖北当局的人，名誉最坏的要算王占元。然而我今回到此地，听一班商人说起王子春来，只有赞叹，没有怨言。他们说，"王占元确然侵吞军饷，因此发了大财；然而他没有别的罪恶，他从不扰民。他的军队多不足额，也是真的。但现在的军队何必要它足额？少几个不更好吗？我们宁愿督军多扣几个饷，少招几个兵"。这话很有理。从前我们一班书生提倡裁兵从"缺额不补"下手，殊不知道今日大患在于兵多于额，而不在于兵不足额。我们不见河南吗？

我这回来，挨了不少的骂。湖北一班学生出的《武汉评论》出了一个"欢迎"专号，其实全是谩骂。我摘记几条，略表这班少年的脑力：

三，要知道章、胡的人格与经历，现在我将章、胡两先生的人格与经历，大概介绍一下这于听讲的诸君有极大的帮助。

胡适之在中国最近文学革命上有相当的功绩，但是他思想的进步也就止于此了，他不能与时代俱进了，因其不能与时代俱进，所以做出一些七颠八倒的事，如提倡好人政治，如反对清室善后委员会处置溥仪的办法，如参加善后会议，如有意无意替章士钊张目等。

这一篇署名碧云，下一篇署名木：

为皇上所化的胡适之先生，大家不要就一口咬定他是和金梁、康有为、江亢虎一流的……最近先生替章士钊出死力，反时八大校脱离教部，事实上虽与罗案时不无冲突，然而先生是本着主义来尝试的，也就可以得国人谅解。所以，胡先生或是杀人放火，复辟卖国，或是乐善好施，爱国为民，有了先生的尝试主义，就无所谓是非，冲突，无恒善变了。青年学生诸君，你们听胡先生的讲，根本要认识他的尝试主义；是拿

住他所表现出的事业而怀疑，那就辜负胡先生此行了。

下一篇署名武源：

再看他那《努力》第四十期中，荒谬绝伦的言论：在现在，"民众固不用谈起，组织也不可靠，还应该先提倡蔡先生这种抗议的精神，提倡'不降志，不辱身'的精神"。

此外，他先生还有参见溥仪叩头称帝的故事，谅大家脑中尚有印象，不详述。再如不久他在北大所作暗中附从章士钊的勾当，这亦是大家很明白的。

我们统观上述数事，胡适之先生是一个什么人？他自己亦当自认是：不识时事违反中国现时一般被压迫人民需要，帮助军阀会议解决国事，主张军阀官僚，高等华人在中国狄克推多（dictator）和羡慕皇威，助桀为虐的人。

这一篇署名一尘：

由上面的事实我们认识胡先生了，胡先生不谈主义只谈问题，是因为主义要有一贯的主张的，军阀的问题，是可以彼此冲突的，胡先生遇事取怀疑的态度去尝试，是说："无论那一件事是好是歹，是杀人放火，是降志辱身，我都是尝试的。并不负什么责任。"胡先生——你的乖巧，比那八大胡同的名妓还要可爱，不过你的姘头已经很多了，味已尝足了，你那清倌人招牌下了罢！江汉不少的游女，你不来好了！

但最妙的还是一位"从美国回来"的李翊东先生，现在武大做一个职员；他有一封信给我，我看了就撕了，后来颇悔不曾保存此信给湖北的朋友们看看，幸而汉口的《晨报》登出此信来，我很高兴转载其中用大号字排印的一段：

李翊东质问胡适书

△胡适在武大演讲——谓"学生应闭门读书，不管闲

事——英国在沪案打死的是少数人……况且没有用机关炮打——学生不应说话。"——李氏斥胡适此来……含有运动复辟的意味——并为外国帝国主义的宣传者——（欲明底里——请看原文）。

（一）你说闭门读书，不管闲事，我想在满清专制时代，朕即国家，做官的只一心做官，耕田的只一心耕田，做生意的只一心做生意，读书的只一心读书。那么，你这句话是对的。但现在，既是民国，又值多事之时，国家兴亡，匹夫有责。五卅沪案，是何等的重大，你叫学生不管，那末，除非恢复了满清，朕即国家的原状，那学生就不应管，也不敢管了。试问你来是不是运动复辟呢？呀，我前见报载，金梁上宣统的书，说勾结蔡孑民要用勾结胡适之的方法。哦，我知道了，难怪难怪，你是早被宣统勾结去了的，所以我想你此次恐怕不是来讲学的，是想利用这个机会尝试运动复辟的，莫不是，尝试了善后会委员的滋味，又想尝试复辟小臣的滋味，我想你不久又有个《尝试集》出版了。……

还有一个湖北青年团体联合会印送了一张《欢迎胡适之先生们的通告》，我也保存其中的一段：

第二，胡适之先生的历史我们应该明了方不致□□□□而疏忽胡先生履历，胡先生是新文化式的国故大家，是尝试主义者；是参见溥仪叩头称帝感怀圣德反对废除清室优待条件的人；是创办《努力周报》主张好人政府的人；是主张和平会议解决国事的人；是段祺瑞的善后会议委员；是拥护章士钊整饬学风的人。

十月四日的汉口《商报》有一篇署名凤的来稿，我也留一段：

胡博士于本月二日下午二时应商大学生会欢迎会之请，

屈驾莅会，那算是商大学生会之荣幸了。但是胡博士演讲以后，那却似十二分的热度，忽然间缩到冰点了。这却有个大大的原因，胡博士近来因思想退化的原故，所以对于学风……他说还在学风，日坏一日，例如五卅惨案，本是一个外交问题，他们这般学生们，如何能干涉呢？……青年们生在这个时代，我们当然有我们的主张，我们自然也应该有我们的判断，五卅惨案，大家都知道帝国主义者的罪恶，他们不断的施以直接的屠杀。我们处在这种形势之下，自然要争我们的独立和自由，在我们学生界，负有指导社会的责任，却不能用他的方法去指导社会，所以不得不用口头与文字之宣传，去唤醒社会，以与帝国主义者抗争。……至文化侵略与文化的输入，自然是两种事，现在帝国主义者，利用文化，向我学生界进攻，在现代的青年没有一个不知道的，就是所办的这些教会学校，在教会学校的课程，除大半是他们的圣经以外，对于适用的课程，有不有呢？我想上海圣约翰大学及武汉博文博学退学同学中之宣言，想必已经都看明白了。胡博士居然以文化侵略为文化输入的考证，我想稍有知识的人，没有不清楚的，这就是胡博士的主张。总之，我听完演讲以后，使我十二分的失望，觉得我们不应该崇拜这种偶像，并且要认清自己的主张，这是我忠告湖北青年的一句话。

十月一日《晨报》登载李翊东的信，又着社论，题为《对于胡适演讲之失望》，措辞与李函略同，今留其密圈之末二段：

且也一国之对于外交，一人受辱，即系侮辱我国家之人格；一人被杀，即无异杀戮我全国之国民。沪案交涉，全系自主国地位之存亡与□与法之争，绝对非在分量上杀人分多少之争执也。奉直战争，杀人虽众，然只同根相煎而非异族相残

也。语曰兄弟阋于墙，外御其侮。如适之言内乱宜急，外侮不御，是欲率外人而杀尽我全国人民也。谓非为外人宣传帝国主义，其孰肯信？

呜呼，适，固今世所公认为新文化运动之先进也。今其言若此，则吾国之学者尚可信，学术尚可凭乎？学者不可信，学术不可凭，是领土未亡而国脉先丧矣，可不痛哉。

以上反对的言论，我绝不认为代表武汉听讲的学生。这回几次讲演，听众是再好没有的了。每次都是人满的，并且一个半钟头之中绝少先走的。十月三夜演讲时，大雨如注，我讲了一点三刻，听众不散不乱。所以湖北学生界对我的态度，是很好的。我在上文保留了一些妙论，并不因为我对湖北学生界不满意，只因为有些话太妙了，我舍不得割爱。

这回来演讲，于我自己很有益处。讲的虽都是旧题目，却给我不少的修正的机会。《读书》一讲全用旧稿，而前半论"四到"稍圆满，其纲目如下。

一、口到。

二、眼到。

三、手到。

四、心到，心到的条件：

（1）设备到。

（2）工夫到（手到）。

（3）方法到。

（4）学问到（博而后能益精——"致其知而后读"）。

《鸟瞰》二讲，即用前讲过的《从历史上观察中国哲学是什么》的大意而修改了不少。《谈诗经》一讲最有成绩，能使听者皆大笑。《谈谈政治》一讲是我第一次公布我的"协商的割据"的主张。

十月五日遇着刘文岛先生（尘苏），他是蒋百里的好友，新自广州回来。他很夸许说他们不是共产派，只是一班新军人想做点整顿的事。他们很能保护商人工人，想做到安居乐业的地位。俄国人只有军事上顾问的事，并不干预政治。广州近来很有起色，学生军纪律极好，很有希望。刘君本是反对共产派的人，此次亲自南下考察，所得如此，是很可注意的。

郭复初说，去年有一次在北京开国民党的会，鲍罗廷指着李守常对陈友仁说："你瞧，他可像一个领袖人物吗？"

我与鲠生、雪艇、寅初都住在复初家里，在草湖门大街静宜别墅。寓中有大梧桐树一棵，夜半以后秋风起时，梧桐叶作声，就像大风雨。我初到的一夜，睡醒时听见风雨声，萧萧终夜，愁惨动人，我竟不能再睡了。到次日早晨，见地上无一点雨痕，我很奇怪。后来问了主人，始知夜来风雨只是秋声。

去年到大连，今年到武汉，更感觉大规模的建筑铁路的不可缓。粤汉未完成，川汉宁湘未造，中国竟不成一个现代国家。今日之一点点交通事业，尚不能整顿，全给军人拿去筹饷发财，而国民受其大害。六河沟出的煤，原价甚低，而在北京每吨卖十七元，在汉口卖十八九元，在九江卖廿九元！为什么呢？因为军人扣了车辆，公司运煤皆须运动军人，方可得车；故正式运费之外，每吨须纳"车皮"五元五角，小萧还不算。煤如何不贵呢？岂但煤？一切必需物品都是这样。外国也有大荒年，也有水旱歉收的地方；只因为交通输运的便利，故全国全世界可以互相挹注，虽在灾荒之年，仍可以有全国大体一致的物价；绝不像我们今日这样东边一省年成大熟，米谷卖不起钱，而救不了西边一省的大荒年，人吃人。

此次在武汉见着许多新知旧友，十分高兴。旧友中如

郁达夫，杨金甫，兴致都不下于我，都是最可爱的，如吴小朋，如吴之椿，虽是在北京见过的，到这里才相熟；之椿沉静，小朋豪爽，都合我的脾气。李孤帆相知最久，此次他招待我们很殷勤，我在他家住了两晚。他的夫人葆真女士柔和而有治家才，家庭布置甚有美术意味；他们有子女三人，长女不在此，次儿与幼女均极可爱。郭复初夫妇本是我的旧交，此次在他们家中，得见郭夫人的妹子徐霞青女士，也是这回新得的一个朋友。

有一天夜里，小朋、达夫、金甫和我把周老先生（鲠生）拉去，看汉口的窑子生活；到了一家，只见东墙下靠着一把大鸡毛帚，西墙下倒站着一把笤帚，房中间添了一张小床，两个小女孩在上面熟睡。又有一天，孤帆得了夫人的同意，邀我们去逛窑子，到了两家，较上次去的清洁多了。在一家的席上，有一个妓女是席上的人荐给金甫的；席散后，金甫去她房里一坐，她便哭了，诉说此间生活不是人过的，要他救她出去。此中大有悲剧，固是意中的事。此女能于顷刻之间认识金甫不是平常逛窑子的人，总算是有眼力的。那夜回寓，与达夫、金甫谈，我说，娼妓中人阅历较深刻，从痛苦忧患中出来，往往more capable of real romance 过于那些生长于安乐之中的女人。

十月四日上午游汉口的西园，入门费每人五角。园中仅纤巧的土山小池，浇薄潦草的小房子几十间（可租作赌博或挟妓之用）。实无可观。次参观水厂，看了那几十个伟大的滤水池与积水池，看了那襄河（汉水）的水引入水池，经过几道滤净，到积水池时已成全市的饮水源头，——我看了那伟大的建筑与功用，不禁感觉他们的壮丽，不禁对同游的诸位朋友说："这是真美！这是近世文明的真美术！拿水厂比西园，这

是大雅，那是俗气，真没有比拟了！"

　　武昌无自来水，居民每日挑江水，用明矾澄清，然后煮饮。长江一带的大城——安庆，芜湖，南京等——皆是如此。我不禁回想俄国经营大连时，苦无水源，乃于旅顺大连之间的山间筑伟大的水源，工程甚大；费钱甚多；日本人继续经营，建筑甚壮丽，为旅大的一个名胜。我去年游旅顺，特绕道往观水源，惊叹其美。此等处皆可效法。可惜我没有惠特曼的伟大的诗才，不能歌颂这种物质文明的真美术。

庐山游记（节选）

昨夜大雨，终夜听见松涛声与雨声，初不能分别，听久了才分得出有雨时的松涛与雨止时的松涛，声势皆很够震动人心，使我终夜睡眠甚少。

早起雨已止了，我们就出发。从海会寺到白鹿洞的路上，树木很多，雨后清翠可爱。满山满谷都是杜鹃花，有两种颜色，红的和轻紫的，后者更鲜艳可喜。去年过日本时，樱花已过，正值杜鹃花盛开，颜色种类很多，但多在公园及私人家宅中见之，不如今日满山满谷的气象更可爱。因作绝句记之。

> 长松鼓吹寻常事，
> 最喜山花满眼开。
> 嫩紫鲜红都可爱，
> 此行应为杜鹃来。

到白鹿洞。书院旧址前清时用作江西高等农业学校，添有校舍，建筑简陋潦草，真不成个样子。农校已迁去，现设习林事务所。附近大松树都钉有木片，写明保存古松第几号。此地建筑虽极不堪，然洞外风景尚好。有小溪，浅水急流，铮淙可听；溪名贯道溪，上有石桥，即贯道桥，皆朱子起的名字。桥上望见洞后诸松中一松有紫藤花直上到树杪，藤花正盛开，艳丽可喜。

白鹿洞本无洞，正德中，南康守王溱开后山作洞，知府何濬凿石鹿置洞中。这两人真是大笨伯！

白鹿洞在历史上占一个特殊地位，有两个原因。其一，

因为白鹿洞书院是最早一个书院。南唐升元中（937~942）建为庐山国学，置田聚徒，以李善道为洞主。宋初因置为书院，与睢阳、石鼓、岳麓三书院并称为"四大书院"，为书院的四个祖宗。其二，因为朱子重建白鹿洞书院，明定学规，遂成后世几百年"讲学式"的书院的规模。宋末以至清初的书院皆属于这一种。到乾隆以后，朴学之风气已成，方才有一种新式的书院起来；阮元所创的诂经精舍，学海堂，可算是这种新式书院的代表。南宋的书院祀北宋周、邵、程诸先生；元、明的书院祀程、朱；晚明的书院多祀阳明；王学衰后，书院多祀程、朱。乾、嘉以后的书院乃不祀理学家而改祀许慎、郑玄等。所祀的不同便是这两大派书院的根本不同。

朱子立白鹿洞书院在淳熙己亥（1179），他极看重此事，曾札上丞相说：

愿得比祠官例，为白鹿洞主，假之稍廪，使得终与诸生讲习其中，犹愈于崇奉异教香火，无事而食也。（《庐山志》八，页二，引《洞志》）

他明明指斥宋代为道教宫观设祀官的制度，想从白鹿洞开一个儒门创例来抵制道教。他后来奏对孝宗，申说请赐书院额，并赐书的事，说：

今老佛之宫布满天下，大都逾百，小邑亦不下数十，而公私增益势犹未已。至于学校，则一郡一邑仅置一区，附廓之县又不复有。盛衰多寡相悬如此！（同上，页三）

这都可见他当日的用心。他定的《白鹿洞规》，简要明白，遂成为后世七百年的教育宗旨。

庐山有三处史迹代表三大趋势。（一）慧远的东林，代表中国"佛教化"与佛教"中国化"的大趋势。（二）白鹿洞，代表中国近世七百年的宋学大趋势。（三）牯岭，代表西

方文化侵入中国的大趋势。

从白鹿洞到万杉寺。古为庆去庵，为"律"居，宋景德中有大超和尚手种杉树万株，天圣中赐名万杉。后禅学盛行，遂成"禅寺"。南宋张孝祥有诗云：

> 老干参天一万株，
>
> 庐山佳处浮着图。
>
> 只因买断山中景，
>
> 破费神龙百斛珠。

（《志》五，页六四，引《程史》）

今所见杉树，粗仅如瘦碗，皆近年种的。有几株大樟树，其一为"五爪樟"，大概有三四百年的生命了；《指南》说"皆宋时物"，似无据。

从万杉寺西行约二三里，到秀峰寺。吴氏旧《志》无秀峰寺，只有开光寺。毛德琦《庐山新志》（康熙五十九年成书。我在海会寺买得一部，有同治十年，宣统二年，民国四年补版。我的日记内注的卷页数，皆指此书）说：

康熙丁亥（1707）寺僧超渊往淮迎驾，御书秀峰寺赐额，改今名。

开光寺起于南唐中主李璟。李主年少好文学，读书于庐山；后来先主代杨氏而建国，李璟为世子，遂嗣位。他想念庐山书堂，遂于其地立寺，因有开国之祥，故名开先寺，以绍宗和尚主之。宋初赐名开先华藏；后有善暹，为禅门大师，有众数百人。至行瑛，有治事才，黄山谷称"其材器能立事，任人役物如转石于千仞之溪，无不如意。"行瑛发愿重新此寺。

开先之屋无虑四百楹，成于瑛世者十之六，穷壮极丽，迄九年乃即功。（黄庭坚《开先禅院修造记》，《志》五，页一六至一八）

此是开先极盛时。康熙间改名时，皇帝赐额，赐御书《心经》，其时"世之人无不知有秀峰"（郎廷极《秀峰寺记》，《志》五，页六至七）。其时也可称是盛世。到了今日，当时所谓"穷壮极丽"的规模只剩败屋十几间，其余只是颓垣废址了。读书台上有康熙帝临米芾书碑，尚完好；其下有石刻黄山谷书《七佛偈》，及王阳明正德庚辰（1520）三月《纪功题名碑》，皆略有损坏。

寺中虽颓废令人感叹，然寺外风景则绝佳。为山南诸处的最好风景。寺址在鹤鸣峰下，其西为龟背峰，又西为黄石岩，又西为双剑峰，又西南为香炉峰，都嵌奇可喜。鹤鸣与龟背之间有马尾泉瀑布，双剑之左有瀑布水；两个瀑泉遥遥相对，平行齐下，下流入壑，汇合为一水，迸出山峡中，遂成最著名的青玉峡奇景。水流出峡，入于龙潭。昆山与祖望先到青玉峡，徘徊不肯去，叫人来催我们去看。我同梦旦到了那边，也徘徊不肯离去。峡上石刻甚多，有米芾书"第一山"大字，今钩摹作寺门题榜。

徐凝诗"今古长如白练飞，一条界破青山色"，即是咏瀑布的。李白《瀑布泉》诗也是指此瀑。旧《志》载瀑布水的诗甚多，但总没有能使人满意的。

由秀峰往西约十二里，到归宗寺。我们在此午餐，时已下午三点多钟，饿的不得了。归宗寺为庐山大寺，也很衰落了。我向寺中借得《归宗寺志》四卷，是民国甲寅先勤本坤重修的，用活字排印，错误不少，然可供我的参考。

我们吃了饭，往游温泉。温泉在柴桑桥附近，离归宗寺约五六里，在一田沟里。雨后沟水浑浊，微见有两处起水泡，即是温泉。我们下手去试探，一处颇热，一处稍减。向农家买得三个鸡蛋，放在两处，约七八分钟，因天下雨了，取出

鸡蛋，内里已温而未熟。田陇间有新碑，我去看，乃是星子县的告示，署民国十五年，中说，接康南海先生函述在此买田十亩，立界碑为记的事。康先生去年死了。他若不死，也许能在此建立一所浴室，他买的地横跨温泉的两岸。今地为康氏私产，而业归海会寺管理，那班和尚未必有此见识作此事了。

此地离栗里不远，但雨已来了，我们要赶回归宗，不能去寻访陶渊明的故里了。道上见一石碑，有"柴桑桥"大字。旧《志》已说，"渊明故居，今不知处"（四，页七）。桑乔疏说，去柴桑桥一里许有渊明的醉石（四，页六）。旧《志》又说，醉石谷中有五柳馆，归去来馆。归去来馆是朱子建的，即在醉石之侧。朱子为手书颜真卿《醉石诗》，并作长跋，皆刻石上，其年月为淳熙辛丑（1181）七月（四，页八）。此二馆今皆不存，醉石也不知去向了。庄百俞先生《庐山游记》说他曾访醉石，乡人皆不知。记之以告后来的游者。

今早轿上读旧《志》所载周必大《庐山后录》，其中说他访栗里，求醉石，土人直云，"此去有陶公祠，无栗里也"（十四，页一八）。南宋时已如此，我们在七百年后更不易寻此地了，不如阙疑为上。《后录》有云，尝记前人题诗云：

> 五字高吟酒一瓢，
> 庐山千古想风标。
> 至今门外青青柳，
> 不为东风肯折腰。

惜乎不记其姓名。

我读此诗，忽起一感想：陶渊明不肯折腰，为什么却爱那最会折腰的柳树？今日从温泉回来，戏用此意作一首诗：

陶渊明同他的五柳

当年有个陶渊明，

不惜性命只贪酒。

骨硬不能深折腰，

弃官回来空两手。

瓮中无米琴无弦，

老妻娇儿赤脚走。

先生吟诗自嘲讽，

笑指篱边五株柳：

"看他风里尽低昂！

这样腰肢我无有。"

晚上在归宗寺过夜。

（本文后收入《胡适文存》第3集，上海亚东图书馆1921年版）

现代名家经典文库

漫游的感想

一　东西文化的界线

我离了北京，不上几天到了哈尔滨，在此地我得了一个绝大的发现：我发现了东西文明的交界点。

哈尔滨本是俄国在远东侵略的一个重要中心。当初俄国人经营哈尔滨的时候，早就预备要把此地辟作一个二百万居民的大城，所以一切文明设备，应有尽有；几十年来，哈尔滨就成了北中国的上海。这是哈尔滨的租界，本地人叫做"道里"，现在租界收回，改为特别区。

租界的影响，在几十年中，使附近的一个村庄逐渐发展，也变成了一个繁盛的大城。这是"道外"。

"道里"现在收归中国管理了，但俄国人的势力还是很大的，向来租界时代的许多旧习惯至今还保存着。其中的一种遗风就是不准用人力车（东洋车）。"道外"的街道上都是人力车。一到了"道里"，只见电车与汽车，不见一部人力车。"道外"的人力车可以拉到"道里"，但不准再拉客，只可拉空车回去。

我到了哈尔滨，看了"道里"与"道外"的区别，忍不住叹口气，自己想道：这不是东方文明与西方文明的交界点吗？东西洋文明的界线只是人力车文明与摩托车文明的界线——这是我的一大发现。

人力车又叫作东洋车，这真是确切不移。请看世界之上，人力车所至之地，北起哈尔滨，西至××，南至南洋，东

至日本，这不是东方文明的区域吗？

人力车代表的文明就是那用人作牛马的文明，摩托车代表的文明就是用人的心思才智制作出机械来代替人力的文明。把人作牛马看待，无论如何，够不上叫做精神文明。用人的智慧造出机械来，减少人类的苦痛，便利人类的交通，增加人类的幸福——这种文明却含有不少的理想主义，含有不少的精神文明的可能性。

我们坐在人力车上，眼看那些圆颅方趾的同胞努起筋肉，弯着背脊梁，流着血汗，替我们做牛做马，拖我们行远登高，为的是要挣几十个铜子去活命养家——我们当此时候，不能不感谢那发明蒸汽机的大圣人，不能不感谢那发明电力的大圣人，不能不祝福那制作汽船汽车的大圣人：感谢他们的心思才智节省了人类多少精力，减除了人类多少苦痛！你们嫌我用"圣人"一个字吗？孔夫子不说过吗？"制而用之谓之器。利用出入，民咸用之，谓之神。"孔老先生还嫌"圣"字不够，他简直要尊他们为"神"呢！

二　摩托车的文明

去年八月十七日的《伦敦晚报》（Evening Standard）有下列的统计：

全世界的摩托车共24,590,000辆。

全世界人口平均每71人有1辆摩托车。

美国每6人有车1辆。

加拿大与新西兰每12人有车1辆。

澳洲每20人有车1辆。

今年一月十六日纽约的《国民周报》（The Nation）有下列的统计：

全世界摩托车27,500,000

美国摩托车22,330,000

美国摩托车数占全世界81%。

美国人口平均每5人有车1辆。

去年（1926）美国造的摩托车凡450万辆，出口50万辆。

美国的路上，无论是大城里或乡间，都是不断的汽车。《纽约时报》上曾说一个故事：有一个北方人驾着摩托车走过Miami的一条大道，他开的速度是每点钟三十五英里。后面一个驾着两轮摩托车的警察赶上来问他为什么挡住大路。他说，"我开的已是三十五里了。"警察喝道："开六十里！"

今年三月里我到费城（Philadelphia）演讲，一个朋友请我到乡间Haverford去住一天。我和他同车往乡间去，到了一处，只见那边停着一二百辆摩托车。我说："这里开汽车赛会吗？"他用手指道："那边不在造房子吗？这些都是木匠泥水匠坐来做工的汽车。"

这真是一个摩托车的国家！木匠泥水匠坐了汽车去做工，大学教员自己开着汽车去上课，乡间儿童上学都有公共汽车接送，农家出的鸡蛋、牛乳每天都自己用汽车送上火车或直送进城。十字街头，向来总有一两家酒店的；近年酒禁实行了，十字街头往往建着汽油的小站。车多了，停车的空场遂成为都市建筑的一个大问题。此外还发生了许多连带的问题，很能使都市因此改观。例如我到丹佛城（Denver），看见墙上都没有街道的名字，我很诧异。后来才看见街名都用白漆写在马路两边的"行道"（Pavement or Side Walk）的底下，为的是要使夜间汽车灯光容易照着。这一件事便可以看出摩托车在都市经营上的影响了。

摩托车的文明的好处真是一言难尽。汽车公司近年通行

"分月付款"的法子，使普通人家都可以购买汽车。据最近统计，去年一年之中美国人买的汽车有三分之二是分月付钱的。这种人家向来是不肯出远门的。如今有了汽车，旅行便利了，所以每日工作完毕之后，回家带了家中妻儿，自己开着汽车，到郊外去游玩；每星期日，可以全家到远地旅行游览。例如旧金山的"金门公园"，远在海滨，可以纵观太平洋上的水光岛色；每到星期日，四方男女来游的真是人山人海！这都是摩托车的恩赐。这种远游的便利可以增进健康，开拓眼界，增加智识，——这都是我们在轿子文明与人力车文明底下想象不到的幸福。

最大的功效还在人的官能的训练。人的四肢五官都是要训练的；不练就不灵巧了，久不练就迟钝麻木了。中国乡间的老百姓，看见汽车来了，往往手足失措，不知道怎样回避；你尽管呜呜地压着号筒，他们只听不见；连街上的狗与鸡也只是懒洋洋地踱来摆去，不知避开。但是你若把这班老百姓请到上海来，请他们从先施公司走到永安公司去，他们便不能不用耳目手足了。走过大马路的人，真如《封神传》上黄天化说的"须要眼观四处，耳听八方"。你若眼不明，耳不听，手足不灵动，必难免危险。这便是摩托车文明的训练。

美国的汽车大概都是个人自己驾驶的。往往一家中，父母子女都会开车。人工贵了，只有顶富的人家可以雇人开车。这种开车的训练真是"胜读十年书"！你开着汽车，两手各有职务，两脚也各有职务，眼要观四处，耳要听八方，还要手足眼耳一时并用，同力合作。你不但要会开车，还要会修车；随你是什么大学教授，诗人诗哲，到了半路车坏的时候，也不能不卷起袖管，替机器医病。什么书呆子，书踱头，傻瓜，若受了这种训练，都不会四体不勤，五官不灵

了。你们不常听见人说大学教授"心不在焉"的笑话吗？我这回新到美国，有些大学教授如孟禄博士等请我坐他们自己开的车。我总觉得有点栗栗危惧，怕他们开到半路上忽然想起什么哲学问题或天文学问题来，那才危险呢！但是我经过几回之后，才觉得这些大学教授已受了摩托车文明的洗礼，把从前的"心不在焉"的呆气都赶跑了，坐在轮子前便一心在轮子上，手足也灵活了，耳目也聪明了！猗欤休哉！摩托车的教育！

三　一个劳工代表

有些自命"先知"的人常常说："美国的物质发展终有到头的一天；到了物质文明破产的时候，社会革命便起来了。"

我可以武断地说：美国是不会有社会革命的，因为美国天天在社会革命之中。这种革命是渐进的，天天有进步，故天天是革命。如所得税的实行，不过是十四年来的事，然而现在所得税已成了国家税收的一大宗，巨富的家私有纳税百分之五十以上的。这种"社会化"的现象随地都可以看见。从前马克思派的经济学者说资本愈集中则财产所有权也愈集中，必做到资本全归极少数人之手的地步。但美国近年的变化却是资本集中而所有权分散在民众。一个公司可以有一万万的资本，而股票可以由雇员与工人购买，故一万万的资本就不妨有一万人的股东。近年移民进口的限制加严，贱工绝迹，故国内工资天天增涨；工人收入既丰，多有积蓄，往往购买股票，逐渐成为小资本家。不但白人如此，黑人的生活也逐渐抬高。纽约城的哈伦区，向为白人居住的，十年之中土地房屋全被发财的黑人买去了，遂成了一片五十万人的黑人区域。人人都可以做有产阶级，故阶级战争的煽动不发生效力。

我且说一件故事。

我在纽约时，有一次被邀去参加一个"两周讨论会"（Fortnightly Forum）。这一次讨论的题目是"我们这个时代应该叫什么时代？"十八世纪是"理智时代"，十九世纪是"民治时代"，这个时期应该叫什么？究竟是好是坏？

依这个讨论会规矩，这一次请了六位客人作辩论员：一个是俄国克伦斯基革命政府的交通总长；一个是印度人；一个是我；一个是有名的"效率工程师"（Efficiency Engineer），是一位老女士；一个是纽约有名的牧师Holmes；一个是工会代表。

有些人的话是可以预料的。那位印度人一定痛骂这个物质文明的时代；那位俄国交通总长一定痛骂布尔什维克，那位牧师一定是很悲观的；我一定是很乐观的；那位女效率专家一定鼓吹她的效率主义。一言表过不提。

单说那位劳工代表。他站起来演说了。他穿着晚餐礼服，挺着雪白的硬衬衫，头发苍白了。他站起来，一手向里面衣袋抽出了一卷打字的演说稿，一手向外面袋里摸出眼镜盒，取出眼镜戴上。他高声演说了。

他一开口便使我诧异。他说我们这个时代可以说是人类有历史以来最好的最伟大的时代，最可惊叹的时代。

这是他的主文。以下他一条一条地举例来证明这个主旨。他先说科学的进步，尤其注重医学的发明；次说工业的进步；次说美术的新贡献，特别注重近年的新音乐与新建筑。最后他叙述社会的进步，列举资本制裁的成绩，劳工待遇的改善，教育的普及，幸福的增加。他在十二分钟之内描写世界人类各方面的大进步，证明这个时代是人类有史以来最好的时代。

　　我听了他的演说，忍不住对自己说道：这才是真正的社会革命。社会革命的目的就是要做到向来被压迫的社会分子能站在大庭广众之中歌颂他的时代为人类有史以来最好的时代。

四　往西去

　　我在莫斯科住了三天，见着一些中国共产党的朋友，他们很劝我在俄国多考察一些时日。我因为要赶到英国去开会，所以不能久留。那时冯玉祥将军在莫斯科郊外避暑，我听说他很崇拜苏俄，常常绘画列宁的肖像。我对他的秘书刘伯坚诸君说：我很盼望冯玉祥先生从俄国向西去看看。即使不能看美国，至少也应该看看德国。

　　我的老朋友李大钊先生在被捕之前一两月曾对北京朋友说："我们应该写信给适之，劝他仍旧从俄国回来，不要让他往西去打美国回来。"但他说这话时，我早已到了美国了。

　　我希望冯玉祥先生带了他的朋友往西去看看德国、美国；李大钊先生却希望我不要往西去。要明白此中的意义，且听我再说一件有趣味的故事。

　　我在日本时，同了马伯援先生去访问日本最有名的经济学家福田德三博士。我说："福田先生，听说先生新近到欧洲游历回来之后，先生的思想主张颇有改变，这话可靠吗？"

　　他说："没有什么大的改变。"

　　我问："改变的大致是什么？"

　　他说："从前我主张社会政策；这次从欧洲回来之后，我不主张这种妥协的缓和的社会政策了。我现在以为这其间只有两条路，不是纯粹的马克思派社会主义，就是纯粹的资本主义。没有第三条路。"

我说："可惜先生到了欧洲不曾走的远点，索性到美国去看看，也许可以看见第三条路，也未可知。"

福田博士摇头说："美国我不敢去，我怕到了美国会把我的学说完全推翻了。"

我说："先生这话使我颇失望。学者似乎应该尊重事实。若事实可以推翻学说，那么我们似乎应该抛弃那学说，另寻更满意的假设。"

福田博士摇头说："我不敢到美国去。我今年五十五了，等到我六十岁时，我的思想定了不会改变了，那时候我要往美国看看去。"

这一次的谈话给了我一个绝大的刺激。世间的大问题决不是一两个抽象名词（如"资本主义""共产主义"等等）所能完全包括的。最要紧的是事实。现今许多朋友却只高谈主义，不肯看看事实。孙中山先生曾引外国俗语说"社会主义有五十七种，不知哪一种是真的"。岂但社会主义有五十七种？资本主义还不止五百七十种呢！拿一个"赤"字抹杀新运动，那是张作霖、吴佩孚的把戏。然而拿一个"资本主义"来抹杀一切现代国家，这种眼光究竟比张作霖、吴佩孚高明多少？

朋友们，不要笑那位日本学者。他还知道美国有些事实足以动摇他的学说，所以他不敢去。我们之中却有许多人决不承认世上会有事实足以动摇我们的迷信的。

五 东方人的"精神生活"

我到纽约后的第十天——一月二十一日——《纽约时报》上登出一条很有趣味的新闻：

昨天下午一点钟，纽吉赛邦的恩格儿坞（Englewood,

N.J.）的山郎先生住宅面前，围了许多男男女女、小孩子、小狗，等着要看一位埃及道人（Fakir）名叫哈密（Hamid Bey）的被活埋的奇事。

哈密道人站在那掘好的坟坑的旁边；微微的雨点洒在他的飘飘的长袍上。他身边站着两个同道的助手。人越来越多了。到了一点一分的时候，哈密道人忽然倒在地下，不省人事了。两个请来的医生同了三个报馆访员动手把他的耳朵、鼻子、嘴，都用棉花塞好。随后便有人来把哈密道人抬下坟坑，放在坑里的内穴里。他脸上撒了一薄层的沙。内穴上面用木板盖好。

内穴上面还有三尺深的空坑，他们也用泥土填满了。填满了后，活埋的工作算完了。

到场的许多人都走进山郎先生的家里去吃茶点。山郎夫人未嫁之前就是那位绰号"千眼姑娘"的李麻小姐。她在那边招待来宾，大家谈着"人生无涯"一类的问题，静候那活埋道人的复活。

一点钟过去了。……一点半过去了。……两点钟过去了。……

到了下午四点，三个爱耳兰的工人动手把坟掘开。三个黑种工人站在旁边陪着——也许是给那三个白种同伴镇压邪鬼罢。

四点钟敲过不久，哈密道人扶起来了。扶到了空气里，他便颤动了，渐渐活过来了。他低低地喊了一声"胡帝尼"，微微一笑，他回生了。

他未埋之先，医生验过他的脉跳是七十二，呼吸是十八。复活之后，脉跳与呼吸仍是七十二与十八。他在坑里足足埋了两点五十二分。

这回的安排布置全是勒乌公司（Loew's）的杜纳先生办理的。杜纳先生说，本想同这位埃及道人订一个"杂耍戏"的契约，不过还得考虑一会，因为看戏的人等不得三个钟头就会跑光了。

哈密道人却很得意，他说他还可以活埋三天咧。

美国是个有钱的地方，世界各国的奇奇怪怪的宗教掮客都赶到这里来招揽信徒，炫卖花样。前一年，有个埃及道人名叫拉曼（Rahman）的，自称能收敛心神，停止呼吸。他当大众试验，闭在铁棺内，沉在赫贞河里，过一点钟之久。当时美国有大幻术家胡帝尼（Harry Houdini）研究此事，说这不是停止呼吸，乃是一种"浅呼吸"，是可以操练出来的。胡帝尼自己练习，到了去年夏间，他也公开试验：睡在铁棺里，叫人沉在纽约谢尔顿大旅馆的水池里，过了一点半钟，方才捞起来。开棺之后，依然复生，不过脉跳增加至一百四十二跳而已。胡帝尼的成绩比拉曼加长半点钟，颇能使人明白这种把戏不过是一种技术上的训练，并没有什么精神作用。

胡帝尼死后，这班东方道人还不服气，所以有今年一月二十日哈密道人的公开试验。哈密的成绩又比胡帝尼加长了八十二分钟，应该够得上和勒乌公司订六个月的"杂耍戏"的契约了，然而杜纳先生又嫌活埋三点钟太干燥无味了，怕不能号召看戏的群众！可惜，可惜！大概哈密先生和他的道友们后来仍旧回到东方去继续他们的"内心生活"了罢。

胡帝尼的试验的精神是很可佩服的。其实即使这班东方道人真能活埋三点钟以至三天，完全停止呼吸，这又算得什么精神生活？这里面那有什么"精神的份子"？

泥里的蚯蚓，以至一切冬天蛰伏的爬虫，不是都能这样吗？

六 麻将

前几年，麻将牌忽然行到海外，成为出口货的一宗。欧洲与美洲的社会里，很有许多人学打麻将的；后来日本也传染到了。有一个时期，麻将竟成了西洋社会里最时髦的一种游戏：俱乐部里差不多桌桌都是麻将，书店里出了许多种研究麻将的小册子，中国留学生没有钱的可以靠教麻将吃饭挣钱。欧美人竟发了麻将狂热了。

谁也梦想不到东方文明征服西洋的先锋队却是那一百三十六个麻将军！

这回我从西伯利亚到欧洲，从欧洲到美洲，从美洲到日本，十个月之中，只有一次在日本京都的一个俱乐部里看见有人打麻将。在欧美简直看不到麻将了。我曾问过欧洲和美国的朋友，他们说，"妇女俱乐部里，偶然还可以看见一桌两桌打麻将的，但那是很少的事了"。我在美国人家里，也常看见麻将牌盒子——雕刻装潢很精致的——陈列在室内，有时一家竟有两三副的。但从不见主人主妇谈起麻将；他们从不向我这位麻将国的代表请教此中的玄妙！麻将在西洋已成了架上的古玩了；麻将的狂热已退凉了。

我问一个美国朋友，为什么麻将的狂热过去的这样快？他说："女太太们喜欢麻将，男子们却很反对，终于是男子们战胜了。"

…………

当明朝晚年，民间盛行一种纸牌，名为"马吊"。马吊只有四十张牌。有一文至九文，一千至九千，一万至九万等，等于麻将牌的筒子、索子、万子。还有一张"零"，即是"白板"的祖宗。还有一张"千万"，即是徽州纸牌的

"千万"，马吊牌上每张上画有《水浒传》的人物。徽州纸牌上的"王英"即是矮脚虎王英的遗迹。乾隆嘉庆间人汪师韩的全集里收有几种明人的马吊牌（在丛睦汪氏丛书内）。

马吊在当日风行一时，士大夫整日整夜的打马吊，把正事都荒废了。所以明亡之后，吴梅村作《绥寇纪略》说，明之亡是亡于马吊。

三百年来，四十张的马吊逐渐演变，变成每样五张的纸牌，近七八十年中又变为每样四张的麻将牌（马吊三人对一人，故名"马吊牌"，省称"马吊"；"麻将"为"麻雀"的音变，"麻雀"为"马脚"的音变）。越变越繁复巧妙了，所以更能迷惑人心，使国中的男男女女，无论富贵贫贱，不分日夜寒暑，把精力和光阴葬送在这一百三十六张牌上。

英国的"国戏"是Cricket，美国的国戏是Baseball，日本的国戏是角抵。中国呢？……

麻将平均每四圈费时约两点钟。少说一点，全国每日只有一百万桌麻将，每桌只打八圈，就得费四百万点钟，就是损失十六万七千日的光阴，金钱的输赢，精力的消磨，都还在外。

我们走遍世界，可曾看见那一个长进的民族，光明的国家，肯这样荒时废业吗？一个留学日本的朋友对我说："日本人的勤苦真不可及！到了晚上，登高一望，家家板屋里都是灯光；灯光之下，不是少年人跳着读书，便是老年人跪着翻书，或是老妇人跪着做活计。到了天明，满街上，满电车都是上学去的儿童。单只这一点勤苦就可以征服我们了。"

其实何止日本？凡是长进的民族都是这样的。……

从前的革新家说中国有三害：鸦片，八股，小脚。鸦片虽然没禁绝，总算是犯法的了。虽然还有做"洋八股"与更时髦的"党八股"的，但八股的四书文是过去的了。小脚也差不多没有了。只有这第四害，麻将，还是日兴月盛，没有一点衰歇的样子，没有人说他是可以亡国的大害。新近麻将先生居然大摇大摆地跑到西洋去招摇一次，几乎做了鸦片与杨梅疮的还敬礼物。……

追悼志摩

悄悄的我走了，正如我悄悄的来；我挥一挥衣袖，不带走一片云彩。（《再别康桥》）

志摩这一回真走了！可不是悄悄的走。在那淋漓的大雨里，在那迷蒙的大雾里，一个猛烈的大震动，三百匹马力的飞机碰在一座终古不动的山上，我们的朋友额上受了一个致命的撞伤，大概立刻失去了知觉，半空中起了一团大火，像天上陨了一颗大星似的直掉下地去。我们的志摩和他的两个同伴就死在那烈焰里了！

我们初得着他的死信，却不肯相信，都不信志摩这样一个可爱的人会死的这么惨酷。但在那几天的精神大震撼稍稍过去之后，我们忍不住要想，那样的死法也许只有志摩最配。我们不相信志摩会"悄悄的走了"，也不忍想志摩会死一个"平凡的死"，死在天空之中，大雨淋着，大雾笼罩着，大火焚烧着，那撞不倒的山头在旁边冷眼瞧着，我们新时代的新诗人，就是要自己挑一种死法，也挑不出更合式，更悲壮的了。

志摩走了，我们这个世界里被他带走了不少的云彩。他在我们这些朋友之中，真是一片最可爱的云彩，永远是温暖的颜色，永远是美的花样，永远是可爱的。他常说：我不知道风是在那一个方向吹——我们也不知道风是在那一个方向吹，可是狂风过去之后，我们的天空变惨淡了，变寂寞了，我们才感觉我们的天上的一片最可爱的云彩被狂风卷去了，永远不回来了！

这十几天里，常有朋友到家里来谈志摩，谈起来常常有

人痛哭。在别处痛哭他的，一定还不少。志摩所以能使朋友这样哀念他，只是因为他的为人整个的只是一团同情心，只是一团爱。叶公超先生说：

他对于任何人，任何事，从未有过绝对的怨恨，甚至于无意中都没有表示过一些憎嫉的神气。

陈通伯先生说：

尤其朋友里缺不了他。他是我们的连索，他是黏着性的，发酵性的。在这七八年中，国内文艺界里起了不少的风波，吵了不少的架，许多很熟的朋友往往弄的不能见面。但我没有听见有人怨恨过志摩。谁也不能抵抗志摩的同情心，谁也不能避开他的黏着性。他才是和事佬，他有无穷的同情，他总是朋友中间的"连索"。他从没有疑心，他从不会妒忌。他使这些多疑善妒的人们十分惭愧，又十分羡慕。

他的一生真是爱的象征。爱是他的宗教，他的上帝。

我攀登了万仞的高冈，荆棘扎烂了我的衣裳，我向飘渺的云天外望——上帝，我望不见你！……

我在道旁见一个小孩：活泼，秀丽，褴褛的衣衫；他叫声"妈"，眼里亮着爱——上帝，他眼里有你！

（《他眼里有你》志摩）

志摩今年在他的《〈猛虎集〉自序》里，曾说他的心境是"一个曾经有单纯信仰的流入怀疑的颓废"。这句话是他最好的自述。他的人生观真是一种"单纯信仰"，这里面只有三个大字：一个是爱，一个是自由，一个是美。他梦想这三个理想的条件能够会合在一个人生里，这是他的"单纯信仰"。他的一生的历史，只是他追求这个单纯信仰的实现的历史。

社会上对于他的行为，往往有不谅解的地方，都只因为社会上批评他的人不曾懂得志摩的"单纯信仰"的人生观。他

的离婚和他的第二次结婚，是他一生最受社会严厉批评的两件事。现在志摩的棺已盖了，而社会上的议论还未定。但我们知道这两件事的人，都能明白，至少在志摩的方面，这两件事最可以代表志摩的单纯理想的追求。他万分诚恳的相信那两件事都是他实现那"美与爱与自由"的人生的正当步骤。这两件事的结果，在别人看来，似乎都不曾能够实现志摩的理想生活。但到今日，我们还忍用成败来议论他吗？

我忍不住我的历史癖，今天我要引用一点神圣的历史材料，来说明志摩决心离婚时的心理。民国十一年三月，他正式向他的夫人提议离婚，他告诉她，他们不应该继续他们的没有爱情没有自由的结婚生活了，他提议"自由之偿还自由"，他认为这是"彼此重见生命之曙光，不世之荣业"。他说：

> 故转夜为日，转地狱为天堂，直指顾间事矣。……真生命必自奋斗自求得来，真幸福亦必自奋斗自求得来，真恋爱亦必自奋斗自求得来！彼此前途无限，……彼此有改良社会之心，彼此有造福人类之心，其先自作榜样，勇决智断，彼此尊重人格，自由离婚，止绝苦痛，始兆幸福，皆在此矣。

这信里完全是青年的志摩的单纯的理想主义，他觉得那没有爱又没有自由的家庭是可以摧毁他们的人格的，所以他下了决心，要把自由偿还自由，要从自由求得他们的真生命，真幸福，真恋爱。

后来他回国了，婚是离了，而家庭和社会都不能谅解他。最奇怪的是他和他已离婚的夫人通信更勤，感情更好。社会上的人更不明白了。志摩是梁任公先生最爱护的学生，所以民国十二年任公先生曾写一封很恳切的信去劝他。在这信里，任公提出两点：

> 其一，万不容以他人之苦痛，易自己之快乐。弟之此

举，其于弟将来之快乐能得与否，殆茫如捕风，然先已予多数人以无量之苦痛。

其二，恋爱神圣为今之少年所乐道。……兹事盖可遇而不可求。……况多情多感之人，其幻想起落鹘突，而得满足得宁帖也极难。所梦想之神圣境界恐终不可得，徒以烦恼终其身已耳。

任公又说：

呜呼志摩！天下岂有圆满之宇宙？……当知吾侪以不求圆满为生活态度，斯可以领略生活之妙味矣。……若沉迷于不可必得之梦境，挫折数次，生意尽矣，郁悒佗傺以死，死为无名。死犹可也，最可畏者，不死不生而堕落至不复能自拔。呜呼志摩，可无惧耶！可无惧耶！

（十二年一月二日信）

任公一眼看透了志摩的行为是追求一种"梦想的神圣境界"，他料到他必要失望，又怕他少年人受不起几次挫折，就会死，就会堕落。所以他以老师的资格警告他："天下岂有圆满之宇宙？"

但这种反理想主义是志摩所不能承认的。他答复任公的信，第一不承认他是把他人的苦痛来换自己的快乐。他说：

我之甘冒世之不韪，竭全力以斗者，非特求免凶惨之苦痛，实求良心之安顿，求人格之确立，求灵魂之救度耳。

人谁不求庸德？人谁不安现成？人谁不畏艰险？然且有突围而出者，夫岂得已而然哉？

第二，他也承认恋爱是可遇而不可求的，但他不能不去追求。他说：

我将于茫茫人海中访我唯一灵魂之伴侣；得之，我幸；不得，我命，如此而已。

他又相信他的理想是可以创造培养出来的。他对任公说：

嗟夫吾师！我尝奋我灵魂之精髓，以凝成一理想之明珠，涵之以热满之心血，朗照我深奥之灵府。而庸俗忌之嫉之，辄欲麻木其灵魂，捣碎其理想，杀灭其希望，污毁其纯洁！我之不流入堕落，流入庸懦，流入卑污，其几亦微矣！

我今天发表这三封不曾发表过的信，因为这几封信最能表现那个单纯的理想主义者徐志摩。他深信理想的人生必须有爱，必须有自由，必须有美；他深信这种三位一体的人生是可以追求的，至少是可以用纯洁的心血培养出来的。——我们若从这个观点来观察志摩的一生，他这十年中的一切行为就全可以了解了。我还可以说，只有从这个观点上才可以了解志摩的行为；我们必须先认清了他的单纯信仰的人生观，方才认得清志摩的为人。

志摩最近几年的生活，他承认是失败。他有一首《生活》的诗，诗里暗惨的可怕！

阴沉，黑暗，毒蛇似的蜿蜒，生活逼成了一条甬道：一度陷入，你只可向前，手扪索着冷壁的黏潮，在妖魔的脏腑内挣扎，头顶不见一线的天光，这魂魄，在恐怖的压迫下，除了消灭更有什么愿望？（十九年五月二十九日）

他的失败是一个单纯的理想主义者的失败。他的追求，使我们惭愧，因为我们的信心太小了，从不敢梦想他的梦想。他的失败，也应该使我们对他表示更深厚的恭敬与同情，因为偌大的世界之中，只有他有这信心，冒了绝大的危险，费了无数的麻烦，牺牲了一切平凡的安逸，牺牲了家庭的亲谊和人间的名誉，去追求，去试验一个"梦想之神圣境界"，而终于免不了惨酷的失败，也不完全是他的人生观的失败。他的失败是因为他的信仰太单纯了，而这个现实世界太复

杂了，他的单纯的信仰禁不起这个现实世界的摧毁；正如易卜生的诗剧Brand里的那个理想主义者，抱着他的理想，在人间处处碰钉子，碰的焦头烂额，失败而死。

　　然而我们的志摩"在这恐怖的压迫下"，从不叫一声"我投降了"！他从不曾完全绝望，他从不曾绝对怨恨谁。他对我们说：你们不能更多的责备。我觉得我已是满头的血水，能不低头已算是好的。（《〈猛虎集〉自序》）

　　是的，他不曾低头。他仍旧昂起头来做人；他仍旧是他那一团的同情心，一团的爱。我们看他替朋友做事，替团体做事，他总是仍旧那样热心，仍旧那样高兴。几年的挫折，失败，苦痛，似乎使他更成熟了，更可爱了。

　　他在苦痛之中，仍旧继续他的歌唱。他的诗作风也更成熟了。他所谓"初期的汹涌性"固然是没有了，作品也减少了；但是他的意境变深厚了，笔致变淡远了，技术和风格都更进步了。这是读《猛虎集》的人都能感觉到的。

　　志摩自己希望今年是他的"一个真正的复活的机会"。他说：抬起头居然又见到天了。眼睛睁开了，心也跟着开始了跳动。

　　我们一班朋友都替他高兴。他这几年来想用心血浇灌的花树也许是枯萎的了；但他的同情，他的鼓舞，早又在别的园地里种出了无数的可爱的小树，开出了无数可爱的鲜花。他自己的歌唱有一个时代是几乎消沉了；但他的歌声引起了他的园地外无数的歌喉，嘹亮的唱，哀怨的唱，美丽的唱。这都是他的安慰，都使他高兴。

　　谁也想不到在这个最有希望的复活时代，他竟丢了我们走了！他的《猛虎集》里有一首咏一只黄鹂的诗，现在重读了，好像他在那里描写他自己的死，和我们对他的死的悲哀：

等候他唱，我们静着望，怕惊了他。但他一展翅，冲破浓密，化一朵彩云：他飞了，不见了，没了——像是春光，火焰，像是热情。

志摩这样一个可爱的人，真是一片春光，一团火焰，一腔热情。现在难道都完了？

决不！决不！志摩最爱他自己的一首小诗，题目叫做《偶然》，在他的《卞昆冈》剧本里，在那个可爱的孩子阿明临死时，那个瞎子弹着三弦，唱着这首诗：

我是天空里的一片云，偶尔投影在你的波心——你不必讶异，更无需欢喜——在转瞬间消灭了踪影。

你我相逢在黑暗的海上，你有你的，我有我的，方向。

你记得也好，最好你忘掉，在这交会时互放的光亮！

朋友们，志摩是走了，但他投的影子会永远留在我们心里，他放的光亮也会永远留在人间，他不曾白来了一世。我们有了他做朋友，也可以安慰自己说不曾白来了一世。我们忘不了和我们在那交会时互放的光亮！

（本文作于1931年12月3日，原载1932年《新月》第4卷第1期）

南游杂忆

我这一次因为接受香港大学的名誉学位，做第一次的南游，在香港住了五天，在广州住了两天半，在广西住了十四天。这些地方都是我多年想去而始终没有去成的，这回得有畅游的机会，使我很快慰。可惜南方的朋友待我太好了，叫我天天用嘴吃喝，天天用嘴说话，嘴太忙，所以用眼睛耳朵的机会太少了。前后二十多天之中，我竟没有工夫记日记。后来在《大公报》和《国闻周报》上读了胡政之先生的两种两粤游记，我很感觉惭愧。他游两粤，恰在我之后，走的路也恰和我走的大致一样；但他是一个有训练的名记者，勤于记载每天的观察，所以他的游记很可供读者的参考。我因为当时没有日记，回家后又两次患流行性感冒，前后在床上睡了十天，事隔日久，追忆起来更模糊了。但因为许多朋友的催逼，所以我决定写出一些追忆的印象和事实，做我第一次南游的报告。

一　香港

我在元旦上午坐哈里生总统船南下，一月四日早晨到香港，住在香港大学副校长韩耐儿（Sir William Homel）的家里。我在香港的日程，先已托香港大学文学院院长佛斯脱先生（Dr. L. Forster）代为排定。西洋人是能体谅人的，所以每天上午都留给我自由支配，一切宴会讲演都从下午一点开始。所以我在港五天，比较从容，玩了不少地方。

船到香港时，天还未明，我在船面上眺望，看那轻雾中的满山灯光，真像一天繁星。韩校长的家在半山，港大也在半

山，在山上望见海湾，望见远近的岛屿，气象比青岛、大连更壮丽。香港的山虽不算很高，但几面都靠海，山和海水的接近，是这里风景的特色。有一天佛斯脱先生夫妇邀我去游览香港市的背面的山水，遍览浅水湾、深水湾、香港仔、赤柱各地。阳历的一月正是香港最好的天气。满山都是绿叶，到处可以看见很浓艳的鲜花；我们久居北方的人，到这里真有"赶上春了"的快乐。我们在山路上观看海景，到圣士梯反学校小坐喝茶，看海上的斜阳，风景特别清丽。晚上到佛斯脱先生家去吃饭，坐电车上山，走上山顶（The Peak），天已黑了，山顶上有轻雾，远望下去，看那全市的灯火，气象比纽约和旧金山的夜色还更壮丽。有个朋友走遍世界的，曾说，香港的夜景，只有南美洲巴西首都里阿德耶内罗和澳洲的西德内（Sidsey）两处可以相比。过了一天，有朋友邀我去游九龙，因时间太晚，走的不远，但大埔和水塘一带的风景的美丽已够使我们惊异了。

有一天，我在扶轮社午餐后演说，提到香港的风景之美，我说：香港应该产生诗人和画家，用他们的艺术来赞颂这里的海光山色。有些人听了颇感觉诧异。他们看惯了，住腻了，终日只把这地方看作一个吃饭做买卖的商场，所以不能欣赏那山水的美景了。但二十天之后，我从广西回到香港时，有人对我说，香港商会现在决定要编印一部小册子，描写香港的风景，他们准备印两万本，来宣传香港的山水之美！

香港大学最有成绩的是医科与工科，这是外间人士所知道的。这里的文科比较弱，文科的教育可以说是完全和中国大陆的学术思想不发生关系。这是因为此地英国人士向来对于中国文史太隔膜了，此地的中国人士又太不注意港大文科的中文教学，所以中国文字的教授全在几个旧式科第文人的手里，大

陆上的中文教学早已经过了很大的变动，而港大还完全在那变动大潮流之外。近年副校长韩君与文学院院长佛君都很注意这个问题，他们两人去年都曾到北方访问考查；去年夏天港大曾请广东学者陈受颐先生和容肇祖先生到这里来研究港大的中文教学问题，请他们自由批评并指示改革的途径。这种虚心的态度是很可以佩服的。我在香港时，很感觉港大当局确有改革文科中国文字教学的诚意，本地绅士如周寿臣、罗旭和诸先生也都热心赞助这件改革事业。但他们希望一个能主持这种改革计划的人，这个人必须兼有四种资格：（一）须是一位高明的国学家；（二）须能通晓英文，能在大学会议席上为本系辩护；（三）须是一位有管理才干的人；（四）最好须是一位广东籍的学者。因为这样的人才一时不易得，所以这件改革事业至今还不曾进行。

香港大学创始于爱里鹗爵士（Sir Charles Eliot），此君是一位博学的学者，精通梵文和巴利（Pali）文，著有《印度教与佛教》三巨册；晚年曾任驻日本大使，退休后即寄居奈良，专研究日本的佛教，想著一部专书。书稿未成，他因重病回国，死在印度洋的船上。一九二七年五月，我从美国回来，过日本奈良，曾在奈良旅馆里见着他。那一天同餐的，有法国的勒卫先生（Sylvan Levi），瑞士（现改法国籍）的戴弥微先生（Demieville），日本的高楠顺次郎先生和法隆寺的佐伯方丈，五国的研究佛教的学人聚在一堂，可称盛会。于今不过八年，那几个人都云散了，而当日餐会的主人已葬在海底了！

爱里鹗校长是最初推荐钢和泰先生给北京大学的人。钢先生从此留在北京，研究佛教，教授梵文和藏文，至今十五六年了。香港大学对中国学术上的贡献，大概要算这件事为最

大。可惜爱里鹗以后，这样的学术上的交通就不曾继续了。

　　香港的教育问题，不仅是港大的中文教学问题。我在香港曾和巢坤霖先生、罗仁伯先生细谈，才知道中小学的中文教学问题更是一个急待救济的问题。香港的人口，当然绝大数是中国人。他们的儿童入学，处处感觉困难，最大的困难是那绝大多数的华文学校和那少数的英文中学不能相衔接，华文学校是依中国新学制的六六制办的，小学六年，中学也六年。英文中学却有八年。依年龄的分配，在理论上，一个儿童读了四年小学，应该可以接上英文中学的最低级（第八级）。事实上却不然，华人子弟往往要等到初中二三年（即第八九年）方才能考英文中学。其间除了英文之外，其余的他种学科都是学过了还须重习的。这样的不相衔接，往往使儿童枉费去三年至五年的光阴。所以这是一个最严重的问题。香港与九龙的华文学校约有八百所，其中六百校是完全私立的，二百校是稍有政府津贴的。英文中学校之中，私立的约有一百校，其余最好的三十校又分三种：一种是官立的，一种是政府补助的，一种是英国教会办的。因为全港受英国统治与商业的支配，故学生的升学当然大家倾向那三十所设备最好的英文中学。无力升学的学生，也因为工商业都需要英文与英语，也都有轻视其他学科的倾向，还有一些人家，因为香港生活程度太高，学费太贵，往往把子弟送往内地去求学；近年中国学校不能收未立案的学校的学生，所以叫香港儿童如想在内地升学，必须早入中国的立案学校。所以香港的中小学的教学问题最复杂。家长大都希望子弟能早学英文，又都希望他们能多学一点中国文字，同时广东人的守旧风气又使他们迷恋中国古文，不肯彻底改用国语课本。结果是在绝大多数的中文学校里，文言课本还是很占势力，师资既不易得，教学的成绩自然不会好了。

罗仁伯先生是香港中文学校的视学员，他是很虚心考虑这个中文教学问题的，他也不反对白话文。但他所顾虑的是：白话文不是广东人的口语，广东儿童学白话未必比学文言更容易，也未必比学文言更有用。这不仅是他一个人的顾虑，广东朋友往往有这种见解。其实这种意思是错的。第一，今日的"国语"本是一种活的方言，因为流行最广，又已有文学作品做材料，所以最容易教学；学了也最有用。广东话也是一种活的方言，但流行比较不远，又产生的文学材料太少，所以不适宜用作教学工具。广东人虽不说国语，但他们看白话小说，新作白话文字，究竟比读古书容易的多多了。第二，"广东话"绝不能解决华南一带语言教学问题，因为华南的语言太复杂了，广东话之外，还有客话，潮州话等等。因为华南的语言太复杂了，所以用国语作统一的语言实在比在华北、华中还更需要。第三，古文是不容易教的，越下去，越不容易得古文师资了。而国语师资比较容易培养。第四，国语实在比古文丰富的多，从国语入手，把一种活文字弄通顺了，有志学古文的人将来读古书也比较容易。第五，我想香港的小学中学若彻底改用国语课本，低级修业年限或可以缩短一两年。将来谋中文学校与英文中学的衔接与整理，这也许是很可能的一个救济方法——所以我对于香港的教育家，很诚恳的希望他们一致的改用国语课本。

我在香港讲演过五次：三次用英文，两次用国语。在香港用国语讲演，不是容易的事。一月六日下午，我在香港华侨教育会向两百多华文学校的教员演说了半点钟，他们都说可以勉强听官话，所以不用翻成广东话。我说的很慢，自信是字字句句清楚的。因为我怕他们听不明白，所以那篇演说里没有一句不是很浅近的话。第二天各华字报登出会场的笔记，我在

《大光报》上读了一遍，觉得大旨不错，我很高兴，因为这样一篇有七八成正确的笔记使我相信香港的中小学教员听国语的程度并不坏，这是最可乐观的现象，在十年前这是绝不可能的。后来广州各报转载的，更后来北方各报转载的，大概都出于一个来源，都和《大光报》相同。其中当然有一些听错的地方，和记述白话语气不完全的地方。例如我提到教育部王部长的广播演说，笔记先生好像不知道王世杰先生，所以记作汪精卫先生了。又如我是很知道广州人对香港的感情的，所以我很小心的说"我希望香港的教育家接受新文化，用和平手段转移守旧势力，使香港成为南方的一个新文化中心"，我特别把"一个新文化中心"说的很清楚，但笔记先生好像不曾做惯白话文，他轻轻的把"一个"两字丢掉了，后来引起了广州人士不少的醋意！又如最后笔记先生记的有这样一句话：

现在不同了。香港最高级教育当局也想改进中国的文化。

这当然是很错误的记录：我说的是香港最高教育当局现在也想改善大学里的中国文学的教学了，所以我接着说港大最近请两位中国学者来计划中文系的改革的事业。凡有常识而无恶意的读者，看了上下文，决不会在这一句上挑眼的，谁知这句句子后来在中山大学邹校长的笔下竟截去了上下文，成了一句天下驰名的名句！

那篇演说，因为各地报纸都转载了，并且除了上述各点小误之外，记载的大体不错，所以我不用转载在这里了。我的大意是劝告香港教育家充分利用香港的治安和财富，努力早日做到普及教育；同时希望他们接受中国大陆的新潮流，在思想文化上要向前走，不要向后倒退。可是我在后半段里提到广东当局反对白话文，提倡中小学读经的政策。我说的很客气，笔记先生记的是：

现在广东很多人反对用语体文，主张用古文；不但古文，而且还提倡读经书。我真不懂。因为广州是革命策源地，为什么别的地方已经风起云涌了，而革命策源地的广东尚且守旧如此。

这段笔记除了"风起云涌"四个字和"尚且"二字我绝不会用的，此外的语气大致不错。我说的虽然很客气，但读经是陈济棠先生的政策，并且曾经西南政务会议正式通令西南各省，我的公开反对是陈济棠先生不肯轻轻放过的。于是我这篇最浅近的演说在一月八日广州报纸上登出之后，就引起很严重的反对。我丝毫不知道这回事，八日的晚上，我上了"泰山"轮船，一觉醒来，就到了广州。

罗文干先生每每取笑我爱演说，说我"卖膏药"。我不懂这句话的意思，直到那晚上了轮船，我才明白了。我在头等舱里望见一个女人在散舱里站着演说，我走过去看，听不懂她说的是什么问题，只觉得她侃侃而谈，滔滔不绝，很像是一位有经验的演说大家。后来问人，才知道她是卖膏药的，在那边演说她手里的膏药的神效。我忍不住暗笑了；明天早起，我也上省卖膏药去！

二　广州

一月九日早晨六点多，船到了广州，因为大雾，直到七点，船才能靠码头。有一些新旧朋友到船上来接我，还有一些新闻记者围住我要谈话。有一位老朋友托人带了一封信来，要我立时开看。我拆开信，中有云："兄此次到粤，诸须谨慎。"我不很了解，但我知道这位朋友说话是很可靠。那时和我同船从香港来的有岭南大学教务长陈荣捷先生，到船上来欢迎的有中山大学文学院院长吴康先生，教授朱谦之先生，还有

地方法院院长陈达材先生，他们还不知道广州当局对我的态度。陈荣捷先生和吴康先生还在船上和我商量我的讲演和宴会的日程。那日程确是可怕的！除了原定的中山大学和岭南大学各演讲两次之外，还有第一女子中学、青年会、欧美同学会等，四天之中差不多有十次演讲。上船来的朋友还告诉我：中山大学邹鲁校长出了布告，全校学生停课两天，使他们好去听我的演讲。又有人说：青年会昨天下午开始卖听讲券，一个下午卖出了两千多张。

我跟着一班朋友到了新亚酒店。已是八点多钟了。我看广州报纸，才知道昨天下午西南政务会议开会，就有人提起胡适在香港华侨教育会演说公然反对广东读经政策，但报纸上都没有明说政务会议议决如何处置我的方法。一会儿，吴康先生送了一封信来，说：

适暏邹海滨先生云：此间党部对先生在港言论不满，拟劝先生今日快车离省，暂勿演讲，以免发生纠纷。

邹、吴两君的好意是可感的，但我既来了，并且是第一次来观光，颇不愿意就走开。恰好陈达材先生问我要不要看看广州当局，我说：林主席是旧交，我应该去看看他。达材就陪我去到省政府，见着林云陔先生，他大谈广东省政府的"三年建设计划"。他问我要不要见见陈总司令，我说，很好。达材去打电话，一会儿他回来说：陈总司令本来今早要出发向派出剿匪的军队训话，因为他要和我谈话，特别改迟出发。总司令部就在省政府隔壁，可以从楼上穿过。我和达材走过去，在会客室里略坐，陈济棠先生就进来了。

陈济棠先生的广东官话我差不多可以全懂。我们谈了一点半钟，大概他谈了四十五分钟，我也谈了四十五分钟。他说的话很不客气："读经是我主张的，祀孔是我主张的，拜

关、岳也是我主张的。我有我的理由。"他这样说下去，滔滔不绝。……他继续说他的两大政纲：第一是生产建设，第二是做人。生产的政策就是那个"三年计划"，包括那已设未设的二十几个工厂，其中有那成立已久的水泥厂，有那前五六年才开工出糖的糖厂。他谈完了他的生产建设，转到"做人"，他的声音更高了，好像是怕我听不清似的。他说：生产建设可以尽量用外国机器，外国科学，甚至于不妨用外国工程师。但"做人"必须有"本"，这个"本"必须要到本国古文化里去寻求。这就是他主张读经祀孔的理论。他演说这"生产""做人"两大股，足足说了半点多钟。他的大旨和胡政之先生《粤桂写影》所记的陈济棠先生一小时半的谈话相同，大概这段大议论是他时常说的。

我静听到他说完了，我才很客气的答他，大意说："依我的看法，伯南先生的主张和我的主张只有一点不同。我们都要那个'本'，所不同的是：伯南先生要的是'二本'，我要的是'一本'。生产建设须要科学，做人须要读经祀孔，这是'二本'之学。我个人的看法是：生产要用科学知识，做人也要用科学知识，这是'一本'之学。"

他很严厉的睁看两眼，大声说："你们都是忘本！难道我们五千年的老祖宗都不知道做人吗？"

我平心静气的对他说："五千年的老祖宗，当然也有知道做人的。但就绝大多数的老祖宗说来，他们在许多方面实在够不上做我们'做人'的榜样。举一类很浅的例子来说罢。女人裹小足，裹到骨头折断，这是全世界的野蛮民族都没有的惨酷风俗。然而我们的老祖宗居然行了一千多年。大圣大贤，两位程夫子没有抗议过，朱夫子也没有抗议过，王阳明、文文山也没有抗议过。这难道是做人的好榜样？"

他似乎很生气，但也不能反驳我。他只能骂现存中国的教育，说"都是亡国的教育"；他又说，现在中国人学的科学，都是皮毛，都没有"本"，所以都学不到人家的科学精神，所以都不能创造。在这一点上，我不能不老实告诉他：他实在不知道中国这二十年中的科学工作。我告诉他：现在中国的科学家也有很能做有价值的贡献的了，并且这些第一流的科学家又都有很高明的道德。他问："有些什么人？"我随口举出了数学家的姜蒋佐，地质学家的翁文灏、李四光，生物学家的秉志，——都是他不认识的。

关于读经的问题，我也很老实的对他说：我并不反对古经典的研究，但我不能赞成一班不懂得古书的人们假借经典来做复古的运动。"这回我在中山大学的讲演题目本来是两天都讲'儒与孔子'，这也是古经典的一种研究。昨天他们写信到香港，要我一次讲完，第二次另讲一个文学的题目。我想读经问题正是广东人眼前最注意的问题，所以我告诉中山大学吴院长，第二题何不就改作'怎样读经？'我可以同这里的少年人谈谈怎样研究古经典的方法。"我说这话时，陈济棠先生回过头去望着陈达材，脸上做出一种很难看的狞笑。我当作不看见，仍旧谈下去。但我现在完全明白是谁不愿意我在广州"卖膏药"了！

以上记的，是我们那天谈话的大概神情。旁听的只有陈达材先生一位。出门的时候，达材说，陈伯南不是不能听人忠告的，他相信我的话可以发生好影响。我是相信天下没有白费的努力的，但对达材的乐观我却不免怀疑。这种久握大权的人，从来没有人敢对他们说一句逆耳之言，天天只听得先意承志的阿谀谄媚，如何听得进我的老实话呢？

在这里我要更正一个很流行的传说。在十天之后，我在

广西遇见一位从广州去的朋友，他说，广州人盛传胡适之对陈伯南说："岳武穆曾说，'文官不要钱，武官不怕死，天下太平矣。'我们此时应该倒过来说，'武官不要钱，文人不怕死，天下太平矣。'"——这句话确是我在香港对胡汉民先生说的。我在广州，朋友问我见过胡展堂没有，我总提到这段谈话。那天见陈济棠先生时，我是否曾提到这句话，我现在记不清了。大概广州人的一般心理，觉得这句话是我应该对陈济棠将军说的，所以不久外间就有了这种传说。

我们从总司令部出来，回到新亚酒店，罗钧任先生，但怒刚先生，刘毅夫（沛泉）先生，罗努生先生，黄深微（骚）先生，陈荣捷先生，都在那里。中山大学文学院长吴康先生又送了一封信来，说：

鄙意留省以勿演讲为妙。党部方面空气不佳，发生纠纷，反为不妙，邹先生云，昨为党部高级人员包围，渠无法解释。故中大演讲只好布告作罢。渠云，个人极推重先生，故前布告学生停课出席听先生讲演。惟事已至此，只好向先生道歉，并劝先生离省，冀免发生纠纷。

一月九日午前十一时

邹校长的为难，我当然能谅解。中山大学学生的两天放假没有成为事实，我却可以得着四天的假期，岂不是意外的奇遇？所以我和陈荣捷先生商量，爽性把岭南大学和其他几处的讲演都停止了，让我痛痛快快的玩两天。我本来买了来回船票，预备赶十六日的塔虎脱总统船北回，所以只预备在广州四天，在梧州一天。现在我和西南航空公司刘毅夫先生商量，决定在广州只玩两天，又把船期改到十八日的麦荆尼总统船，前后多出四天，坐飞机又可以省出三天，我有七天（十至十八）可以飞游南宁和柳州、桂林了。罗钧任先生本想游览桂林山

水，他到了南宁，因为他的哥哥端甫先生（文庄）死了，他半途折回广州。他和罗努生先生都愿意陪我游桂林，我先去梧州讲演，钧任等到十三日端甫开吊事完，飞到南宁会齐，同去游柳州、桂林。我们商量定了，我很高兴，就同陈荣捷先生坐小汽船过河到岭南大学钟荣光校长家吃午饭去了。

那天下午五点，我到岭南大学的教职员茶会。那天天气很热，茶会就在校中的一块草地上，大家团坐吃茶点谈天。岭南的学生知道了，就有许多学生来旁观。人越来越多，就把茶会的人包围住了。起先他们只在外面看着，后来有一个学生走过来对我说："胡先生肯不肯在我的小册子上写几个字。"我说可以，他就摸出一本小册子来请我题字。这个端一开，外面的学生就拥进茶会的团坐圈子里来了。人人都拿着小册子和自来水笔，我写的手都酸了。天渐黑下来了。草地上蚊子多的很，我的薄袜子抵挡不住，我一面写字，一面运动两只脚，想赶开蚊子。后来陈荣捷先生把我拉走，我上车时，两只脚背都肿了好几块。

晚上黄深微先生和他的夫人邀我到他们家中去住，我因为旅馆里来客太多，就搬到东山，住在他们家里。十点钟以后，报馆里有人送来明天新闻的校样，才知道中山大学邹鲁校长今天出了这样一张布告：

国立中山大学布告第七十九号

为布告事。前定本星期四五两下午二时请胡适演讲。业经布告在案。现阅香港《华字日报》。胡适此次南来接受香港大学博士学位之后。在港华侨教育会所发表之言论。竟谓香港最高教育当局。也想改进中国的文化。又谓各位应该把它做成南方的文化中心。复谓广东自古为中国的"殖民地"等语。此

等言论。在中国国家立场言之。胡适为认人作父。在广东人民地位言之。胡适竟以吾粤为生番蛮族。实失学者态度。应即停止其在本校演讲。合行布告。仰各学院各附校员生一体知照。届时照常上课为要。此布。

校长邹鲁

中华民国二十四年一月九日

这个布告使我不能不佩服邹鲁先生的聪明过人。早晨的各报记载八日下午西南政务会议席上讨论的胡适的罪过，明明是反对广东的读经政策。现在这一桩罪名完全不提起了，我的罪名变成了"认人作父"和"以吾粤为生番蛮族"两项！广州的当局大概也知道"反对读经"的罪名是不够引起广东人的同情的，也许多数人的同情反在我的一边。况且读经是武人的主张，——这是陈济棠先生亲口告诉我的——如果用"反对读经"做我的罪名，这就成了陈济棠反对胡适了。所以奉行武人意旨的人们必须避免这个真罪名，必须向我的华侨教育会演说里去另寻找的罪名，恰好我的演说里有这么一段：

我觉得一个地方的文化传到他的殖民地或边境，本地方已经变了，而边境或殖民地仍是保留着老祖宗的遗物。广东自古是中国的"殖民地"，中原的文化许多都变了，而在广东尚留着。像现在的广东音是最古的，我现在说的话才是新的。

（用各报笔记，大致无大错误）

假使一个无知苦力听了这话忽然大生气，我一定不觉得奇怪。但是一位国立大学校长，或是一位国立大学的中国文学系主任居然听不懂这一段话，居然大生气，说我是骂他们"为生番蛮族"，这未免有点奇怪罢。

我自己当然很高兴，因为我的反对读经现在居然不算是我的罪状了，这总算是一大进步。孟子说的好，"乃孔子则欲

以微罪行，不欲为苟去"。邹鲁先生们受了读经的训练，硬要我学孔子的"做人"，要我"以微罪行"，我当然是很感谢的。

但九日的广州各报记载是无法追改的，九日从广州电传到海内外各地的消息也是无法追改的。广州诸公终不甘心让我蒙"反对读经"的恶名，所以一月十四日的香港英文《南华晨报》上登出了中山大学教授兼广州《民国日报》总主笔梁民志的一封英文来函，说：

我盼望能借贵报转告说英国话的公众，胡适博士在广州所受冷淡的待遇，并非因为（如贵报所记）他批评广州政府恢复学校读经课程，其实完全因为他在一个香港教员聚会席上说了一些对广东人民很侮辱又"非中国的"批评。我确信任何人对于广州政府的教育政策如提出积极的批评，广州当局诸公总是很乐意听受的。

我现在把梁教授这封信全译在这里，也许可以帮助广州当局诸公多解除一点同样的误解。

我的膏药卖不成了，我就充分利用那两天半的时间去游览广州的地方。黄花岗、观音山、鱼珠炮台、石牌的中山大学新校舍，禅宗六祖的六榕寺，六百年前的五层楼的镇海楼、中山纪念塔、中山纪念大礼堂，都游遍了。中山纪念塔是亡友吕彦直先生（康南尔大学同学）设计的，图案简单而雄浑，为彦直生平最成功的建筑，远胜于中山陵的图案。黄花岗七十二烈士（中有亡友饶可权先生）墓是二十年前的新建筑，中西杂凑，全不谐和，墓顶中间一个小小的自由神石像，全仿纽约港的自由神大像，尤不相衬。我们看了民元的黄花岗，再看吕彦直设计的中山纪念塔，可以知道这二十年中国新建筑学的大进步了。

我在中山纪念塔下游览时，忽然想起学海堂和广雅书院，想去看看这两个有名学府的遗迹。同游的陈达材先生说，广雅书院现在用作第一中学的校址，很容易去参观。我们坐汽车到一中，门口的警察问我们要名片，达材给了他一张名片。我们走进去，路上遇着一中的校长，达材给我们介绍，校长就引导我们去参观。东边有荷花池，池后有小亭，亭上有张之洞的浮雕石像，刻的很工致。我们正在赏玩，不知如何被校中学生知道了，那时正是十二点一刻，餐堂里的学生纷纷跑出来看，一会儿荷花池的四围都是学生了。我们过桥时，有个学生拿着照相机走过来问我："胡先生可以让我照相吗？"我笑着立定，让他照了一张相。这时候，学生从各方面围拢来，跟着我们走，有些学生跑到前面路上去等候我们走过。校长说："这里一千三百学生，他们晓得胡先生来，都要看着你。"我很想赶快离开此地。校长说："这里是东斋，因为老房屋有倒坏了的，所以全拆了重盖新式斋舍。那边是西斋，还保存着广雅书院斋舍的原样子，不可以不去看。"我只好跟他走，走到西斋，西斋的学生也知道我来了，也都跑来看我们。七八百个少年人围着我们，跟着我们，大家都不说话，但他们脸上的神气都很使我感动。校墙上有石刻的广雅书院学规，我站住读了几条，回头看时，后面学生都纷纷挤上来围着我们，我们几乎走不开了。我们匆匆出来，许多学生跟着校长一直送我们到校门口。我们上了汽车，我对同游的两位朋友说："广州的武人政客未免太笨了。我若在广州演讲，大家也许来看热闹，也许来看看胡适之是什么样子；我说的话，他们也许可以懂得五六成；人看见了，话听完了，大家散了，也就完了。演讲的影响不过如此。可是我的不演讲，影响反大的多了。因为广州的少年人都不能不想想为什么胡适之在广州不演

讲。我的最大辩才至多只能使他们想想一两个问题，我不讲演却可以使他们想想无数的问题。陈伯南先生真是替胡适之宣传他的'不言之教'了！"

我在广州玩了两天半，一月十一日下午，我和刘毅夫先生同坐西南航空公司"长庚"机离开广州了。

我走后的第二天，广州各报登出了中山大学中国文学系教授古直、钟应梅、李沧萍三位先生的两个"真电"，全文如下：

一、广州分进西南政务委员会，陈总司令，林主席，省党部，林宪兵司令，何公安局长勋鉴，昔颜介庚信，北陷虏廷，尚有乡关之思，今胡适南履故土，反发盗憎之论，在道德为无耻，在法律为乱贼矣，又况指广东为殖民，置公等于何地，虽立正典刑，如孔子之诛少正卯可也，何乃令其逍遥法外，造谣惑众，为侵掠主义张目哉，今闻尚未出境，请即电令截回，径付执宪，庶几乱臣贼子，稍知警悚矣，否则老口北返，将笑广东为无人也。国立中山大学中文系主任古直、教员李沧萍、钟应梅，等叩，真辰。

二、探送梧州南宁李总司令，白副总司令，黄主席，马校长勋鉴（前段与上电同略），今闻将入贵境，请即电令所在截留，径付执宪，庶几乱臣贼子，稍知警悚矣，否则公方剿灭，明耻教战，而反客受刘豫、张邦昌一流人物以自玷，天下其谓公何，心所谓危，不敢不告。国立中山大学中文系主任古直、教员李沧萍、钟应梅叩，真午。

电文中列名的李沧萍先生，事前并未与闻，事后曾发表谈话否认列名真电。所以一月十六日《中山大学日报》上登出《古直、钟应梅启事》，其文如此：

胡适出言侮辱宗国。侮辱广东三千万人。中山大学布告驱之。定其罪名为认人作父。夫认人作父。此贼子也。刑罚不

加。直等以为遗憾。真日代电。所以义形于色矣。李沧萍教授同此慷慨。是以分之以义。其实未尝与闻。今知其为北大出身也。则直等过矣。呜呼道真之妒。昔人所叹。自今以往。吾犹敢高谈教育救国乎。先民有言。丈夫行事当磊磊落落。特此相明。不欺其心。谨启。

古直

钟应梅启

这三篇很有趣的文字大可以做我的广州杂忆的尾声了。

三　广西

我们一月十一日下午飞到梧州了，在梧州住了一夜，我在广西大学讲演一次，次日在梧州中山纪念堂公开讲演一次。广西大学校长马君武先生是我的老师，校中教职员有许多是中国公学的老朋友，所以我在梧州住的一天是最快乐的。大学在梧州的对岸，中间是抚河（漓水），南面是西江。我们到的太晚了，晚上讲演完后，在老同学谢厚藩先生的家里喝茶大谈，夜深过江，十二日讲演完后，吃了饭就上飞机飞南宁了，始终没有机会参观西大的校舍与设备，这就是用嘴不能用眼的害处了。

十二日下午到南宁（邕宁），见着白健生先生，潘宜之先生，邱毅吾（昌渭）先生等，都是熟人。住在乐群社，是一个新式的俱乐部，设备很好。梧州与南宁都有自来水，内地省份有两个有自来水的城市，是很难得的。白先生力劝我改船期，在广西多玩几天。我因为我的朋友贵县罗尔纲先生的夫人和儿女在香港等候我伴送他们北上，不便改期。十四日罗钧任和罗努生如约到了南宁，白健生先生又托他们力劝。白先生说，他可以实行古直先生们的"真电"，封锁水陆空的交

通，把我扣留在广西！后来我托省政府打电报请广西省银行的香港办事处把我和罗太太一家的船票都改了二十六日的胡佛总统船。这样一改，我在广西还可住十二天，尽够畅游桂林山水了。

我在南宁住了六天，中间和罗努生到武鸣游了一天。钧任飞去龙州玩了一天，回来极口称美龙州的山水，可惜我不曾去。我在南宁讲演了五次。十九日飞往柳州，住在航空署，见着广西航空界的一般青年领袖。钧任、努生和我在柳州游览了半天，公开讲演一次。二十日上午飞往桂林，在桂林讲演了两次，游览了两天，把桂林附近的名胜大致游遍了。二十二日上午，我和钧任、努生、毅夫，桂林县公署的秘书曹先生，飞机师赵志雄、冯星航两先生，雇了船去游阳朔。在漓水里走了一天半，二十三日下午才到阳朔。在阳朔游览了小半天，我坐汽车赶到良丰的省立师范专科学校讲演一次。讲演后坐汽车赶回桂林，已近半夜了。

二十四日早晨从桂林起飞，本想直飞梧州，在梧州吃午饭，毅夫夫妇约了在广州北面的从化温泉吃晚饭。但那天雾太低了，我们飞过了良丰，还没到阳朔，看前面云雾低压，漓水的河身不宽而两傍山高，所以飞机师赵先生决定折回向西，飞到柳州吃午饭，饭后顺着柳江浔江飞往梧州，在梧州吃夜饭，打电报到广州去报告那些在从化等我们吃夜饭的朋友们。在梧州住了一夜，二十五日从梧州飞回广州，赶上火车，晚上赶到香港。我们在梧州打电报问明胡佛船是二十六日早晨四点钟就要开的，前一天的大雾几乎使我又赶脱了船期！

这是我在广西的行程。以下先记广西的山水。

广西的山水是一种特异的山水，南宋大诗人范成大在他

的《桂海虞衡志》里说的最好：

> 余尝评桂山之奇宜为天下第一。士大夫落南者少，往往不知；而闻者亦不能信。余生东吴，而北抚辽蓟，南宅交广，西使岷峨之下，三方皆走万里，所至无不登览。……其最号奇秀莫如池之九华，歙之黄山，括之仙都，温之雁荡，夔之巫峡，此天下同称之者。然皆数峰而止耳，又在荒绝僻远之濒，非几杖间可得；且所以能拔乎其萃者，必因重冈复岭之势，盘亘而起，其发也有自来。桂之千峰，皆旁无延缘，悉自平地崛然特立，玉笋瑶簪，森列无际。其怪且多如此，诚当为天下第一。……山皆中空，故峰下多佳岩洞。

范氏指出两点特色：第一是诸峰"悉自平地崛然特立，玉笋瑶簪森列无际"；第二是"山皆中空，故峰下多佳岩洞"。这两点都是广西山水的特色。这样"怪而多"的山都是石灰岩，和太湖石是同类；范石湖所指出的"山多中空，故峰下多佳岩洞"，也正和太湖石的玲珑孔窍同一个道理。在飞机上望下去，只看见一簇一簇的圆锥体黑山，笋也似的矗立着，密密的排列着，使我们不能不想一千多年前柳宗元说的名句："桂州多灵山，发地峭竖，林立四野。"这种山峰并不限于桂林，广西全省有许多地方都有这种现象。我们在飞机上望见贵县的南山诸峰，也是这样的。武鸣的四围诸山，也是这一类。我们所游的柳州诸山，还有我们不曾去游的柳州北面融县真仙岩一带的山岩，也都和桂林，阳朔同一种类。地质学者说，这种山岩并不限于广西一省，贵州的山也属于这一类。翁文灏先生说，这种山岩，地质学家称为"喀尔斯特"山岩，在世界上，别处也有，但广西，贵州要算全世界最大的统系了。

徐霞客记广西的山水岩洞最详细，他在广西游了一年，——从崇祯丁丑（1637）闰四月初八到次年三月二十七，

——写游记凡八万字，即丁文江标点本（商务印书馆出版，附地图）卷四至卷七。这是三百年前的游记，我们现在读了还不能不佩服那一位千古奇人脚力之健，精力之强，眼力之深刻，与笔力之细致。我们要知道广西岩洞的奇崛与壮美，不可不读徐霞客的游记；未游者固然应该读，已游者也不可不读。因为三百年来，还没有第二个人有这样伟大的好奇心，费这样长久的时间，专搜访自然的奇迹，作那么详细的记载。他所游的，往往有志书所不载，古今人所不知，或古人偶知而久无人到又被丛莽封塞了的。所以读过徐霞客粤西游记的人，真不能不感觉我们坐汽车匆匆游山的人真不配写游记：不但我们到的地方远不如他访搜所得的地方之多，我们到过的地方，所看见的，所注意到的，也都没有他在三百年前攀藤摩崖所得的多而且详尽。

凡听说桂林山水的，无人不知道桂林的独秀峰。图画上的桂林山水，也只有独秀峰最出名。徐霞客游遍了广西的山水，只不曾登独秀峰，因为独秀峰在桂林城中，圈在靖江王府里，须先得靖江王的许可，外人始得登览。徐霞客运动王府里的和尚代为请求，从五月初四日直到六月初一日，始终不得许可，他大失所望而去。游记中屡记此事，最后记云：

五月二十九日，入靖藩城，订独秀期，主僧词甚辽缓。予初拟再至省一登独秀，即往柳州。至此失望，怅怅。

六月初一日，讹传流寇薄衡水，藩城愈戒严，予遂无意登独秀。独秀山北面临池，西南二麓予俱已绕其下，西岩亦已再探，惟东麓与绝顶未登。其异于他峰者，只亭阁耳。

独秀峰现在人人可以登临了。其实此峰是桂林诸峰中的最低小的，高不过一百多尺！有石级可以从山脚盘旋直上山顶，凡三百六十级，其低可想！此峰所以独享大名，也有理

由。徐霞客已说过"其异于他峰者，只亭阁耳"，现时山腰与山顶尚有小亭台可供游人休憩，是一胜。此山在城中，登山可望全城和四围山水，是二胜。诸峰多是石山，无大树木，独秀峰上稍有树木，是三胜。桂林诸大山以岩洞见奇，然而岩洞都是可游而不可入画的；独秀峰无岩洞，而娇小葱茏，有小亭阁，最便于绘画，故画家多喜画独秀，是四胜。有此四胜，就使此峰得大名！徐霞客两度到桂林，终以不得登独秀峰为憾事。我们在飞机上下望桂林附近的无数石山，几乎看不见那座小小的石丘，颇笑徐霞客的失望为大不值得！

徐霞客最称赏柳州北面融县的真仙岩，游记中有"真仙为天下第一"之语。可惜真仙岩我们没有去；我们游的岩洞，最大的是桂林七星山的岩洞，这岩洞一口为栖霞洞，一口为曾公岩。徐霞客从栖霞洞进去，从曾公岩出来，依他的估计，"自栖霞达曾公岩，径约二里；复自岩口出入盘旋三里"。我们从曾公岩进去，从栖霞出来，共费时五十五分钟。向导的乡人手拿火把（用纸浸煤油，插入长竹筒的一头），处处演说洞里石乳滴成的种种奇异形状："这是仙人棋盘，那是仙人种田，那是金钟对玉鼓，这是狮子对乌龟，那是摩天岭，这是观音菩萨，那是骊山老母，……"那位向导用很清楚的桂林话——指给我们看，说给我们听，真如数家珍。洞中有一股泉水，有些地方水声很大。洞中石乳确有许多很奇伟的形态。我们带有手电筒。又有两三盏手提汽油灯，故看得比较清楚。洞中各处皆被油烟熏黑，石壁石乳，手偶摩抚，都是煤黑。徐霞客记他来游时，向导者用松明照路。千百年中，游人用的松明烟与煤油烟，把洞壁都熏黑了。其实这种岩洞大可以装设电灯，可使洞中景物都更便于赏观，行路的人可以没有颠跌的危险，也可以免除油烟熏塞的气闷。向来做向导的村

人，可以稍加训练，雇作看洞和导游的人，而规定入门费与向导费。如此则游人不以游洞为苦。若如现状，则洞中幽暗，游人非多人结伴不敢进来，来者又必须雇向导，人太少又出不起这笔杂费。

曾公岩是因曾布得名。曾布在元丰初年以龙图阁待制出外，知桂州。他是一个有文学训练的政治家，在桂时，游览各岩洞，到处都有他的刻石题名，不止此一处。

七星山的岩洞，据徐霞客的几次探访搜寻，共有十五洞，他说：

此山岩洞骈峙：栖霞在北，下透山之东西，七星在中，曲透西北出：碧虚岩在南，以东西上透。三穴并悬，六门各异。北又有"朝雪""高峙"两岩，皆西向。此七星山西面之洞也，洞凡五。……曾公岩西又有洞在峰半，攀莽上，洞口亦东南向。……此处岩洞骈峙者亦三。曾公岩北下同列者又有二岩。……此七星山东南之洞也，洞凡五。

若北麓省春三岩，会仙一岩，旁又浅洞一，则七星北面之洞也，洞凡五。一山凡得十五洞云。

我们所游，其实只是十五洞之一！我们在洞里，固是迷不知西东，出了岩洞，还是杳不知南北。看徐霞客连日攀登，遍游诸洞，又综合记叙，条理井然，我们真不能不惭愧了！

七星山的对面就是龙隐岩，在月牙山的背后，洞的外口临江，水打沙进洞，堆积颇高，故岩上石刻题名有许多已被沙埋没了。龙隐岩很通敞，风景很美。岩外摩崖石刻甚多，有狄青等《平蛮三将题名》碑，字迹完好。

龙隐岩往西，不甚远，有小屋，我们敲门进去，有道士住在里面。此屋无后墙，靠山崖架屋，崖上石刻题记甚多，那最有名的《元祐党籍碑》即在此屋后。我久想见此碑，今日始

偿此愿。元祐党籍立于徽宗崇宁元年，最初只有九十八人，那是真正元祐反新法的领袖人物。徽宗皇帝亲写党籍，刻于端礼门；后来又令御史台抄录元祐党籍姓名"下外路州军，于监司门吏厅，立石刊记"。到崇宁三年六月，又把元符末和建中靖国年间的"奸党"和"上书诋讥"诸人一齐"通入元祐籍，更不分三等"（三等是原分"邪上尤甚""邪上""邪中"各等）。这个新合并的党籍，共有三百九十人，刻石朝堂。此碑到崇宁五年正月，因彗星出现，徽宗下诏毁碑，"如外处有奸党石刻，亦令除毁"。除毁之后，各地即无有此碑石刻。现今只有广西有两处摩崖刻本，一本在融县的真仙岩，刻于嘉定辛未；一本即是桂林龙隐岩附近的摩崖，刻于庆元戊午；这两本都是南宋翻刻的。桂林此本乃是用蔡京写刻拓本翻刻，故字迹秀挺可爱。两本都是三百九十人，已不是真正元祐党籍了，其中如章惇、曾布、陆佃等人，都是王安石新法时代的领袖人物，后来时势翻覆，也都列名奸党籍内，和司马光、吕公著诸人做了同榜！

广西的岩洞内外，有唐宋元明的名人题名石刻甚多。石灰岩坚固耐久，历千百年尚多保存很完整的。如舜山的摩崖《舜庙碑》，是唐建中元年韩云卿所立，距今已一千一百五十五年了。又如我们从栖霞洞下山，路旁崖上有范成大题名，又有张孝祥题名，这都是南宋大文人，现在都在路旁茅草里，没有人注意。此类古代名人题记，往往可供历史考据，其手书石刻更可供考证字画题跋者的参考比较。广西现有博物馆，设在南宁：我们盼望馆中诸公能作系统的搜访，将各地的古石刻都拓印编纂，将来可以编成一部"广西石刻文字"，其中必有不少历史的材料。

舜山有洞，名韶音洞，虽不甚深，而风景清幽，洞中有

张栻（南轩）的《韶音洞记》石刻，字小，已不能全读了。洞前有庙，我们登楼小坐，前有清流，远望桂林诸山，在晚照中气象很雄伟。

城中人士常游的为象鼻山，伏波山，独秀峰，风洞山。其中以风洞山的风景为最胜。风洞山有北牖洞，虽曲折而多开敞之处，空气流通，多凉风，故名风洞，有小亭阁，下瞰江水，夏日多游人在此吃茶乘凉。

广西人说："桂林山水甲天下，阳朔山水甲桂林。"我们游了桂林，决定坐船去游阳朔。一路上饱看漓水（抚河）的山水，但是因为我要赶香港船期，所以到了阳朔，只有几个钟头可以游览了。在小雨里，我们坐汽车到青厄渡，过渡后，下车泛览阳朔诸峰，仅仅能看一个大概。阳朔诸山也都是石山，重重叠叠，有作牛角双尖的，有似绝大石柱上半截被打断了的，有似大礼拜寺的，有似大石龟昂头向天的。远望去，重峰列岫，行列凌乱，在轻烟笼罩中，气象确是很奇伟。桂林诸山稍稍分散，阳朔诸山紧凑在江上；桂林诸山都无树木，此间颇有几处山上有大树木，故比较更秀丽。

但我们实在有点辜负了阳朔的山水，我们把时间用在船上了，到了这里只能坐汽车看山，未免使山水笑人。大概我们误会了"阳朔山水必须用船去游"的意思。我后来看徐霞客的游记，始知阳朔诸山都可以用船去细细游览。我们若再来，可以坐汽车到阳朔，然后雇船去从容游山。阳朔诸山也多洞岩，徐霞客所记龙洞岩，珠明洞，来仙洞，都令人神往；其中珠明洞凡有八门，最奇伟。我们没有攀登一处的岩洞，颇失望。

但我们这回坐船游阳朔，也有很好的收获。徐霞客游记里没有提到"光岩"，我们却有半夜游光岩的豪举。光岩是刘毅夫先生前年发现的，所以他力劝我们坐船游阳朔，一半也是

为了要游光岩。船到光岩时，已半夜了，我们都睡了。毅夫先
生上岸去，先雇竹筏进去探看，出来时他把竹筏火把都准备好
了，然后把我们都从睡梦里轰起来，跟他去游洞。光岩洞口临
江，洞甚空敞，洞里石乳甚多而奇，有明朝游人石刻甚多。毅
夫前年曾探此洞，偶见洞后水面上还有小洞，洞口很低，离水
面不过两三尺；毅夫想出法子来，用竹排子撑进去探险，须全
身弯倒始能进去。进去后，他发现里面还有很奇的岩洞，为向
来游人所未曾到过。所以他很高兴，在第一洞石壁上题字指示
游人深入探奇。今夜他带领我们进洞口，石壁上他的墨笔题记
还如新的。我们一班人分坐三个竹排子，排子上平铺着大火
把，大家低头弯腰，进入第二洞。里面共有三层大洞，都很高
大，有种种奇形的石乳。最后一洞内有石乳作荷藕形，凡八九
节，须节都全，绝像真藕，每一洞内都有沙涨成滩，都是江水
打进来的。每过一洞口，都须低头用手攀住上面岩石，有时撑
排的人都下水去用手推竹排子。第二洞以后，石壁上全无前人
题刻，大概古人都不知有这些幽境。毅夫为游此洞，在桂林特
别买了一个价值十七元的大电筒，每进一洞，他用大电筒指示
各种石乳给我们看。他说，最后一洞的顶上有三个小洞透入光
线，也许"光岩"之名是从那里来的。晚间我们当然看不见那
三处透光的小洞。但我想里洞既非前人所熟知，光岩之名未必
起于这透光的小孔，大概因前洞高敞透明，故得光岩之名。此
洞之发现，毅夫之功最多，最后一洞大可以题作"沛泉洞"
（毅夫名沛泉）。毅夫说，此洞颇像浙西金华的双龙洞。

　　徐霞客记他从阳朔回桂林的途中，"舟过水绿村北七
里，西岸一岩，门甚高敞，东向临江，前垂石成龙，曰蛟头
岩"，其地在兴平之南约三里，不知即是光岩否。

　　漓水的一日半旅程，还有一件事足记。船上有桂林女子

能唱柳州山歌，我用铅笔记下来，有听不明白的字句，请同行
的桂林县署曹文泉科长给我解释。我记了三十多首，其中有些
是绝妙的民歌。我抄几首最可爱的在这里：

燕子飞高又飞低，两脚落地口衔泥。
我俩一人先讲过，贫穷落难莫分离。

石榴开花叶子青，哥哥年大妹年轻。
妹子年轻不懂事，哥哥拿去耐烦心。

大海中间一枝梅，根稳不怕水来推。
我们连双先讲过，莫怕旁人说是非。

如今世界好不难！井水不挑不得干。
竹子搭桥哥也过，妹妹跌死也心甘。

高山高岭一根藤，藤上开花十九层。
你要看花尽你看，你要摘花万不能。

要吃笋子三月三，要吃甜藕等塘干。
要吃大鱼长放线，想连小妹耐得烦。

买米要买一斩白，连双要连好脚色。
十字街头背锁链，旁人取笑也抵得。

妹莫愁来妹莫愁，还有好日在后头。
金盆打水妹洗脸，象牙梳子妹梳头。

大塘干了十六年，荷叶烂了藕也甜。

刀切藕断丝不断，同心转意在来年。

　　我们在柳州的时间太短，只游了几处名胜之地。柳州城三面是江，我们在飞机上看柳江从西北来，绕城一周，往东北去。空中望那有名的立鱼山，真有点像个立鱼。那天下午，我们去游立鱼山，有岩洞很玲珑，我们匆匆不曾遍游。傍晚我们去游罗池柳宗元祠堂，有苏东坡写的韩退之《罗池庙碑》的迎享送神辞大字石刻。退之原辞石刻有"春与猿吟兮秋鹤与飞"一句，颇引起后人讨论。今东坡写本此句直作"春与猿吟兮秋与鹤飞"，此当是东坡从欧阳永叔之说，以"秋鹤与飞"为石刻之误，故改正了。石刻原碑也往往可以有错误，其误多由于写碑者的不谨慎。《罗池庙碑》原刻本有误字后经刊正，见于《陈雅堂韩集校语》。后人据石本，硬指"秋鹤与飞"为有意作倒装健语，似未必是退之本意。

　　我们从阳朔回桂林时，路上经过良丰的师范专科学校，我在那边讲演一次。其地原名雁山，也是一座石山，岩壑甚美。清咸丰、同治之间，桂林人唐岳买山筑墙，把整个雁山围在园里，名为雁山园。后来园归岑春煊，岑又转送给省政府，今称为西林公园，用作师专校址。现有学生二百三十人。我们到时，天已黑了；讲演完始吃晚饭，晚饭后，校长罗尔棻先生和各位教员陪我们携汽油灯游雁山。岩洞颇大，中有泉水，流出岩外成小湖。洞中多凉风，夏间乘凉最宜。洞中多石乳，洞口上方有石乳所成龙骨形，颇奇突。园中旧有花树三千种，屡次驻兵，花树多荒死，现只存几百种了。有绿萼梅，正开花，灯光下奇艳逼人。校中诸君又引我们去看红豆

树，树高约两丈余。教员沈君说，这株红豆树往往三年才结子一次。沈君藏有红豆，拿来遍赠我们几个同游的人。红豆大于檀香山的相思子约一倍，生在豆荚里，荚长约一寸半。

游岩洞时，我问此岩何名，他们说，"向来没有岩名，胡先生何不为此岩取一个名字，作个纪念？"我笑说，"此去不远有条相思江，岩下又有相思红豆树，何不就叫他做相思岩？"他们都赞许这个名字。次日我在飞机上想起这个相思岩来，就戏仿前夜听得的山歌，作小诗寄题《相思岩》：

　　　　相思江上相思岩。

　　　　相思岩下相思豆。

　　　　三年结子不嫌迟。

　　　　一夜相思叫人瘦。

这究竟是文人的山歌，远不如小儿女唱的道地山歌的朴素而新鲜。

那天我在空中又作了一首小诗，题为《飞行小赞》：

　　　　看尽柳州山，

　　　　看遍桂林山水，

　　　　天上不须半日，

　　　　地上五千里。

　　　　古人辛苦学神仙，

　　　　要守百千戒。

　　　　看我不修不炼，

　　　　也凌云无碍。

四　广西的印象

这一年中，游历广西的人发表的记载和言论都很多，都很赞美广西的建设成绩。例如美国传教家艾迪博士（ShwtEddy）用英文发表短文说，"中国各省之中，只有广西一省可以称为近于模范省。凡爱国而具有国家的眼光的中国人，必然感觉广西是他们的光荣。"这是很倾倒的赞语。艾迪是一个见闻颇广的人，他虽是传教家，颇能欣赏苏俄的建设成绩，可见他的公道。他说话也很不客气，他在广州作公开讲演，就很明白的赞美广西，而大骂广东政治的贪污。所以他对于广西的赞语是很诚心的。

我在广西住了近两星期，时间不算短了，只可惜广西的朋友要我缴纳特别加重的"买路钱"，——讲演的时间太多，观察的时间太少了，所以我的记载是简略的，我的印象也是浮泛的。

广西给我的第一个印象是全省没有迷信的，恋古的反动空气。广州城里所见的读经，祀孔，祀关岳，修寺，造塔等等中世空气，在广西境内全没有了。当西南政务会议的祀孔通令送到南宁时，白健生先生笑对他的同僚说："我们的孔庙早已移作别用了，我们要祀孔，还得造个新孔庙！"

广西全省的庙宇都移作别用了，神像大都打毁了。白健生先生有一天谈起他在桂林（旧省会）打毁城隍庙的故事，值得记在这里。桂林的城隍庙是最得人民崇信的。白健生先生毁庙的命令下来之后，地方人民开会推举了许多绅士去求白先生的老太太，请她劝阻她的儿子；他们说："桂林的城隍庙最有灵应，若被毁了，地方人民必蒙其祸殃。"白老太太对她儿子说了，白先生来对各位绅士说："你们不要怕，人民也不用害

怕。我可以出一张告示贴在城隍庙墙上，声明如有灾殃，完全由我白崇禧一人承当，与人民无干。你们可以放心了吗？"绅士们满意了。告示贴出去了。毁庙要执行了。奉令的营长派一个连长去执行，连长叫排长去执行，排长不敢再往下推了，只好到庙里去烧香祷告，说明这是上命差遣，概不由己，祷告已毕，才敢动手打毁神像！省城隍庙尚且不免打毁，其余的庙宇更不能免了。

我们在广西各地旅行，没有看见什么地方有人烧香拜神的。人民都忙于做工，教育也比较普遍，神权的迷信当然不占重要地位了，庙宇里既没有神像，烧香的风气当然不能发达了。

在这个破除神权迷信的风气里，只有一个人享受一点特殊的优客。那个人就是总部参军季雨农先生。季先生是合肥人，能打拳，为人豪爽任侠；当民国十六年，张宗昌部下的兵攻合肥，他用乡兵守御县城甚久。李德邻先生带兵去解了合肥之围，他很赏识这个怪人，就要他跟去革命。季先生是有田地的富人，感于义气，就跟李德邻先生走了。后来李德邻、白健生两先生都很得他的力，所以他在广西很受敬礼。这位季参军颇敬礼神佛，他无事时爱游山水，凡有好山水岩洞之处，若道路不方便，他每每出钱雇人修路造桥。武鸣附近的起凤山亭屋就是他修复的。因为他信神佛，他每每在这种旧有神祠的地方，叫人塑几个小小的神佛像，大都不过一尺来高的土偶，粗劣的好笑。他和我们去游览，每到一处有神像之处，他总立正鞠躬，同行的人笑着对我说："这都是季参军的菩萨！"听说柳州立鱼山上的小佛像也是季参军保护的菩萨。广西的神权是打倒了，只有这一位安徽人保护之下，还留下了几十个小小的神像。

广西给我的第二个印象是俭朴的风气。一进了广西境内，到处都是所谓"灰布化"。学校的学生，教职员，校长；文武官吏，兵士，民团，都穿灰布的制服，戴灰布的帽子，穿有纽扣的黑布鞋子。这种灰布是本省出的，每套制服连帽子不过四元多钱。一年四季多可以穿，天气冷时，里面可加衬衣；更冷时可以穿灰布棉大衣。上至省主席总司令，下至中学生和普通兵士，一律都穿灰布制服，不同的只在军人绑腿，而文人不绑腿。这种制服的推行，可以省去服装上的绝大糜费。广西人的鞋子，尤可供全国的效法。中国鞋子的最大缺点在于鞋身太浅，又无纽扣，所以鞋子稍旧了，就太宽了，后跟收不紧，就不起步了。广西布鞋学女鞋的办法，加一条扣带，扣在一边，所以鞋子无论新旧，都是便于跑路爬山。

广西全省的对外贸易也有很大的入超。提倡俭朴，提倡用土货，都是挽救入超的最有效方法。在衣服的方面，全省的灰布化可以抵制多少洋布与呢绸的输入！在饮食嗜好方面，洋货用的也很少。吸纸烟的人很少，吸的也都是低价的烟卷，最高贵的是美丽牌。喝酒的也似乎不多，喝的多是本省土酒。有一天晚上，邕宁各学术团体请我们吃西餐，——我在广西十四天，只有此一次吃西餐，——我看见侍者把啤酒斟在小葡萄酒杯里，席上三四十人，一瓶啤酒还倒不完，因为啤酒有汽，是斟不满杯的。终席只有一大瓶啤酒就可斟两三巡了。我心里暗笑广西人不懂怎样喝啤酒。后来我偶然问得上海啤酒在邕宁卖一元六角钱一瓶！我才明白这样珍贵的酒应该用小酒杯斟的了。我们在广西旅行，使我们更明白：提倡俭朴，提倡土货，都是积极救国的大事，不是细小的消极行为。

广西是一个贫穷的省份；不容易担负新式的建设。所以主持建设的领袖更应该注意到人民的经济负担的能力。即如教

育，岂不是好事？但办教育的人和视学的人眼光一错，动机一错，注重之点若在堂皇的校舍，冬夏之操衣等等，那样的教育在内地就都可以害人扰民了。我们在邕宁、武鸣各地的乡间看见小学堂的学生差不多全是穿着极破烂的衣裤，脚下多是赤脚，偶有穿鞋的，也是穿破烂的鞋子。固然广西的冬天不大冷，所以无窗户可遮风的破庙，也不妨用作校舍，赤脚更是平常的事。然而我们在邕宁的时候，稍有阴雨，也就使人觉得寒冷（此地有"四时常是夏，一雨便成秋"的古话）。乡间小学生的褴褛赤脚，正可以表示广西办学的人的俭朴风气。我在邕宁乡间看的那个小学还是"广西普及国民基础教育研究院"的一个附属小学哩。广西教育厅长雷沛鸿先生正在进行全省普及教育的计划，请了几位专家在这研究院里研究实行的步骤和国民基础教育的内容。他们的计划大旨是要做到全省每村至少有一个国民基础学校，要使八岁到十二岁的儿童都能受两年的基础教育。我看了那些破衣赤脚的小学生，很相信广西的普及教育是容易成功的。这种的学堂是广西人民负担得起的，这样的学生是能回到农村生活里去的。

广西给我的第三个印象是治安。广西全省现在只有十七团兵，连兵官共有两万人，可算是真能裁兵的了。但全省无盗匪，人民真能享治安的幸福。我们作长途旅行，半夜后在最荒凉的江岸边泊船，点起火把来游岩洞，惊起茅篷里的贫民，但船家客人都不感觉一毫危险。汽车路上，有山坡之处，往往可见一个灰布少年，拿着枪杆，站在山上守卫。这不是军士，只是民团的团员在那儿担任守卫的。

广西本来颇多匪祸，全省岩洞最多，最容易窝藏盗匪。有人对我说，广西人从前种田的要背着枪下田，牧牛的要背着枪赶牛。近年盗匪肃清，最大原因在于政治清明，县长不敢

不认真做事，民团的组织又能达到农村，保甲的制度可以实行，清乡的工作就容易了。人民的比较优秀分子又往往受过军事的训练，政府把旧式枪械发给兵团，人民有了组织，又有武器，所以有自卫的能力。广西诸领袖常说他们的"三自政策"——自卫、自给、自治。现在至少可以说是已做到了人民自卫的一层。我们所见的广西的治安，大部分是建筑在人民的自卫力之上的。

在这里，我可以连带提到广西给我的第四个印象，那就是武化的精神。我用"武化"一个名词，不是讥讽广西，实是颂扬广西。我的朋友傅孟真先生曾说，"学西洋的文明不难，最难学的是西洋的野蛮"。他的意思是说，学西洋文化不难，学西洋的武化最难。我们中国人的聪明才智足够使我们学会西洋的文明，但我们的传统的旧习惯，旧礼教，都使我们不能在短时期内学会西洋人的尚武风气。西洋民族所到的地方，个个国家都认识他们的武力的优越，然而那无数国家之中，只有一个日本学会了西洋的武化，其余的国家——从红海到太平洋——没有一个学会了这个最令人歆羡而又最不易学的方面。然而学不会西洋武化的国家，也没有工夫来好好的学习西洋的文化，因为他们没有自卫力，所以时时在救亡图存的危机中，文化的努力是不容易生效力的。

中国想学人家的武化（强兵），如今已不止六十年了，始终没有学到家。这是很容易解释的。中国本是一个受八股文人统治的国家，根本就有贱视武化的风气，所以当日倡办武备学堂和军官学校的大臣，决不肯把他们自己的子弟送进去学武备。……

在最近十年中，这种心理才有点转变了，转变的原因是颇复杂的：第一是新式教育渐渐收效了，"壮健"渐渐成为人

们羡慕的对象了，运动场上的好汉也渐渐被社会崇拜了。第二是辛亥革命以来中央各省的政权往往落在军人手里，军人的地位抬高了。第三是民十四五年之间，革命军队有了主义的宣传，多有青年学生的热心参加，使青年人对于"革命军人"发生信仰与崇羡。第四是最近四年的国难，尤其是淞沪之战与长城之战，使青年人都感觉武装捍卫国家是一种最光荣的事业。——这里最后的两个原因，是上文所说的心理转变的最重要原因。军人的可羡慕，不在乎他们的地位之高或权威之大，而在乎他们的能为国家出死力，为主义出死力。这才是心理转变的真正起点。

可惜这种心理转变来的太缓，太晚，所以我们至今还不曾做到武化，还不曾做到民族国家的自卫力量。但在全国各省之中，广西一省似乎是个例外。我们在广西旅行，不能不感觉到广西人民的武化精神确是比别省人民高的多，普遍的多。这不仅仅是全省灰布制服给我们的印象，也不仅仅是民团制度给我们的印象。我想这里的原因，一部分是历史的，一部分是人为的。一是因为广西民族中有苗、猺、獐、狪、狇、猓猓（今日官书均改写"徭，童，同，令，果果"）诸原种，富有强悍的生活力，而受汉族柔弱文化的恶影响较少（广西没有邹鲁校长和古直主任，所以我这句话是不会引起广西朋友的误会的）。一是因为太平天国的威风至今还存留在广西人的传说里。一是因为广西在近世史上颇有受民众崇拜的武将，如刘永福、冯子材之流，而没有特别出色的文人，所以民间还不曾有重文轻武的风气。一是因为在最近的革命战史上，广西的军队和他们的领袖曾立大功，得大名，这种荣誉至今还存在民间。一是因为最近十年中，全省虽然屡次经过大乱，收拾整顿的工作都是几个很有能力的军事领袖主持的，在全省人民的心

目中，他们是很受崇敬的。因为这种种原因，广西的武化，似乎比别省特别容易收效。我到邕宁的时候，还在"新年"时期，白健生先生邀我到公共体育场去看"舞狮子"的竞赛。狮子有九队，都是本地公务人员和商人组织的。舞狮子之外，还有各种武术比赛，参加的有不少的女学生，有打拳的，有舞刀的。利用"过年"来提倡尚武的精神，也是广西武化的一种表示。至于民团训练的成绩是大家知道的。广西学校里的军事训练，施行比别省早，成绩也比别省好。在学校里，不但学生要受军训，校长教职员也要受军训，所以学校里的"大队长"的地位与权力往往比校长高的多。"中央"颁布的兵役法，至今未能实行，广西却已在实行了；去冬省府实行征兵八千名，居然如期满额。若在江南各省，能做到这样的成绩吗？广西征兵之法是预先在各地宣传国民服兵役的重要和光荣；由政府派定各区应抽出壮丁的比例，例如某村有壮丁百人，应征二十分之一，村长（即小学校长，即后备队队长）即召集这一百壮丁，问谁愿应征；若愿去者满五人，即已足额；若不足五人，即用抽签法决定谁先去应征。这次征来的新兵，我们在桂林遇见一些，都是很活泼高兴的少年，有进过中学一两年的，有高小毕业的。在那独秀峰最高亭子上的晚照里，我们看那些活泼可爱的灰布青年在那儿自由眺望，自由谈论，我们真不胜感叹国家民族争生存的一线希望是在这一辈武化青年的身上了！

广西给我的印象，大致是很好的。但是广西也有一些可以使我们代为焦虑的地方。

第一，财政的困难是很明显的。广西是个地瘠民贫的地方，担负那种种急进的新建设，是很吃力的。据第一回广西年鉴的报告，二十二年度的全省总收入五千万元之中，百分之

三十五有零是"禁烟罚金"，这是烟土过境的税收。这种收入是不可靠的；将来贵州或不种烟了，或出境改道了，都可以大影响到广西省库的收入。同年度总支出五千二百万元之中，百分之四十是军务费，这在一个贫瘠的省份也是很可惊的数字。万一收入骤减了，这样巨大的军务费是不是能跟着大减呢？还是裁减建设经费呢？还是增加人民负担呢？

第二，历史的关系使广西处于一个颇为难的政治局势，成为所谓"西南"的一部分。这个政治局势，无论对内对外都是很为难的。我们深信李德邻、白健生诸先生的国家思想是很可以依赖的，他们也曾郑重宣言他们绝无用武力向省外发展的思想。白先生曾对我说："……贵州人要求我们的军队驻扎贵州，我们还不肯留。我们决不会打别省的主意。"这是我们可以相信的。但我们总觉得两广现在所处的局势，实在不能适应现时中国的国难局面。现在国人要求的是统一，而敌人所渴望的是我们的分裂。凡不能实心助成国家的统一的，总不免有为敌人所快意的嫌疑。况且这个独立的形势，使两广时时感觉有对内自保的必要，因此军备就不能减编，而军费就不能不扩张。这种事实，既非国家之福，又岂是两广自身之福吗？

第三，我们深信，凡有为的政治——所谓建设——全靠得人与否。建设必须有专家的计划，与专家的执行。计划不得当，则伤财劳民而无所成。执行不得当，则虽有良法美意，终归于失败。广西的几位领袖的道德、操守、勤劳，都是我们绝对信任的。但我们观察广西的各种新建设，不能不感觉这里还缺乏一个专家的"智囊团"做设计的参谋本部；更缺乏无数多方面的科学人才做实行计划的工作人员。最有希望的事业似乎是兽医事业，这是因为主持的美国罗铎（Rodier）先生是一位在菲律宾创办兽医事业多年并且有大成效的专家。我们看他带

来的几位菲律宾专家助手，或在试种畜牧的草料，或在试验畜种，或在帮助训练工作人员，我们应该可以明白一种大规模的建设事业是需要大队专家的合作的，是需要精密的设备的，是需要长时期的研究与试验的，是需要训练多数的工作人员的。然而邕宁人士的议论已颇嫌罗铎的工作用钱太多了，费时太久了，用外国人太多了，太专断不受商量了。"求治太急"的毛病，在政治上固然应该避免，在科学工艺的建设上格外应该避免。我在邕宁的公务人员的讲演会上，曾讲一次"元祐党人碑"，指出王荆公的有为未必全是，而司马温公诸人的主张无为未必全非。有为的政治有两个必要的条件：一是物质的条件，如交通等等；一是人才的条件，所谓人才，不仅是廉洁有操守的正人而已，还须要有权威的专家，能设计能执行的专家。这种条件若不具备，有为的政治是往往有错误或失败的危险的。

五　尾声

一月二十六日早晨，胡佛总统船开了。我在船上无事，读了但怒刚先生送我的一册粤讴。船上遇着何克之先生，下午我到他房里去闲谈。见他正在做黄花岗凭吊的诗。我一时高兴，就用我从粤讴里学来的广州话写了一首诗。后来到了上海，南京，我把这首诗写出请几位广东的朋友改正。改定本是这样的：

> 黄花岗
>
> 黄花岗上自由神，
> 手楂火把照乜人？
> 咪话火把唔够亮，
> 睇佢吓倒大将军。

我题桂林良丰的"相思岩"山歌，已记在前面了，后来我的朋友寿生先生看见了这首山歌，他说它不合山歌的音节，不适宜于歌唱。他替我修改成这个样子：

相思江上相思岩，

相思豆儿靠岩栽，

（他）三年结子不嫌晚，

（我）一夜相思也难挨。

寿生先生生长于贵州，能唱山歌，这一支我也听他唱过，确是哀婉好听。我谢谢他的好意。

（本文原载1935年3月17日《独立评论》第142号）

平绥路旅行小记

从七月三日到七月七日，我们几个朋友——金旬卿先生，金仲藩先生和他的儿子建午，任叔永先生和他的夫人陈衡哲女士，我和我的儿子思杜，共七人——走遍了平绥铁路的全线，来回共计一千六百公里。我们去的时候，一路上没有停留，一直到西头的包头站。在包头停了半天，回来的路上在绥远停了一天，大同停了大半天，张家口停了几个钟头。这是很匆匆的旅行，谈不到什么深刻的观察，只有一些初次的印象，写出来留作后日重游的资料（去年七月，燕京大学顾颉刚、郑振铎、吴文藻、谢冰心诸先生组织了一个平绥路沿线旅行团，他们先后共费了六星期，游览的地方比我们多。冰心女士有几万字的《平绥沿线旅行记》；郑振铎先生等有《西北胜迹》，都是平绥路上游人不可少的读物）。

我们这一次同行的人都是康乃尔大学的旧同学，也可以说是一个康乃尔同学的旅行团。金旬卿先生（涛）是平绥路总工程师，他是我们康乃尔同学中的前辈。现任的平绥路局长沈立孙先生（昌）也是康乃尔的后期同学。平绥路上向来有不少的康乃尔同学担任机务工务的事；这两年来平绥路的大整顿更是金沈两位努力的成绩。我们这一次旅行的一个目的是要参观这几个同学在短时期中造成的奇迹。

平绥路自从1923年以来，屡次遭兵祸，车辆桥梁损失最大。1928~1929年时，机车只剩七十二辆，货车只剩五百八十三辆（抵1924年的三分之一），客车只剩三十二辆（抵1926年的六分之一），货运和客运都不能维持了。加上政

治的紊乱，管理的无法，债务的累积，这条铁路就成了全国最破坏最腐败的铁路。丁在君先生每回带北大学生去口外作地质旅行回来，总对我们诉说平绥路的腐败情形；他在他的《苏俄游记》里，每次写火车上的痛苦，也总提出平绥路来作比较。我在北平住了这么多年，到去年才去游长城，这虽然是因为我懒于旅行，其实一半也因为我耳朵里听惯了这条路腐败的可怕。

我们这一次旅行平绥路全线，真使我们感觉一种奇迹的变换。车辆（机车、货车、客车）虽然还没有完全恢复此路全盛时期的辆数，然而修理和购买的车辆已可以勉强应付全路的需要了。特别快车的整理，云冈与长城的特别游览车的便利，是大家知道的。有一些重要而人多忽略的大改革，是值得记载的：（一）枕木的改换。全路枕木一百五十多万根，年久了，多有朽坏；这两年中，共换了枕木六十万根。（二）造桥。全路约有桥五百孔，两年中改造的已有一百多孔；凡新造的桥，都用钢梁，增加原有的载重量。（三）改线。平绥路有些地方，坡度太陡，弯绕太紧，行车很困难，故有改路线的必要。最困难的是那有名的"关沟段"（自南口起至康庄止）。这两年中，改线的路已成功的约有十一英里。

平绥路的最大整顿是债务的清理。这条路在二十多年前，借内外债总额为七千六百余万元，当金价高涨时，约值一万万元。而全路的财产不过值六千万元。所以人都说平绥是一条最没有希望的路。沈立孙局长就职后，他决心要整顿本路的债务。他的办法是把债务分作两种，本金在十万元以上的债款为巨额债户，十万元以下的为零星债户。零星债款的偿还有两个办法：一为按本金折半，一次付清，不计利息；一为按本金全数分六十期摊还，也不计利息。巨额债款的偿还办法是

照一本一利分八百期摊还。巨额债户之中，有几笔很大的外债，如美国的泰康洋行，如日本的三井洋行与东亚兴业株式会社，都是大债主。大多数债户对于平绥路，都是久已绝望的，现在平绥路有整理债务的方案出来，大家都喜出望外，所以都愿意迁就路局的办法。所以第一年整理的结果，就清理了六十二宗借款，原欠本利为六千一百八十五万余元，占全路总债务的十分之八，清理之后，减折作三千六百三十万余元。所以一年整理的结果居然减少了二千五百五十万元的负债，这真可说是一种奇迹了。

　　我常爱对留学回来的朋友讲一个故事。十九世纪中，英国有一个宗教运动，叫做"牛津运动"（Oxford Movement），其中有一个领袖就是后来投入天主教，成为主教的牛曼（Cardinal）。牛曼和他的同志们做了不少宗教诗歌，写在一本小册子上；在册子的前面，牛曼题了一句荷马的诗，他自己译成英文："You shall see the difference, now that we back again。"我曾译成中文，就是："现在我们回来了，你们请看，要换个样子了。"我常说，个个留学生都应该把这句话刻在心上，做个口号。可惜许多留学回来的朋友都没有这种气魄敢接受这句口号。这一回我们看了我们的一位少年同学（沈局长今年只有三十一岁）在最短时期中把一条腐败的铁路变换成一条最有成绩的铁路，可见一两人的心力真可使山河变色，牛曼的格言是不难做到的。

　　当然，平绥路的改革成绩不全是一两人的功劳。最大的助力是"中央"政治的权力达到了全路的区域。这条路经过四省（河北，察，山西，绥），若如从前的割据局势，各军队可以扣车，可以干涉路政，可以扣留路款，可以随便作战，那么，虽有百十个沈昌，也不会有成绩。现在政治统一的势力能

够达到全路，所以全路的改革能逐渐实行。现在平绥路每月只担负北平军分会的经费六十万元，此外各省从不闻有干涉铁路收入的事；察哈尔同绥远两个省政府领袖也颇能明白铁路上的整顿有效就是直接间接的增加各省府的财政收入，所以他们也都赞助铁路当局的改革工作。这都可见政治统一是内政一切革新的基本条件。有了这个基本条件，加上个人的魄力与新式知识训练，肯做事的人断乎不怕没有好成绩的。

我们这回旅行的另一个目的是游大同的云冈石窟。我个人抱了游云冈的心愿，至少有十年了，今年才得如愿，所以特别高兴。我们到了云冈，才知道这些大石窟不是几个钟头看得完的，至少须一个星期的详细攀登赏玩，还要带着很好的工具，才可以得着一些正确的印象。我们在云冈逗留了不过两个钟头，当然不能作详细的报告。

云冈在大同的西面，在武州河的西岸，古名武州寨，又称武州山。从大同到此，约三十里，有新修的汽车路，虽须两次涉武州河，但道路很好，大雨中也不觉得困难。云冈诸石窟，旧有十大寺，久已毁坏。顺治八年总督佟养量重修其一小部分，称为石佛古寺。这一部分现存两座三层楼，气象很狭小简陋，决不是原来因山造寺的大规模。两楼下各有大佛，高五丈余，从三层楼上才望见佛头。这一部分，清朝末年又重修过，大佛都被装金，岩上石刻各佛也都被装修涂彩，把原来雕刻的原形都遮掩了。

道宣《续高僧传》卷一《景耀传》说：

昙曜……住恒安石窟通乐寺，即魏帝之所造也，去恒安西北三十里，武州山谷北面石岩，就而镌之。建立佛寺，名曰灵岩。龛之大者，举高二十余丈，可受三千许人。面别镌像，穷诸巧丽；龛别异状，骇动人神。栉批相连，三十余

里。东头僧寺，恒供千人。碑碣现存，未卒陈委。

　　以我们所见诸石窟，无有"可受三千许人"的龛，也无有能"恒供千人"的寺。大概当日石窟十寺的壮丽弘大，已非我们今日所能想像了。大凡一个宗教的极盛时代，信士信女都充满着疯狂的心理，烧臂焚身都不顾惜，何况钱捐的布施？所以六朝至唐朝的佛寺的穷极侈丽，是我们在这佛教最衰微的时代不能想像的。北魏建都大同，《魏书·释老志》说，当太和初年，"京城内寺，新旧且百所，僧尼二千余人。四方诸寺六千四百七十八，僧尼七万七千二百五十八人"。太和十七年（493）迁都洛阳，杨衒之在《洛阳伽蓝记序》中说到"京城表里凡有一千余寺。"杨衒之在东魏武定五年（547）重到洛阳，他只看见城廓崩毁，宫室倾覆，寺观灰烬，庙塔丘墟。墙被蒿艾，巷罗荆棘，野兽穴于荒阶，山鸟巢于庭树；游儿牧竖踯躅于九逵，农夫耕稼艺黍于双阙。

　　我们在一千五百年后来游云冈，只看见这一座很简陋的破寺，寺外一道残破的短墙，包围着七八处大石窟；短墙之西，还有九个大窟，许多小窟，面前都有贫民的土屋茅蓬，猪粪狗粪满路都是，石窟内也往往满是鸽翎与鸽粪，又往往可以看见乞丐住宿过的痕迹。大像身上有许多大大小小的圆孔，当初都是镶嵌珠宝的，现在都挖空了；大像的眼珠都是用一种黑石磋光了嵌进去了，现在只有绝少数还存在了。诸窟中的小像，凡是砍得下的头颅，大概都被砍下偷卖掉了。佛力久已无灵，老百姓没有饭吃，要借诸佛的头颅和眼珠子卖几块钱来活命，还不是很正当的吗？

　　日本人佐藤孝任曾在云冈住了一个月，写了一部《云冈大石窟》（华北正报社出版），记载此地许多石窟的情形很详细，附图很多，有不能照相的，往往用笔速写勾摹，所以是一

部很有用的云冈游览参考书。佐藤把云冈分作三大区：

东方四大窟

中央十大窟（在围墙内）

西方九大窟

西端诸小窟

东方诸窟散在武川河岸，我们都没有去游。西端诸窟，我们也不曾去。我们看的是中央十窟和西方九窟。我们平日在地理书或游览书上最常见的露天大佛（高五丈多），即在西方的第九窟。我们看这露天石佛和他的背座，可以想象此大像当日也曾有龛有寺，寺是毁了，龛是被风雨侵蚀过甚（此窟最当北风，故受侵蚀最大），也坍塌了。

依我的笨见看来，此间的大佛都不过是大的可惊异而已，很少艺术的意味。最有艺术价值是壁上的浮雕，小龛的神像，技术是比较自由的，所以创作的成分往往多于模仿的成分。

中央诸窟，因为大部分曾经后人装金涂彩，多不容易看出原来的雕刻艺术。西方诸窟多没有重装重涂，又往往受风雨的侵蚀，把原来的斧凿痕都销去了，所以往往格外圆润老拙的可爱。此山的岩石是砂岩，最容易受风蚀；我们往往看见整块的几丈高岩上成千的小佛像都被磨蚀到仅仅存一些浅痕了。有许多浮雕连浅痕也没有了，我们只能从他们旁边雕刻的布置，推想当年的痕迹而已。

因此我们得两种推论：

第一，云冈诸石窟是一千五百年前的佛教美术的一个重要中心，从宗教史和艺术史的立场，都是应该保存的。一千五百年中，天然的风蚀，人工的毁坏，都已糟蹋了不少了。国家应该注意到这一个古雕刻的大结集，应该设法保护它，不但要防人工的继续偷毁，还要设法使它可以避免风雨沙

田的侵蚀。

第二，我们可以作一个历史的推论。初唐的道宣在《昙曜传》里说到武州山的石窟寺，有"碑碣见存"的一句话。何以今日云冈诸窟竟差不多没有碑记可寻呢？何以古来记录山西金石的书（如胡骋之的《山右石刻丛编》）都不曾收有云冈的碑志呢？我们可以推想，当日的造像碑碣，刻在沙岩之上，凡露在风日侵蚀之下的，都被自然磨灭了。碑碣刻字都不很深，浮雕的佛像尚且被风蚀了，何况浅刻的碑字呢？

马叔平先生说，云冈现存三处石碑碣。我只见一处。郑振铎先生记载着"大茹茹"刻石，可辨认的约有二十字，此碑我未见。其余一碑，似乎郑先生也未见。我见的一碑在佐藤的书中所谓"中央第七窟"的石壁很高处，此壁在里层，不易被风蚀，故全碑约三百五十字，大致都还可读。此碑首行有"邑师法宗"四字，似乎是撰文的人。文中说：

太和七年（483）岁在癸亥八月三十日邑信士女等五十四人……遭值圣主，道教天下，绍隆三宝…，乃使长夜改昏，久寝斯悟。弟子等…意欲仰酬洪泽…是以共相劝合，为国兴福，敬造石庙形象九十五区，及诸菩萨…造像。

碑文中说造像九十五区，证以《龙门造像碑记》，"区"字后来多作"躯"字，此指九十五座小像，"及诸菩萨"乃是大像。此碑可见当日帝后王公出大财力造此大石窟，还有不少私家的努力；如此一窟乃是五十四个私人的功力，可以想见当日信力之强，发愿之弘大了。

云冈旧属朔平府左云县。关于石窟的记载，《山西通志》（雍正间觉罗石磷修）与《朔平府志》都说：

石窟十寺，……后魏建，始神瑞（414~415），终正光（520~524），历百年而工始竣。其寺一同升，二灵光，三镇

国，四护国，五崇福。六童子，七能仁，八华严，九天官，十兜率。孝文帝丞游幸焉。内有元时石佛二十龛。（末句《嘉庆一统志》，作"内有元载所修石佛十二龛"。元载是唐时宰相。《一统志》似有所据，《通志》与《府志》似是妄改的）

神瑞是在太武帝毁佛法之前，而正光远在迁都洛阳之后。旧志所记，当有所本。大概在昙曜以前，早已有人依山岩凿石龛刻佛像了。毁法之事（446~451）使一般佛教徒感觉到政治权力可以护法，也可以根本铲除佛法。昙曜大概从武州塞原有的石龛得着一个大暗示，他就发大愿心，要在那坚固的沙岩之上，凿出大石窟，雕出绝大的佛像，要使这些大石窟和大石像永远为政治势力所不能摧毁。《魏书·释老志》记此事的年月不很清楚，大概他干这件绝大工程当在他做"沙门统"的任内。《释老志》记他代师贤为"沙门统"，在和平初年（约460），后文又记尚书令高肇引"故沙门统昙曜昔于承明元年（476）奏"，可知昙曜的"沙门统"做了十七八年。这是国家统辖佛教徒的最高官。他又能实行一种大规模的筹款政策（见《释老志》），所以他能充分用国家和全国佛教徒的财力来"凿山石壁，开窟五所，镌造佛像各一，高者七十尺，次六十尺，雕饰奇伟，冠于一世。"我们可以说，云冈的石窟虽起源在五世纪初期，但伟大的规模实创始于五世纪中叶以后昙曜作沙门统的时代。后来虽然迁都了，代都的石刻工程还继续到六世纪的初期，而洛都的皇室与佛教徒又在新京的伊阙山"准代京灵岩寺石窟"开凿更伟大的龙门石窟了。（龙门石窟开始于景明初，当西历五百年，至隋唐尚未歇）故昙曜不但是云冈石窟的设计者，也可以说是伊阙石窟的间接设计者了。

昙曜凿石作大佛像，要使佛教和岩石有同样的坚久，永

久不受政治势力的毁坏。这个志愿是很可钦敬的。只可惜人们的愚昧和狂热都不能和岩石一样的坚久！时势变了，愚昧渐渐被理智风蚀了，狂热也渐渐变冷静了。岩石凿的六丈大佛依然挺立在风沙里，而佛教早已不用"三武一宗"的摧残而自己毁灭了，销散了。云冈、伊阙只够增加我们吊古的感喟，使我们感叹古人之愚昧与狂热真不可及而已。

（本文最初发表于1935年8月4日《独立评论》第162号）

记辜鸿铭

　　民国十年十月十三夜，我的老同学王彦祖先生请法国汉学家戴弥微先生（Mon Demi é ville）在他家中吃饭，陪客的有辜鸿铭先生，法国的X先生，徐墀先生和我；还有几位，我记不得了。这一晚的谈话，我的日记里留有一个简单的记载，今天我翻看旧日记，想起辜鸿铭的死，想起那晚上的主人王彦祖也死了，想起十三年之中人事变迁的迅速，我心里颇有不少的感触。所以我根据我的旧日记，用记忆来补充它，写成这篇辜鸿铭的回忆。

　　辜鸿铭向来是反对我的主张的，曾经用英文在杂志上驳我；有一次为了我在《每周评论》上写的一段短文，他竟对我说，要在法庭控告我。然而在见面时，他对我总很客气。

　　这一晚他先到了王家，两位法国客人也到了；我进来和他握手时，他对那两位外国客说：Here comes my learned enemy！大家都笑了。

　　入座之后，戴弥微的左边是辜鸿铭，右边是徐墀。大家正在喝酒吃菜，忽然辜鸿铭用手在戴弥微的背上一拍，说："先生，你可要小心！"戴先生吓了一跳，问他为什么，他说："因为你坐在辜疯子和徐颠子的中间！"大家听了，哄堂大笑，因为大家都知道，"Cranky Hsü"和"Crazy Ku"的两个绰号。

　　一会儿，他对我说："去年张少轩（张勋）过生日，我送了他一副对子，上联是'荷尽已无擎雨盖'，下联是什么？"我当他是集句的对联，一时想不起好对句，只好问

他，"想不出好对，你对的什么？"他说："下联是'菊残犹有傲霜枝'。"我也笑了。

他又问："你懂得这副对子的意思吗？"我说："'菊残犹有傲霜枝，当然是张大帅和你老先生的辫子了。''擎雨盖'，是什么呢？"他说："是清朝的大帽。"我们又大笑。

他在席上大讲他最得意的安福国会选举时他卖票的故事，这个故事我听他亲口讲过好几次了，每回他总添上一点新花样，这也是老年人说往事的普通毛病。

安福部当权时，颁布了一个新的国会选举法，其中有一部分的参议员是须由一种"中央"通儒院票选的，凡国立大学教授，凡在国外大学得学位的，都有选举权。于是许多留学生有学士、硕士、博士文凭的，都有人来兜买。本人不必到场，自有人拿文凭去登记投票。据说当时的市价是每张文凭可卖二百元。

兜买的人拿了文凭去，还可以变化发财。譬如一张文凭上的姓名是（WuTing），第一次可报"武定"，第二次可报"丁武"，第三次可报"吴廷"，第四次可说是江浙方音的"丁和"。这样办法，原价二百元的，就可以卖八百元了。

辜鸿铭卖票的故事确是很有风趣的。他说："某人来运动我投他一票。我说：'我的文凭早就丢了。'他说：'谁不认得你老人家？只要你亲自来投票，用不着文凭。'我说：'人家卖两百块钱一票，我老辜至少要卖五百块。'他说：'别人两百，你老人家三百。'我说：'四百块，少一毛钱不来，还得先付现款，不要支票。'他要还价，我叫他滚出去。他只好说：'四百块钱依你老人家。可是投票时务必请你到场。'选举的前一天，他果然把四百元钞票和选举入场证都带来了，还再三叮嘱我明天务必到场。等他走了，我立刻

出门，赶下午的快车到了天津，把四百块钱全报效在一个姑娘——你们都知道，她的名字叫一枝花——的身上了。两天工夫，钱花光了，我才回北京来。”

“他听说我回来了，赶到我家，大骂我无信义。我拿起一根棍子，指着那个留学生小政客，说：‘你瞎了眼睛，敢拿钱来买我！你也配讲信义！你给我滚出去！从今天以后不要再上我门来！”

“那小子看见我的棍子，真个乖乖的逃出去了。”

说完了这个故事，他回过头来对我说：“你知道有句俗话：‘监生拜孔子，孔子吓一跳。’我上回听说孔教会要去祭孔子，我编了一首白话诗：

　　监生拜孔子，孔子吓一跳。

　　孔会拜孔子，孔子要上吊。

胡先生，我的白话诗好不好？”一会儿，辜鸿铭指着那两位法国客人大发议论了。他说：“先生们，不要见怪，我要说你们法国人真有点不害羞，怎么把一个文学博士的名誉学位送给某先生，你的《某某报》上还登出某某的照片来，坐在一张书桌边，桌上堆着一大堆书，题做‘某大总统著书之图’！呃，呃，真羞煞人！我老辜向来佩服你们贵国，——La belle France！现在真丢尽了你们的 La belle France 的脸了！你们要是送我老辜一个文学博士，也还不怎样丢人！可怜的班乐卫先生，他把博士学位送给某人，呃？”

那两位法国客人听了老辜的话，都很感觉不安，那位“某某报”的主笔尤其脸红耳赤，他不好不替他的政府辩护一两句。辜鸿铭不等他说完，就打断他的话，说：“Monsieur，你别说了。有一个时候，我老辜得意的时候，你每天来看我，我开口说一句话，你就说：‘辜先生，您等一等。’你就

连忙摸出铅笔和日记本子来，我说一句，你就记一句，一个字也不肯放过。现在我老辜倒霉了，你的影子也不上我门上来了。"那位法国记者，脸上更红了。我们的主人觉得空气太紧张了，只好提议，大家散坐。

上文说起辜鸿铭有一次要在法庭控告我，这件事我也应该补叙一笔。

在民国八年八月间，我在《每周评论》第三十三期登出了一段随感录：

［辜鸿铭］现在的人看见辜鸿铭拖着辫子，谈着"尊王大义"，一定以为他是向来顽固的。却不知辜鸿铭当初是最先剪辫子的人；当他壮年时，衙门里拜万寿，他坐着不动。后来人家谈革命了，他才把辫子留起来。辛亥革命时，他的辫子还没有养全，拖带着假发接的辫子，坐着马车乱跑，很出风头。这种心理很可研究。当初他是"立异以为高"，如今竟是"久假而不归"了。

这段话是高而谦先生告诉我的，我深信高而谦先生不说谎话，所以我登在报上。

那一期出版的一天，是一个星期日，我在北京西车站同一个朋友吃晚饭。我忽然看见辜鸿铭先生同七八个人也在那里吃饭。我身边恰好带了一张《每周评论》，我就走过去，把报送给辜先生看。他看了一遍，对我说：

"这段记事不很确实。我告诉你我剪辫子的故事。我的父亲送我出洋时，把我托给一位苏格兰教士，请他照管我。但他对我说：'现在我完全托了X先生，你什么事都应该听他的话。只有两件事我要叮嘱你：第一，你不可进耶稣教；第二，你不可剪辫子。'我到了苏格兰，跟着我的保护人，过了许多时。每天出门，街上小孩子总跟着我叫喊：'瞧呵，××

的猪尾巴！'我想着父亲的教训，忍着侮辱，终不敢剪辫。那个冬天，我的保护人往伦敦去了，有一天晚上我去拜望一个女朋友。这个女朋友很顽皮，她拿起我的辫子来赏玩，说中国人的头发真黑的可爱。我看她的头发也是浅黑的，我就说：'你要肯赏收，我就把辫子剪下来送给你。'她笑了，我就借了一把剪子，把我的辫子剪下来送了给她。这是我最初剪辫子的故事。可是拜万寿，我从来没有不拜的。"

他说时指着同坐的几位老头子，"这几位都是我的老同事。你问他们，我可曾不拜万寿牌位？"我向他道歉，仍回到我们的桌上。我远远的望见他把我的报纸传给同坐客人看。我们吃完了饭，我因为身边只带了这一份报，就走过去向他讨回那张报纸。大概那班客人说了一些挑拨的话，辜鸿铭站起来，把那张《每周评论》折成几叠，向衣袋里一插，正色对我说："密斯忒胡，你在报上毁谤了我，你要在报上向我正式道歉。你若不道歉，我要向法庭控告你。"我忍不住笑了。我说："辜先生，你说的话是开我玩笑，还是恐吓我？你要是恐吓我，请你先去告状；我要等法庭判决了才向你正式道歉。"我说了，点点头，就走了。

后来他并没有实行他的恐吓。大半年后，有一次他见着我，我说："辜先生，你告我的状子进去了没有？"他正色说："胡先生，我向来看得起你；可是你那段文章实在写的不好！"

终身做科学实验的爱迪生

今天二月十一是爱迪生的一百十三年纪念日。明天二月十二是林肯的一百五十一年纪念日。去年二月十二日，我参加林肯一百五十年纪念演说。今天我很高兴能参加爱迪生一百十三年的纪念会。

林肯是自由的象征，爱迪生是科学的圣人。

科学的根本是实验。爱迪生真是终身做实验的工作。他十一岁时就在他家里的地窖子里做化学实验；十二岁时他在火车上卖报纸、卖糖果，他就在火车的行李车上做他的化学实验。十五岁时，他开始学电报，就开始做电学实验，要改进电报的器材与技术，从此他就终身没有离开电学试验了，就给电学开辟了新天地，给世界开辟了新文明，给人类开辟了一个簇新的世界。

从十一岁开始做科学实验，直到他八十四岁去世，他整整做了七十三年的实验工作。所以我们称他作终身做实验的科学圣人。

他每天只睡四个钟头的觉，至多只睡六个钟头。他每天做十几个钟头的工作，他的一天抵别人的两天。他做了七十年的实验，就等于别人做了一百四十年的实验工作。

中国的懒人，有两首打油诗，一首是懒人恭维自己的：

> 无事只静坐，
>
> 一日当两日。
>
> 人活六十年，
>
> 我活百二十。

还有一首是嘲笑懒人的：

> 无事昏昏睡，
>
> 睡起日过午。
>
> 人活七十年，
>
> 我活三十五。

睡四点钟觉，做二十点钟科学实验，活了八十四岁，抵的别人一百七十岁——这是科学圣人的生活。

在New Jersey的West Orange的爱迪生实验室里——现在是"国家的爱迪生纪念馆"的一部分了，保存着两千五百册他的实验纪录，每册有两百五十页，或三百页。最早的一册是他三十一岁（1878年）的纪录。

单是"白热电灯"的种种实验，就记满了二百册！他用了几千种不同的材料来试验——各种矿物、金属，从硼砂到白金，后来又试验炭化绵丝，居然能延烧四十多个钟头，后来又试验了几百种可以烧作炭精丝的植物，最后才决定用日本京都府下的八幡地方所产的竹子做成最适用的炭精丝电灯泡。

科学实验是发现自然秘密，证实学理，解决工业技术问题的唯一方法。在他八十岁时，有人请问他的生活哲学是什么。他说，他的生活哲学只有一个字："工作"（Work），"把自然界的秘密揭开来，用它们来增加人类的幸福，这样的工作是我的生活哲学"。

他的实验并不都是创造的，空前的。但他那处处用严格的实验方法来解决工业问题的精神，他那终身作实验的精神，他那每次解答一个问题总想做到最好最完美（Perfect）的地步的精神，他那用组织能力来创大规模的工业实验室与研究所的模范，可以说是创造的，空前的（现今美国有四千个工业研究实验所，都可以说是仿效爱迪生的实验室的）。

　　他的绝大多数的实验与发明（他一生得到专利权的发明有一千一百件），都是用前人的失败与成功做出发点的。他说：

　　每回我要发明什么东西，我总要先翻读以前的人在那个问题上做过了的工作（图书馆里那些书正是为了这个用处的）。我要看看以前花了大工夫，花了大经费，做出了一些什么成绩。我要用从前人做过的几千次试验的资料做我的出发点，然后我来再做几千次试验。

　　这是他做实验的下手方法。

　　他在1921年1月曾说：

　　我每次想做一件尽善尽美的工作，往往碰到一座一百尺高的花岗石的高墙。碰来碰去，总过不了这百尺高墙，我就转到别的一件工作去用功。有时候，——也许几个月之后，也许几年之后，忽然有一天，有一件什么东西被我发明了，或是别人发明了，——或者在这世界的某一个角落，有一件新事物出现了，——我往往能够认识那件新发明可以帮助我爬过那座高墙，或者爬上去几十尺。

　　我从来不许我在任何情形之下感到失望。我记得，我们为了一个问题做了几千次实验，还没有能够解决那个问题。我们的一个同事，在我们最得意的一次实验失败之后，就灰心了，就说，我们不会找出什么来了。我还是高高兴兴的对他说，"我们不是已经找出了不少东西了吗？"我们已经确实知道这条路是走不通的了，以后我们必须另走别的路子了。只要我们确已尽了我们最大的思考与工作的努力，我们往往可以从我们的失败里学到不少的东西。

　　这是爱迪生做科学实验，经过几千次失败而永不灰心失望的精神。

他在十二三岁时，耳朵就聋了。他一生是个聋子，但他从不因此减少他工作的努力。他在七十八岁时（1925），曾有一篇文字说他的耳聋于他只有好处，于世界也只有好处。他说：

因为我成了个聋子，我就把公立图书馆做我的避难所。我从每一个书架的最低一层读起，一本一本的读，一直读到最上一层。我不是单挑几本书读，我把整个图书馆都读了。后来我买了一部Swoin出版的最廉价的百科全书，我也从头到尾全读了……

他还说两三个笑话：这是耳朵聋给他自己的恩惠。他还说，他费了多年心力去发明，制造留声机。"别人听了满意了，我总不满意，总想设法改善到最完美的地步，——这也是因为我是个聋子，我能听别人不能听见的音乐声音"。他还说，Bell发明了电话机。他听了总觉得声音太低，太弱，他听不清，所以他想出种种改良方法，把电话改良到他听得清楚才满意。他的改良部分（碳素传声器，Carbon Transmitter）后来卖给Bell，就使电话大改善。

后来我被选作一个商业组织的会员，常常参加他们的大宴会，往往有许多演说，我耳聋听不见演说，也不免感觉可惜。有一年，他们把宴会的演说印出来了，我读了那些大演说之后，从此就不感觉耳聋是可惋惜的了。……有一天，有一位社会改良家到新新大监狱去向监中囚犯大演说。有一个犯人听了半点钟，实在受不了，就大喊起来。管监的人一拳打去，把那犯人打得晕过去了。过了半点钟，他醒过来了，演说家还在讲。那犯人走过去，对管监的说："请你再打一拳，把我打晕过去罢！"

前些日子，我在报上看到某一位科学家发明了一种短时

间的麻醉药，我脑子里就想，这种麻醉药是蛮有用的：在大宴会的演说开始之前，听演说的客人每人吃点麻醉药，倒是蛮有用的。

　　这是这位科学大圣人的风趣。这样一位圣人是很可爱的。

泰戈尔在中国

泰戈尔先生到中国两次，第一次是在1924年，住了几个月，先到上海，后到北京，在北京住的稍久，曾作几次公开讲演。此次他来，似是北京尚志学会主持的。泰戈尔似很重视此行，故他带了他首创的Sentini Ketan大学的几位教员，——梵文学者Sen，画家BoSe，和一位做他的秘书的英国信徒Elmhirst同来（Sentini Ketan是泰戈尔先生在Bolpur创办的学校，是世界知名的学校，往往称为泰戈尔的"国际大学"，Sentini Ketan的梵文原义为"寂寞的乡村"。此学校中师生往往在树荫下讲谈，有自由的学风）。

那时他的著作，已有中文译本，如《The Crescent Moon》《chitra》等。徐志摩和他的朋友们发起的北京"新月社"以及后来上海的"新月社"，新月书店，《新月》杂志，起名都由于泰戈尔的《新月集》（The Crescent Moon）。

1924年5月8日是他老人家六十四岁生日，北京的一班朋友发起给他祝寿，主要的节目是他的戏剧《杞特拉》（chitra）的用英文公演，林长民的女儿林徽因女士演主角chitra，徐志摩、林长民诸君都参加。他老人家很高兴。

我们观察泰戈尔那一次在中国最感觉烦恼（Sad）的一点，是当时的左派青年反对他的演讲，在演讲场上散发传单攻击他。有一次他在真光戏园演讲，主持的人要我做主席，要我介绍他，并劝告大家尊重他老人家说话的自由。

有一天，他对我说："你听过我的演讲，也看过我的稿子。他们说我反对科学，我每次演讲不是总有几句话特别赞叹

科学吗？"我安慰他，劝他不要烦恼，不要失望。我说，这全是份量轻重的问题，你的演讲往往富于诗意，往往侧重人的精神自由，听的人就往往不记得你说过赞美近代科学的话了。我们要对许多人说话，就无法避免一部分的无心的误解或有意的曲解。"尽人而悦之"是不可能的。

因此，在他生日的前夕，我把我的一首《回向》诗写成一条横幅送他做生日贺礼，我把诗的大意说给他听。他懂得我的意思是借此诗安慰他，他要我把此诗译作英文，写了送给他。"回向"是大乘佛教的一个思想，已成"菩萨道"的人，还得回向人间，为众生努力。

那时溥仪还在故宫，他听他师傅庄士敦（Reginald Johnston）说泰戈尔想看看宫殿里的景物，就请泰戈尔和他同来的一行人进宫去吃茶。

泰戈尔一行人也曾去游览长城明陵各地的风景。

泰戈尔第二次到中国，似是在1928年，或1929年，他旅行路过上海，上岸在徐志摩家里休息了几个钟头。（那一次同行的似也有Mr.Ermhirst）那时我也住在上海，我带了儿子祖望去看他，他老人家和我们在一起拍照，照片上有志摩、小曼、Ermhirst等人。第二天早晨他的船开了，我们还去送他。

泰戈尔先生用孟加拉语（Bengali）作诗作文，他的著作全是用孟加拉（Bengal）方言写的，他的成就就使孟加拉语成为印度的一种最传诵的"文学语言"。所以他老人家最同情于我们的白话文学运动。他最爱徐志摩，待他同自己的亲人一样。

文学改良刍议

今之谈文学改良者众矣，记者末学不文，何足以言此。然年来颇于此事再四研思，辅以友朋辩论，其结果所得，颇不无讨论之价值。因综括所怀见解，列为八事，分别言之，以与当世之留意文学改良者一研究之。

吾以为今日而言文学改良，须从八事入手。八事者何？

一曰，须言之有物。

二曰，不摹仿古人。

三曰，须讲求文法。

四曰，不作无病之呻吟。

五曰，务去烂调套语。

六曰，不用典。

七曰，不讲对仗。

八曰，不避俗字俗语。

一曰须言之有物

吾国近世文学之大病，在于言之无物。今人徒知"言之无文，行之不远"，而不知言之无物，又何用文为乎？吾所谓"物"，非古人所谓"文以载道"之说也。吾所谓"物"，约有二事。

（一）情感。《诗序》曰："情动于中而形诸言。言之不足，故嗟叹之。嗟叹之不足，故咏歌之。咏歌之不足，不知手之舞之，足之蹈之也。"此吾所谓情感也。情感者，文学之灵魂。文学而无情感，如人之无魂，木偶而已，行尸走肉而已

（今人所谓"美感"者，亦情感之一也）。

（二）思想。吾所谓"思想"，盖兼见地、识力、理想三者而言之。思想不必皆赖文学而传，而文学以有思想而益贵。思想亦以有文学的价值而益贵也。此庄周之文，渊明、老杜之诗，稼轩之词，施耐庵之小说，所以复绝千古也。思想之在文学，犹脑筋之在人身。人不能思想，则虽面目姣好，虽能笑啼感觉，亦何足取哉。文学亦犹是耳。

文学无此二物，便如无灵魂无脑筋之美人，虽有秾丽富厚之外观，抑亦未矣。近世文人沾沾于声调字句之间，既无高远之思想，又无真挚之情感，文学之衰微，此其大因矣。此文胜之害，所谓言之无物者是也。欲救此弊，宜以质救之。质者何，情与思二者而已。

二曰不摹仿古人

文学者，随时代而变迁者也。一时代有一时代之文学。周秦有周秦之文学，汉魏有汉魏之文学，唐宋元明有唐宋元明之文学。此非吾一人之私言，乃文明进化之公理也。即以文论，有《尚书》之文，有先秦诸子之文，有司马迁、班固之文，有韩、柳、欧、苏之文，有语录之文，有施耐庵、曹雪芹之文。此文之进化也。试更以韵文言之。《击壤》之歌，《五子》之歌，一时期也。《三百篇》之诗，一时期也。屈原、荀卿之骚赋，又一时期也。苏、李以下，至于魏晋，又一时期也。江左之诗流为排比，至唐而律诗大成，此又一时期也。老杜、香山之"写实"体诸诗（如杜之《石壕吏》《羌村》，白之《新乐府》），又一时期也。诗至唐而极盛，自此以后，词曲代兴。唐、五代及宋初之小令，此词之一时代也。苏、柳（永）、辛、姜之词，又一时代也。至于元之杂剧

传奇，则又一时代矣。凡此诸时代，各因时势风会而变，各有其特长。吾辈以历史进化之眼光观之，决不可谓古人之文学皆胜于今人也。左氏、史公之文奇矣，然施耐庵之《水浒传》视《左传》《史记》，何多让焉。《三都》《两水》之赋富矣，然以视唐诗宋词，则糟粕耳。此可见文学因时进化，不能自止。唐人不当作商周之诗，宋人不当作相如、子云之赋。即令作之，亦必不工，逆天背时，违进化之迹，故不能工也。

既明文学进化之理，然后可言吾所谓"不摹仿古人"之说。今日之中国，当造今日之文学。不必摹仿唐宋，亦不必摹仿周秦也。前见"国会开幕词"，有云："于铄国会，遵晦时休。"此在今日而欲为三代以上之文之一证也。更观今之"文学大家"，文则下规姚、曾，上师韩、欧，更上则取法秦、汉、魏、晋，以为六朝以下无文学可言，此皆百步与五十步之别而已，而皆为文学下乘。即令神似古人，亦不过为博物院中添几许"逼真赝鼎"而已，文学云乎哉。昨见陈伯严先生一诗云：

涛园钞杜句，半岁秃千毫。所得都成泪，相过问奏刀。万灵噤不下，此老仰弥高。胸腹回滋味，徐看薄命骚。

此大足代表今日"第一流诗人"摹仿古人之心理也。其病根所在，在于以"半岁秃千毫"之工夫作古人的钞胥奴婢，故有"此老仰弥高"之叹。若能洒脱此种奴性，不作古人的诗，而惟作我自己的诗，则决不致如此失败矣！

吾每谓今日之文学，其足与世界"第一流"文学比较而无愧色者，独有白话小说（我佛山人、南亭亭长、洪都百炼生三人而已）一项。此无他故，以此种小说皆不事摹仿古人（三人皆得力于《儒林外史》《水浒》《石头记》。然非摹仿之作也）。而惟实写今日社会之情状，故能成真正文学。其他

学这个，学那个之诗古文家，皆无文学之价值也。今之有志文学者，宜知所从事矣。

三曰须讲求文法

今之作文作诗者，每不讲求文法之结构。其例至繁，不便举之，尤以作骈文律诗者为尤甚。夫不讲文法，是谓"不通"。此理至明，无待详论。

四曰不作无病之呻吟

此殊未易言也。今之少年往往作悲观。其取别号则日"寒灰""无生""死灰"。其作为诗文，则对落日而思暮年，对秋风而思零落，春来则惟恐其速去，花发又惟惧其早谢。此亡国之哀音也。老年人为之犹不可，况少年乎？其流弊所至，遂养成一种暮气，不思奋发有为，服劳报国，但知发牢骚之音，感喟之文。作者将以促其寿年，读者将亦短其志气，此吾所谓无病之呻吟也。国之多患，吾岂不知之？然病国危时，岂痛哭流涕所能收效乎？吾惟愿今之文学家作费舒特，作玛志尼，而不愿其为贾生、王粲、屈原、谢皋羽也。其不能为贾生、王粲、屈原、谢皋羽，而徒为妇人醇酒丧气失意之诗文者，尤卑卑不足道矣！

五曰务去烂调套语

今之学者，胸中记得几个文学的套语，便称诗人。其所为诗文处处是陈言滥调，"蹉跎""身世""寥落""飘零""虫沙""寒窗""斜阳""芳草""春闺""愁魂""归梦""鹃啼""孤影""雁字""玉楼""锦字""残更"……之类，累累不绝，最可憎厌。其流弊所至，遂令国中生出许多似是而非，貌似而实非之诗文。今试举

吾友胡先骕先生一词证之：

　　荧荧夜灯如豆，映幢幢孤影，凌乱无据。翡翠衾寒，鸳鸯瓦冷，禁得秋宵几度？幺弦漫语，早丁字帘前，繁霜飞舞。袅袅余音，片时犹绕柱。

　　此词骤观之，觉字字句句皆词也。其实仅一大堆陈套语耳。"翡翠衾""鸳鸯瓦"，用之白香山《长恨歌》则可，以其所言乃帝王之衾之瓦也。"丁字帘""幺弦"，皆套语也。此词在美国所作，其夜灯决不"荧荧如豆"，其居室尤无"柱"可绕也。至于"繁霜飞舞"，则更不成话矣。谁曾见繁霜之"飞舞"耶？

　　吾所谓务去滥调套语者，别无他法，惟在人人以其耳目所亲见、亲闻、所亲身阅历之事物，一一自己铸词以形容描写之。但求其不失真，但求能达其状物写意之目的，即是工夫。其用滥调套语者，皆懒惰不肯自己铸词状物者也。

六曰不用典

　　吾所主张八事之中，惟此一条最受友朋攻击，盖以此条最易误会也。吾友江亢虎君来书曰：

　　所谓典者，亦有广狭二义。饾饤獭祭，古人早悬为厉禁。若并成语故事而屏之，则非惟文字之品格全失，即文字之作用亦亡。……文字最妙之意味，在用字简而涵意多。此断非用典不为功。不用典不特不可作诗，并不可写信，且不可演说。来函满纸"旧雨""虚怀""治头治脚""舍本逐末""洪水猛兽""发聋振聩""负弩先驱""心悦诚服""词坛""退避三舍""无病呻吟""滔天""利器""铁证"……皆典也。试尽抶而去之，代以俚语俚字，将成何说话。其用字之繁简，犹其细焉。恐一易他词，虽加倍蓰

而涵义仍终不能如是恰到好处，奈何？……

此论甚中肯要。今依江君之言，分典为广狭二义，分论之如下：

（一）广义之典非吾所谓典也。广义之典约有五种。

（甲）古人所设譬喻，其取譬之事物，含有普通意义，不以时代而失其效用者，今人亦可用之。如古人言"以子之矛，攻子之盾"。今人虽不读书者，亦知用"自相矛盾"之喻。然不可谓为用典也。上文所举例中之"治头治脚""洪水猛兽""发聋振聩"……皆此类也。盖设譬取喻，贵能切当，若能切当，固无古今之别也。若"负弩先驱""退避三舍"之类，在今日已非通行之事物，在文人相与之间，或可用之，然终以不用为上。如言"退避"，千里亦可，百里亦可，不必定用"三舍"之典也。

（乙）成语。成语者，合字成辞，别为意义。其习见之句，通行已久，不妨用之。然今日若能另铸"成语"，亦无不可也。"利器""虚怀""舍本逐末"……皆属此类。非此"典"也，乃日用之字耳。

（丙）引史事。引史事与今所论议之事相比较，不可谓为用典也。如老杜诗云，"未闻殷周衰，中自诛褒妲"，此非用典也。近人诗云，"所以曹孟德，犹以汉相终"，此亦非用典也。

（丁）引古人作比。此亦非用典也。杜诗云，"清新庾开府，俊逸鲍参军"，此乃以古人比今人，非用典也。又云，"伯仲之间见伊吕，指挥若定失萧曹"，此亦非用典也。

（戊）引古人之语。此亦非用典也。吾尝有句云，"我闻古人言，艰难惟一死"。又云，"尝试成功自古无，放翁此语未必是"。此乃引语，非用典也。

以上五种为广义之典，其实非吾所谓典也。若此者可用可不用。

（二）狭义之典，吾所主张不用者也。吾所谓用"典"者，谓文人词客不能自己铸词造句，以写眼前之景，胸中之意，故借用或不全切，或全不切之故事陈言以代之，以图含混过去，是谓"用典"。上所述广义之典，除戊条外，皆为取譬比方之辞。但以彼喻此，而非以彼代此也。狭义之用典，则全为以典代言，自己不能直言之，故用典以言之耳。此吾所谓用典与非用典之别也。狭义之典亦有工拙之别，其工者偶一用之，未为不可，其拙者则当痛绝之。

（子）用典之工者。此江君所谓用字简而涵义多者也。客中无书不能多举其例，但杂举一二，以实吾言。

（1）东坡所藏"仇池石"，王晋卿以诗借观，意在于夺。东坡不敢不借，先以诗寄之，有句云，"欲留嗟赵弱，宁许负秦曲。传观慎勿许，间道归应速"。此用蔺相如返璧之典，何其工切也。

（2）东坡又有"章质夫送酒六壶，书至而酒不达"。诗云，"岂意青州六从事，化为乌有一先生"。此虽工已近于纤巧矣。

（3）吾十年前尝有读《十字军英雄记》一诗云："岂有酖人羊叔子？焉知微服赵主父？十字军真儿戏耳，独此两人可千古。"以两典包尽全书，当时颇沾沾自喜，其实此种诗，尽可不作也。

（4）江亢虎代华侨谏陈英士文有"本悬太白，先坏长城。世无鉏麑，乃戕赵卿"四句，余极喜之。所用赵宣子一典，甚工切也。

（5）王国维咏史诗，有"虎狼在堂室，徒戎复何补？神

州遂陆沉，百年委榛莽。寄语桓元子，莫罪王夷甫"。此亦可谓使事之工者矣。

上述诸例，皆以典代言，其妙处，终在不失设譬比方之原意。惟为文体所限，故譬喻变而为称代耳。用典之弊，在于使人失其所欲譬喻之原意。若反客为主，使读者迷于使事用典之繁，而转忘其所为设譬之事物，则为拙矣。古人虽作百韵长诗，其所用典不出一二事而已（《北征》与白香山《悟真寺诗》皆不用一典）。今人作长律则非典不能下笔矣。尝见一诗八十四韵，而用典至百余事，宜其不能工也。

（丑）用典之拙者。用典之拙者，大抵皆懒惰之人，不知造词，故以此为躲懒藏拙之计。惟其不能造词，故亦不能用典也。总计拙典亦有数类。

（1）比例泛而不切，可作几种解释，无确定之根据。今取王渔洋《秋柳》一章证之：

娟娟凉露欲为霜，万缕千条拂玉塘，浦里青荷中妇镜，江于黄竹女儿箱。空怜板渚隋堤水，不见琅琊大道王。若过洛阳风景地，含情重问永丰坊。

此诗中所用诸典无不可作几样说法者。

（2）僻典使人不解。夫文学所以达意抒情也。若必求人人能读五车书，然后能通其文，则此种文可不作矣。

（3）刻削古典成语，不合文法。"指兄弟以孔怀，称在位以曾是"（章太炎语），是其例也。今人言"为人作嫁"亦不通。

（4）用典而失其原意。如某君写山高与天接之状，而曰"西接杞天倾"是也。

（5）古事之实有所指，不可移用者，今往乱用作普通事实。如古人灞桥折柳，以送行者，本是一种特别土风。阳

关、渭城亦皆实有所指。今之懒人不能状别离之情，于是虽身在滇越，亦言灞桥，虽不解阳关、渭城为何物，亦皆"阳关三叠""渭城离歌"。又如张翰因秋风起而思故乡之莼羹鲈脍，今则虽非吴人，不知莼鲈为何味者，亦皆自称有"莼鲈之思"。此则不仅懒不可救，直是自欺欺人耳！

凡此种种，皆文人之不下工夫，一受其毒，便不可救。此吾所以有"不用典"之说也。

七曰不讲对仗

排偶乃人类言语之一种特性，故虽古代文字，如老子、孔子之文，亦间有骈句。如"道可道，非常道；名可名，非常名。无名天地之始，有名万物之母。故常无，欲以观其妙；常有，欲以观其微"。此三排句也。"食无求饱，居无求安""贫而无谄，富无而骄""尔爱其羊，我爱其礼"。此皆排句也。然此皆近于语言之自然，而无牵强刻削之迹；尤未有定其字之多寡，声之平仄，词之虚实者也。至于后世文学末流，言之无物，乃以文胜。文胜之极，而骈文律诗兴焉，而长律兴焉。骈文律诗之中非无佳作，然佳作终鲜。所以然者何。岂不以其束缚人之自由过甚之故耶（长律之中，上下古今，无一首佳作可言也）。今日而言文学改良，当"先立乎其大者"，不当枉废有用之精力于微细纤巧之末。此吾所以有废骈废律之说也。即不能废此两者，亦但当视为文学末技而已，非讲求之急务也。

今人犹有鄙夷白话小说为文学小道者。不知施耐庵、曹雪芹、吴趼人皆文学正宗，而骈文律诗乃真小道耳。吾知必有闻此言而却走者矣。

· 138 ·

八曰不避俗语俗字

吾惟以施耐庵、曹雪芹、吴趼人为文学正宗，故有"不避俗字俗语"之论也（参看上文第二条下）。盖吾国言文之背驰久矣。自佛书之输入，译者以文言不足以达意，故以浅近之文译之，其体已近白话。其后佛氏讲义语录尤多用白话为之者，是为语录体之原始。及宋人讲学以白话为语录，此体遂成讲学正体（明人因之）。当是时，白话已久入韵文，观唐宋人白话之诗词可见也。及至元时，中国北部已在异族之下，三百余年矣（辽、金、元）。此三百年中，中国乃发生一种通俗行远之文学。文则有《水浒》《西游》《三国》之类，戏曲则尤不可胜计（关汉卿诸人，人各著剧数十种之多。吾国文人著作之富，未有过于此时者也）。以今世眼光观之，则中国文学当以元代为最盛，可传世不朽之作，当以元代为最多。此可无疑也。当是时，中国之文学最近言文合一。白话几成文学的语言矣。使此趋势不受阻遏，则中国乃有"活文学出现"，而但丁、路得之伟业（欧洲中古时，各国皆有俚语，而以拉丁文为文言，凡著作书籍皆用之，如吾国之以文言著书也。其后意大利有但丁诸文豪，始以其国俚语著作。诸国踵兴，国语亦代起。路得创新教始以德文译《旧约》《新约》，遂开德文学之先。英法诸国亦复如是。今世通用之英文《新旧约》乃1611年译本，距今才三百年耳。故今日欧洲诸国之文学，在当日皆为俚语。迨诸文豪兴，始以"活文学"代拉丁之死文学。有活文学而后有言文合一之国语也）。凡发生于神州。不意此趋势骤为明代所阻，政府既以八股取土，而当时文人如何、李七子之徒，又争以复古为高，于是此千年难遇言文合一之机会，遂中道夭折矣。然以今世历史进化的眼光观之，则白话文学之为

中国文学之正宗，又为将来文学必用之利器，可断言也（此"断言"乃自作者言之，赞成此说者今日未必甚多也）。以此之故，吾主张今日作文作诗，宜采用俗语俗字。与其用三千年前之死字（如"于铄国会，遵晦时休"之类），不如用二十世纪之活字。与其作不能行远不能普及之秦汉六朝文字，不如作家喻户晓之《水浒》《西游》文字也。

结　论

上述八事，乃吾年来研思此一大问题之结果。远在异国，既无读书之暇晷，又不得就国中先生长者质疑问题，其所主张容有矫枉过正之处。然此八事皆文学上根本问题，一一有研究之价值。故草成此论，以为海内外留心此问题者作一草案。谓之刍议，犹云未定草也。伏惟国人同志有以匡纠是正之。

（本文发表于1917年1月，选自《胡适文存》卷1）

建设的文学革命论

国语的文学——文学的国语

一

我的《文学改良刍议》发表以来，已有一年多了。这十几个月之中，这个问题居然引起了许多很有价值的讨论，居然受了许多很可使人乐观的响应。我想我们提倡文学革命的人，固然不能不从破坏一方面下手。但是我们仔细看来，现在的旧派文学实在不值得一驳。甚么桐城派的古文哪，《文选》派的文学哪，江西派的诗哪，梦窗派的词哪，《聊斋志异》派的小说哪，——都没有破坏的价值。他们所以还能存在国中，正因为现在还没有一种真有价值、真有生气、真可算作文学的新文学起来代他们的位置。有了这种"真文学"和"活文学"，那些"假文学"和"死文学"，自然会消灭了。所以我望我们提倡文学革命的人，对于那些腐败文学，个个都该存一个"彼可取而代也"的心理，个个都该从建设一方面用力，要在三五十年内替中国创造出一派新中国的活文学。

我现在作这篇文章的宗旨，在于贡献我对于建设新文学的意见。我且先把我从前所主张破坏的八事引来做参考的数据。

（一）不作"言之无物"的文字。

（二）不作"无病呻吟"的文字。

（三）不用典。

（四）不用套语烂调。

（五）不重对偶：文须废骈，诗须废律。

（六）不作不合文法的文字。

（七）不摹仿古人。

（八）不避俗话俗字。

这是我的"八不主义"，是单从消极的、破坏的一方面着想的。

自从去年归国以后，我在各处演说文学革命，便把这"八不主义"都改作了肯定的口气，又总括作四条，如下：

（一）要有话说，方才说话。这是"不作言之无物的文字"一条的变相。

（二）有什么话，说什么话；话怎么说，就怎么说。这是二、三、四、五、六诸条的变相。

（三）要说我自己的话，别说别人的话。这是"不摹仿古人"一条的变相。

（四）是什么时代的人，说什么时代的话。这是"不避俗话俗字"的变相。

这是一半消极，一半积极的主张。一笔表过，且说正文。

二

我的"建设新文学论"的唯一宗旨只有十个大字："国语的文学，文学的国语"。我们所提倡的文学革命，只是要替中国创造一种国语的文学。有了国语的文学，方才可有文学的国语。有了文学的国语，我们的国语才可算得真正国语。国语没有文学，便没有生命，便没有价值，便不能成立，便不能发达。这是我这一篇文字的大旨。

我曾仔细研究：中国这二千年何以没有真有价值真有生

命的"文言的文学"？我自己回答道："这都因为这二千年的文人所做的文学都是死的，都是用已经死了的语言文字做的。死文字决不能产出活文学。所以中国这二千年只有些死文学，只有些没有价值的死文学。"

我们为什么爱读《木兰辞》和《孔雀东南飞》呢？因为这两首诗是用白话作的。为什么爱读陶渊明的诗和李后主的词呢？因为他们的诗词是用白话作的。为什么爱杜甫的《石壕吏》《兵车行》诸诗呢？因为他们都是用白话作的。为甚么不爱韩愈的《南山》呢？因为他用的是死字死话。……简单说来，自从《三百篇》到于今，中国的文学凡是有一些价值有一些儿生命的，都是白话的，或是近于白话的。其余的都是没有生气的古董，都是博物院的陈列品！

再看近世的文学：何以《水浒传》《西游记》《儒林外史》《红楼梦》，可以称为"活文学"呢？因为他们都是用一种活文字作的。若是施耐庵、吴承恩、吴敬梓、曹雪芹，都用了文言作书，他们的小说一定不会有这样生命，一定不会有这样价值。

读者不要误会，我并不曾说凡是用白话作的书都是有价值、有生命的。我说的是，用死了的文言决不能作出有生命、有价值的文学来。这一千多年的文学，凡是有真正文学价值的，没有一种不带有白话的性质，没有一种不靠这个"白话性质"的帮助。换言之：白话能产出有价值的文学，也能产出没有价值的文学；可以产出《儒林外史》，也可以产出《肉蒲团》。但是那已死的文言只能产出没有价值、没有生命的文学，决不能产出有价值、有生命的文学；只能作几篇《拟韩退之〈原道〉》或《拟陆士衡〈拟古〉》，决不能作出一部《儒林外史》。若有人不信这话，可先读明朝古文大家宋濂的

《王冕传》，再读《儒林外史》第一回的《王冕传》，便可知道死文学和活文学的分别了。

为什么死文字不能产生活文学呢？这都由于文学的性质。一切语言文字的作用在于达意表情；达意达得妙，表情表得好，便是文学。那些用死文言的人，有了意思，却须把这意思翻成几千年前的典故；有了感情，却须把这感情译为几千年前的文言。明明是客子思家，他们须说"王粲登楼""仲宣作赋"；明明是送别，他们却须说"《阳关》三叠""一曲《渭城》"；明明是贺陈宝琛七十岁生日，他们却须说是贺伊尹、周公、傅说。更可笑的：明明是乡下老太婆说话，他们却要叫她打起唐宋八家的古文腔儿；明明是极下流的妓女说话，他们却要她打起胡天游、洪亮吉的骈文调子……请问这样作文章如何能达意表情呢？既不能达意，既不能表情，哪里还有文学呢？即如那《儒林外史》里的王冕，是一个有感情、有血气、能生动、能谈笑的活人。这都因为作书的人能用活言语活文字来描写他的生活神情。那宋濂集子里的王冕，便成了一个没有生气，不能动人的死人。为什么呢？因为宋濂用了两千年前的死文字来写两千年后的活人；所以不能不把这个活人变作两千年前的木偶，才可合那古文家法。古文家法是合了，那王冕也真"作古"了！

因此我说，"死文言决不能产出活文学"。中国若想有活文学，必须用白话，必须用国语，必须做国语的文学。

三

上节所说，是从文学一方面着想，若要活文学，必须用国语。如今且说从国语一方面着想，国语的文学有何等重要。

有些人说："若要用国语作文学，总须先有国语。如今

没有标准的国语，如何能有国语的文学呢？"我说这话似乎有理，其实不然。国语不是单靠几位言语学的专门家就能造得成的；也不是单靠几本国语教科书和几部国语字典就能造成的。若要造国语，先须造国语的文学。有了国语的文学，自然有国语。这话初听了似乎不通。但是列位仔细想想便可明白了。天下的人谁肯从国语教科书和国语字典里面学习国语？所以国语教科书和国语字典，虽是很要紧，决不是造国语的利器。真正有功效有势力的国语教科书，便是国语的文学，便是国语的小说、诗文、戏本。国语的小说、诗文、戏本通行之日，便是中国国语成立之时。试问我们今日居然能拿起笔来作几篇白话文章，居然能写得出好几百个白话的字，可是从什么白话教科书上学来的吗？可不是从《水浒传》《西游记》《红楼梦》《儒林外史》等书学来的吗？这些白话文学的势力，比什么字典教科书都还大几百倍。字典说"这"字该读"鱼彦反"，我们偏读他做"者个"的者字。字典说"么"字是"细小"，我们偏把他用作"什么""那么"的么字。字典说"没"字是"沉也""尽也"，我们偏用他做"无有"的无字解。字典说"的"字有许多意义，我们偏把他用来代文言的"之"字，"者"字，"所"字和"徐徐尔，纵纵尔"的"尔"字。……总而言之，我们今日所用的"标准白话"，都是这几部白话的文学定下来的。我们今日要想重新规定一种"标准国语"，还须先造无数国语的《水浒传》《西游记》《儒林外史》《红楼梦》。

所以我以为我们提倡新文学的人，尽可不必问今日中国有无标准国语。我们尽可努力去作白话的文学。我们可尽量采用《水浒传》《西游记》《儒林外史》《红楼梦》的白话。有不合今日的用的，便不用他；有不够用的，便用今日的白话来

补助；有不得不用文言的，便用文言来补助。这样做去，决不愁语言文字不够用，也决不用愁没有标准白话。中国将来的新文学用的白话，就是将来中国的标准国语。造中国将来白话文学的人，就是制定标准国语的人。

我这种议论并不是"向壁虚造"的。我这几年来研究欧洲各国国语的历史，没有一种国语不是这样造成的。没有一种国语是教育部的老爷们造成的。没有一种是言语学专门家造成的。没有一种不是文学家造成的。我且举几条例为证：

（一）意大利。五百年前，欧洲各国但有方言，没有"国语"。欧洲最早的国语是意大利文。那时欧洲各国的人多用拉丁文著书通信。到了十四世纪的初年，意大利的大文学家但丁（Dante）极力主张用意大利话来代拉丁文。他说拉丁文是已死了的文字，不如他本国俗话的优美。所以他自己的杰作《喜剧》，全用脱斯堪尼（Tuscany）（意大利北部的一邦）的俗话。这部《喜剧》，风行一世，人都称他做"神圣喜剧"。那"神圣喜剧"的白话后来便成了意大利的标准国语。后来的文学家巴卡嘉（Boccacio，1313~1375）和洛兰查（Lorenzo de Medici）诸人也都用白话作文学。所以不到一百年，意大利的国语便完全成立了。

（二）英国。英伦虽只是一个小岛国，却有无数方言。现在通行全世界的"英文"，在五百年前还只是伦敦附近一带的方言，叫做"中部土语"。当十四世纪时，各处的方言都有些人用来作书。后来到了十四世纪的末年，出了两位大文学家，一个是赵叟（Chaucer，1340~1400），一个是威克列夫（Wycliff，1320~1384）。赵叟作了许多诗歌，散文都用这"中部土语"。威克列夫把耶教的《旧约》《新约》也都译成"中部土语"。有了这两个人的文学，便把这"中部土语"变

成英国的标准国语。后来到了十五世纪，印刷术输进英国，所印的书多用这"中部土语"，国语的标准更确定了。到十六、十七世纪，萧士比亚和"伊里沙白时代"的无数文学大家，都用国语创造文学。从此以后，这一部分的"中部土语"，不但成了英国的标准国语，几乎竟成了全地球的世界语了！

此外，法国、德国及其他各国的国语，大都是这样发生的，大都是靠着文学的力量才能变成标准的国语的。我也不去一一的细说了。

意大利国语成立的历史，最可供我们中国人的研究。为什么呢？因为欧洲西部北部的新国，如英吉利、法兰西、德意志，他们的方言和拉丁文相差太远了，所以他们渐渐的用国语著作文学，还不算稀奇。只有意大利是当年罗马帝国的京畿近地，在拉丁文的故乡，各处的方言又和拉丁文最近。在意大利提倡用白话代拉丁文，真正和在中国提倡用白话代汉文，有同样的艰难。所以英、法、德各国语，一经文学发达以后，便不知不觉的成为国语了。在意大利却不然。当时反对的人很多，所以那时新文学家，一方面努力创造国语的文学，一方面还要作文章鼓吹何以当废古文，何以不可不用白话。有了这种有意的主张〔最有力的是但丁（Dante）和阿儿白狄（Alberti）两个人〕，又有了那些有价值的文学，才可造出意大利的"文学的国语"。

我常问我自己道："自从施耐庵以来，很有了些极风行的白话文学，何以中国至今还不曾有一种标准的国语呢？"我想来想去，只有一个答案。这一千年来，中国固然有了一些有价值的白话文学，但是没有一个人出来明目张胆的主张用白话为中国的"文学的国语"。有时陆放翁高兴了，便作一首白话诗；有时柳耆卿高兴了，便作一首白话词。这都是不知不

觉的自然出产品，并非是有意的主张。因为没有"有意的主张"，所以作白话的只管作白话，作古文的只管作古文，作八股的只管作八股。因为没有"有意的主张"，所以白话文学从不曾和那些"死文学"争那"文学正宗"的位置。白话文学不成为文学正宗，故白话不曾成为标准国语。

我们今日提倡国语的文学，是有意的主张。要使国语成为"文学的国语"。有了文学的国语，方有标准的国语。

四

上文所说，"国语的文学，文学的国语"。乃是我们的根本主张。如今且说要实行做到这个根本主张，应该怎样进行。

我以为创造新文学的进行次序，约有三步：（一）工具；（二）方法；（三）创造。前两步是预备，第三步才是实行创造新文学。

（一）工具。古人说得好："工欲善其事，必先利其器"，写字的要笔好，杀猪的要刀快。我们要创造新文学，也须先预备下创造新文学的"工具"。我们的工具就是白话。我们有志造国语文学的人，应该赶紧筹备这个万不可少的工具。预备的方法，约有两种：

（甲）多读模范的白话文学。例如《水浒传》《西游记》《儒林外史》《红楼梦》；宋儒语录；白话信札；元人戏曲；明清传奇的说白；唐宋的白话诗词；也该选读。

（乙）用白话作各种文学。我们有志造新文学的人，都该发誓不用文言作文：无论通信，作诗，译书，做笔记，作报馆文章，编学堂讲义，替死人作墓志，替活人上条陈，……都该用白话来做。我们从小到如今，都是用文言作文，养成了一

种文言的习惯。所以虽是活人，只会作死人的文字。若不下一些狠劲，若不用点苦工夫，决不能使用白话圆转如意。若单在《新青年》里面作白话文字，此外还依旧作文言的文字，那真是"一日暴之，十日寒之"的政策，决不能磨练成白话的文学家。

不但我们提倡白话文学的人应该如此做去。就是那些反对白话文学的人，我也奉劝他们用白话来作文字。为什么呢？因为他们若不能作白话文字，便不配反对白话文学。譬如那些不认得中国字的中国人，若主张废汉文，我一定骂他们不配开口。若是我的朋友钱玄同要主张废汉文，我决不敢说他不配开口了。那些不会作白话文字的人来反对白话文学，便和那些不懂汉文的人要废汉文，是一样的荒谬。所以我劝他们多作些白话文字，多作些白话诗歌，试试白话是否有文学的价值。如果试了几年，还觉得白话不如文言，那时再来攻击我们，也还不迟。

还有一层。有些人说："作白话很不容易，不如作文言的省力。"这是因为中毒太深之过。受病深了，更宜赶紧医治，否则真不可救了。其实作白话并不难。我有一个侄儿，今年才十五岁，一向在徽州不曾出过门。今年他用白话写信来，居然写得极好。我们徽州话和官话差得很远，我的侄儿不过看了一些白话小说，便会作白话文字了。这可见作白话并不是难事，不过人性懒惰的居多数，舍不得抛"高文典册"的死文字罢了。

（二）方法。我以为中国近来文学所以这样腐败，大半虽由于没有适用的"工具"，但是单有"工具"，没有方法，也还不能造新文学。做木匠的人，单有锯凿钻刨，没有规矩师法，决不能造成木器。文学也是如此。若单靠白话便可

造新文学，难道把郑孝胥、陈三立的诗翻成了白话，就可算得新文学了吗？难道那些用白话作的《新华春梦记》《九尾龟》，也可算作新文学吗？我以为现在国内新起的一班"文人"，受病最深的所在，只在没有高明的文学方法。我且举小说一门为例。现在的小说（单指中国人自己著的），看来看去，只有两派。一派最下流的，是那些学《聊斋志异》的札记小说。篇篇都是"某生，某处人，生有异禀，下笔千言，……一日于某地遇一女郎，……好事多磨，……遂为情死。"或是"某地某生，游某地，眷某妓，情好綦笃，遂订白头之约，……而大妇妒甚，不能相容，女抑郁以死，……生抚尸一恸几绝。"……此类文字，只可抹桌子，固不值一驳。还有那第二派是那些学《儒林外史》或是学《官场现形记》的白话小说。上等的如《广陵潮》，下等的如《九尾龟》。这一派小说，只学了《儒林外史》的坏处，却不曾学得它的好处。《儒林外史》的坏处在于体裁结构太不紧严，全篇是杂凑起来的。例如娄府一群人自成一段；杜府两公子自成一段；马二先生又成一段；虞博士又成一段；萧云仙，郭孝子，又各自成一段。分出来，可成无数札记小说；接下去，可长至无穷无极。《官场现形记》便是这样。如今的章回小说，大都犯这个没有结构，没有布局的懒病。却不知道《儒林外史》所以能有文学价值者，全靠一副写人物的画工本领。我十年不曾读这书了，但是我闭了眼睛，还觉得书中的人物，如严贡生，如马二先生，如杜少卿，如权勿用，……个个都是活的人物。正如读《水浒》的人，过了二三十年，还不会忘记鲁智深、李逵、武松、石秀……一班人。请问列位读过《广陵潮》和《九尾龟》的人，过了两三个月，心目中除了一个"文武全才"的章秋谷之外，还记得几个活灵活现的书中人物？——所以我

说，现在的"新小说"，全是不懂得文学方法的。既不知布局，又不知结构，又不知描写人物，只做成了许多又长又臭的文字，只配与报纸的第二张充篇幅，却不配在新文学上占一个位置。小说在中国近年，比较的说来，要算文学中最发达的一门了。小说尚且如此，别种文学如诗歌戏曲，更不用说了。

如今且说什么叫做"文学的方法"呢？这个问题不容易回答，况且又不是这篇文章的本题，我且约略说几句。

大凡文学的方法可分三类：

（甲）收集材料的方法。中国的"文学"，大病在于缺少材料。那些古文家，除了墓志、寿序、家传之外，几乎没有一毫材料。因此，他们不得不做那些极无聊的"汉高帝斩丁公论""汉文帝唐太宗优劣论"。至于近人的诗词，更没有什么材料可说了。近人的小说材料，只有三种：一种是官场，一种是妓女，一种是不官而官，非妓而妓的中等社会（留学生、女学生之可作小说材料者，亦附此类），除此之外，别无材料。最下流的，竟至登告白征求这种材料。做小说竟须登告白微求材料，便是宣告文学家破产的铁证。我以为将来的文学家收集材料的方法，约如下：

第一，推广材料的区域。官场、妓院与龌龊社会三个区域，决不够采用。即如今日的贫民社会，如工厂之男女工人、人力车夫、内地农家、各处大负贩及小店铺，一切痛苦情形，都不曾在文学上占一位置。并且今日新旧文明相接触，一切家庭惨变，婚姻苦痛，女子之位置，教育之不适宜，……种种问题，都可供文学的材料。

第二，注意实地的观察和个人的经验。现今文人的材料大都是关了门虚造出来的，或是间接又间接的得来的。因此我们读这种小说，总觉得浮泛敷衍，不痛不痒的，没有一毫精

彩。真正文学家的材料大概都有"实地的观察和个人自己的经验"做个根底。不能做实地的观察，便不能做文学家；全没有个人的经验，也不能做文学家。

第三，要用周密的理想作观察经验的补助。实地的观察和个人的经验，固是极重要，但是也不能全靠这两件。例如施耐庵若单靠观察和经验，决不能做出一部《水浒传》。个人所经验的，所观察的究竟有限。所以必须有活泼精细的理想（Imagination），把观察经验的材料，一一的体会出来，一一的整理如式，一一的组织完全；从已知的推想到未知的，从经验过的推想到不曾经验过的，从可观察的推想到不可观察的。这才是文学家的本领。

（乙）结构的方法。有了材料，第二步须要讲究结构。结构是个总名词，内中所包甚广，简单说来，可分剪裁和布局两步。

第一，剪裁。有了材料，先要剪裁。譬如做衣服，先要看哪块料可做袍子，哪块料可做背心。估计定了，方可下剪。文学家的材料也要如此办理。先须看这些材料该用作小诗呢？还是作长歌呢？该用作章回小说呢？还是作短篇小说呢？该用作小说呢？还是作戏本呢？筹划定了，方才可以剪下那些可用的材料，去掉那些不中用的材料，方才可以决定作什么体裁的文字。

第二，布局。体裁定了，再可讲布局。有剪裁，方可决定"做什么"；有布局，方可决定"怎样做"。材料剪定了，须要筹算怎样做去始能把这材料用得最得当又最有效力。例如唐朝天宝时代的兵祸，百姓的痛苦，都是材料。这些材料，到了杜甫的手里，便成了诗料。如今且举他的《石壕吏》一篇，作布局的例。这首诗只写一个过路的客人一晚上在

一个人家内偷听得的事情。只用一百二十个字，却不但把那一家祖孙三代的历史都写出来，并且把那时代兵祸之惨，壮丁死亡之多，差役之横行，小民之苦痛，都写得逼真活现，使人读了生无限的感慨。这是上品的布局工夫。又如古诗《上山采蘼芜，下山逢故夫》一篇，写一家夫妇的惨剧，却不从"某人娶妻甚贤，后别有所欢，遂出妻再娶"说起，只挑出那前妻山上下来遇着故夫的时候下笔，却也能把那一家的家庭情形写得充分满意。这也是上品的布局工夫。近来的文人全不讲求布局，只顾凑足多少字可卖几块钱，全不问材料用的得当不得当，动人不动人。他们今日做上回的文章，还不知道下一回的材料在何处！这样的文人怎样造得出有价值的新文学呢！

（丙）描写的方法。局已布定了，方才可讲描写的方法。描写的方法，千头万绪，大要不出四条：

第一，写人。

第二，写境。

第三，写事。

第四，写情。

写人要举动、口气、身份、才性，……都要有个性的区别。件件都是林黛玉，决不是薛宝钗；件件都是武松，决不是李逵。写境要一喧、一静、一石、一山、一云、一鸟，……也都要有个性的区别。《老残游记》的大明湖，决不是西湖，也决不是洞庭湖；《红楼梦》里的家庭，决不是《金瓶梅》里的家庭。写事要线索分明，头绪清楚，近情近理，亦正亦奇。写情要真，要精，要细腻婉转，要淋漓尽致。有时须用境写人，用情写人，用事写人；有时须用人写境，用事写境，用情写境；……这里面的千变万化，一言难尽。

如今且回到本文。我上文说的，创造新文学的第一步

是工具，第二步是方法。方法的大致，我刚才说了。如今且问，怎样预备方才可得着一些高明的文学方法？我仔细想来，只有一条法子，就是赶紧多多的翻译西洋的文学名著做我们的模范。我这个主张，有两层理由：

第一，中国文学的方法实在不完备，不够做我们的模范。即以体裁而论，散文只有短篇，没有布置周密，论理精严，首尾不懈的长篇；韵文只有抒情诗，绝少纪事诗，长篇诗更不曾有过；戏本更在幼稚时代，但略能纪事掉文，全不懂结构；小说好的，只不过三四部，这三四部之中，还有许多疵病；至于最精彩的"短篇小说""独幕戏"，更没有了。若从材料一方面看来，中国文学更没有做模范的价值。才子佳人、封王挂帅的小说；风花雪月、涂脂抹粉的诗；不能说理、不能言情的"古文"；学这个、学那个的一切文学，这些文字，简直无一毫材料可说。至于布局一方面，除了几首实在好的诗之外，几乎没有一篇东西当得"布局"两个字！所以我说，从文学方法一方面看去，中国的文学实在不够给我们做模范。

第二，西洋的文学方法，比我们的文学，实在完备的多，高明得多，不可不取例。即以散文而论，我们的古文家至多比得上英国的倍根（Bacon）和法国的孟太恩（Montaigne），至于像柏拉图（Plato）的"主客体"，赫胥黎（Huxley）等的科学文字，包士威尔（Boswell）和莫烈（Morley）等的长篇传记，弥儿（Mill）、弗林克令（Franklin）（Gibbon）等的"自传"，太恩（Taine）和白克儿（Buckle）等的史论；都是中国从不曾梦见过的体裁。更以戏剧而论，二千五百年前的希腊戏曲，一切结构的工夫，描写的工夫，高出元曲何止十倍。近代的萧士比亚（Shakespeare）和莫逆尔

（Moliere）更不用说了。最近六十年来，欧洲的散文戏本，千变万化，远胜古代，体裁也更发达了。最重要的，如"问题戏"，专研究社会的种种重要问题；"象征戏"（Symbolic Drama），专以美术的手段作的"意在言外"的戏本；"心理戏"，专描写种种复杂的心境，作极精密的解剖；"讽刺戏"，用嬉笑怒骂的文章，达愤世救世的苦心。我写到这里，忽然想起今天梅兰芳正在唱新编的《天女散花》，上海的人还正在等着看新排的《多尔衮》呢！我也不往下数了。更以小说而论，那材料之精确，体裁之完备，命意之高超，描写之工切，心理解剖之细密，社会问题讨论之透彻，……真是美不胜收。至于近百年新创的"短篇小说"，真如芥子里面藏着大千世界；真如百炼的精金，曲折委婉，无所不可；真可说是开千古未有的创局，掘百世不竭的宝藏。以上所说，大旨只在约略表示西洋文学方法的完备。因为西洋文学真有许多可给我们做模范的好处，所以我说，我们如果真要研究文学的方法，不可不赶紧翻译西洋的文学名著，做我们的模范。

现在中国所译的西洋文学书，大概都不得其法，所以收效甚少。我且拟几条翻译西洋文学名著的办法如下：

只译名家著作，不译第二流以下的著作。我以为国内真懂得西洋文学的学者应该开一会议，公共选定若干种不可不译的第一流文学名著。约数如一百种长篇小说，五百篇短篇小说，三百种戏剧，五十家散文，为第一部《西洋文学丛书》，期五年译完，再选第二部。译成之稿，由这几位学者审查，并一一为作长序及著者略传，然后付印。其第二流以下，如哈葛得之流，一概不选。诗歌一类，不易翻译，只可从缓。

全用白话韵文之戏曲，也都译为白话散文。用古文译

书，必失原文的好处。如林琴南的"其女珠，其母下之"，早成笑柄，且不必论。前天看见一部侦探小说《圆室案》中，写一位侦探"勃然大怒，拂袖而起"。不知道这位侦探穿的是不是康桥大学的广袖制服！——这样译书，不如不译。又如林琴南把萧士比亚的戏曲，译成了记叙体的古文！这真是萧士比亚的大罪人，罪在《圆室案》译者之上！

上面所说工具与方法两项，都只是创造新文学的预备。工具用得纯熟自然了，方法也懂了，方才可以创造中国的新文学。至于创造新文学是怎样一回事，我可不配开口了。我以为现在的中国，还没有做到实行预备创造新文学的地步，尽可不必空谈创造的方法和创造的手段。我们现在且先去努力做那第一第二两步预备的工夫罢！

（本文发表于1918年4月，选自1918年4月《新青年》第4卷第4号）

易卜生主义

一

易卜生最后所作的《我们死人再生时》（When We Dead Awaken）一本戏里面有一段话，很可表出易卜生所作文学的根本方法。这本戏的主人翁是一个美术家，费了全副精神雕成一副像，名为"复活日"。这位美术家自己说他这副雕像的历史道：

我那时年纪还轻，不懂得世事。我以为这"复活日"应该是一个极精致、极美的少女像，不带着一毫人世的经验，平空地醒来，自然光明庄严，没有什么过恶可除。……但是我后来那几年，懂得些世事了，才知道这"复活日"不是这样简单的，原来是很复杂的。……我眼里所见的人情世故，都到我理想中来，我不能不把这些现状包括进去。我只好把像的座子放大了，放宽了。我在那座子上雕了一片曲折爆裂的地面。从那地的裂缝里，钻出来无数模糊不分明，人身兽面的男男女女。这都是我在世间亲自见过的男男女女。（二幕）

这是"易卜生主义"的根本方法。那不带一毫人世罪恶的少女像，是指那盲目的理想派文学。那无数模糊不分明，人身兽面的男男女女，是指写实派的文学。易卜生早年和晚年的著作虽不能全说是写实主义，但我们看他极盛时期的著作，尽可以说，易卜生的文学，易卜生的人生观，只是一个写实主义。1882年，他有一封信给一个朋友，信中说道：

我做书的目的，要使读者人人心中都觉得他所读的全是

实事。(《尺牍》第一五九号)

　　人生的大病根在于不肯睁开眼睛来看世间的真实现状。明明是男盗女娼的社会，我们偏说是圣贤礼义之邦；明明是赃官污吏的政治，我们偏要歌功颂德；明明是不可救药的大病，我们偏要说一点病都没有！却不知道，若要病好，须先认有病；若要政治好，须先认现今的政治实在不好；若要改良社会，须先知道现今的社会实是男盗女娼的社会！易卜生的长处，只在他肯说老实话，只在他能把社会种种腐败龌龊的实在情形写出来，叫大家仔细看。他并不是爱说社会的坏处，他只是不得不说。1880年，他对一个朋友说：

　　我无论作什么诗，编什么戏，我的目的只要我自己精神上的舒服清净。因为我们对于社会的罪恶，都脱不了干系的。(《尺牍》第一四八号)

　　因为我们对于社会的罪恶都脱不了干系，故不得不说老实话。

二

　　我们且看易卜生写近世的社会，说的是一些什么样的老实话。

　　第一，先说家庭。易卜生所写的家庭，是极不堪的。家庭里面，有四种大恶德：一是自私自利；二是倚赖性，奴隶性；三是假道德，装腔作戏；四是懦怯没有胆子。做丈夫的便是自私自利的代表。他要快乐，要安逸，还要体面，所以他要娶一个妻子。正如《娜拉》戏中的郝尔茂，他觉得同他妻子有爱情是很好玩的。他叫他妻子做"小宝贝""小鸟儿""小松鼠儿""我的最亲爱的"等等肉麻名字。他给他妻子一点钱去买糖吃，买粉搽，买好衣服穿。他要他妻子穿得好看，打扮得

标致。做妻子的完全是一个奴隶。她丈夫喜欢什么，她也该喜欢什么，她自己是不许有什么选择的。她的责任在于使丈夫欢喜。她自己不用有思想，她丈夫会替她思想。她自己不过是她丈夫的玩意儿，很像叫化子的猴子专替他变把戏引人开心的（所以《娜拉》又名《玩物之家》）。丈夫要妻子守节，妻子却不能要丈夫守节，正如《群鬼》（Ghosts）戏里的阿尔文夫人受不过丈夫的气，跑到一个朋友家去；那位朋友是个牧师，很教训了她一顿，说她不守妇道。但是阿尔文夫人的丈夫在外面偷妇人，甚至淫乱他妻子的婢女；人家都毫不介意，那位牧师朋友也觉得这是男人常有的事，不足为奇！妻子对丈夫，什么都可以牺牲；丈夫对妻子，是不犯着牺牲什么的。《娜拉》戏内的娜拉因为要救她丈夫的生命，所以冒她父亲的名字，签了借据去借钱。后来事体闹穿了，她丈夫不但不肯替娜拉分担冒名的干系，还要痛骂她带累他自己的名誉。后来和平了结了，没有危险了，她丈夫又装出大度的样子，说不追究她的错处了。他得意扬扬的说道："一个男人赦了他妻子的过犯是很畅快的事！"（《娜拉》三幕）

这种极不堪的情形，何以居然忍耐得住呢？其一，因为人都要顾面子，不得不装腔作势，做假道德遮着面孔。其二，因为大多数的人都是没有胆子的懦夫。因为要顾面子，故不肯闹翻；因为没有胆子，故不敢闹翻。那《娜拉》戏里的娜拉忽然看破家庭是一座做猴子戏的戏台，她自己是台上的猴子。她有胆子，又不肯再装假面子，所以告别了掌班的，跳下了戏台，去干她自己的生活，那《群鬼》戏里的阿尔文夫人没有娜拉的胆子，又要顾面子，所以被她的牧师朋友一劝，就劝回头了，还是回家去尽她的"天职"，守她的"妇道"。她丈夫仍旧做那种淫荡的行为。阿尔文夫人只好牺牲自己的人

格，尽力把他羁縻在家。后来生下一个儿子，他母亲恐怕他在家学了他父亲的坏榜样，所以到了七岁便把他送到巴黎去。她一面要哄她丈夫在家，一面要在外边替她丈夫修名誉，一面要骗她儿子说他父亲是怎样一个正人君子。这种情形，过了十九个足年，她丈夫才死。死后，他妻子还要替他装面子，花了许多钱，造了一所孤儿院，作她亡夫的遗爱。孤儿院造成了，把她儿子唤回来参与孤儿院落成的庆典。谁知她儿子从胎里就得了他父亲的花柳病的遗毒，变成一种脑腐症，到家没几天，那孤儿院也被火烧了，她儿子的遗传病发作，脑子坏了，就成了疯人了。这是没有胆子，又要顾面子的结局。这就是腐败家庭的下场！

三

其次，且看易卜生的社会的三种大势力。那三种大势力：一是法律，二是宗教，三是道德。

第一，法律。法律的效能在于除暴去恶，禁民为非。但是法律有好处也有坏处。好处在于法律是无有偏私的；犯了什么法，就该得什么罪。坏处也在于此。法律是死板板的条文，不通人情世故；不知道一样的罪名却有几等几样的居心，有几等几样的境遇情形；同犯一罪的人却有几等几样的知识程度。法律只说某人犯了某法的某某篇某某章某某节，该得某某罪，全不管犯罪的人的知识不同，境遇不同，居心不同。《娜拉》戏里有两件冒名签字的事：一件是一个律师做的，一件是一个不懂法律的妇人做的。那律师犯这罪全由于自私自利，那妇人犯这罪全因为她要救她丈夫的性命。但是法律不问这些区别。请看两个"罪人"讨论这个问题：

（律师）郝夫人，你好像不知道你犯了什么罪，我老实

对你说，我犯的那桩使我一生声名扫地的事，和你所做的事恰恰相同，一毫也不多，一毫也不少。

（娜拉）你！难道你居然也敢冒险去救你妻子的命吗？

（律师）法律不管人的居心如何。

（娜拉）如此说来，这种法律是笨极了。

（律师）不问他笨不笨，你总要受他的裁判。

（娜拉）我不相信。难道法律不许做女儿的想个法子免得她临死的父亲烦恼吗？难道法律不许做妻子的救她的丈夫的命吗？我不大懂得法律，但是我想总该有这种法律承认这些事的。你是一个律师，你难道不知道有这样的法律吗？柯先生，你真是一个不中用的律师了。（《娜拉》一幕）

最可怜的是世上真没有这种入情入理的法律！

第二，宗教。易卜生眼里的宗教久已失去了那种可以感化人的能力；久已变成毫无生气的仪节信条，只配口头念得烂熟，却不配使人奋发鼓舞了。《娜拉》戏里说：

（郝尔茂）你难道没有宗教吗？

（娜拉）我不很懂得究竟宗教是什么东西。我只知道我进教时那位牧师告诉我的一些话。他对我说宗教是这个，是那个，是这样，是那样。（三幕）

如今人的宗教，都是如此，你问他信什么教，他就把他的牧师或是他的先生告诉他的话背给你听。他会背耶稣的祈祷文，他会念阿弥陀佛，他会背一部《圣谕广训》。这就是宗教了！

宗教的本意，是为人而作的，正如耶稣说的，"礼拜是为人造的，不是人为礼拜造的。"不料后世的宗教处处与人类的天性相反，处处反乎人情。如《群鬼》戏中的牧师，逼着阿尔文夫人回家去受那荡子丈夫的待遇，去受那十九年极不堪的

惨痛。那牧师说，宗教不许人求快乐；求快乐便是受了恶魔的魔力了。他说，宗教不许做妻子的批评丈夫的行为。他说，宗教教人无论如何总要守妇道，总须尽责任。那牧师口口声声所说是"是"的，阿尔文夫人心中总觉得都是"不是"的。后来阿尔文夫人仔细去研究那牧师的宗教，忽然大悟，原来那些教条都是假的，都是"机器造的！"（《群鬼》二幕）

但是这种机器造的宗教何以居然能这样兴旺呢？原来现在的宗教虽没有精神上的价值，却极有物质上的用场。宗教是可以利用的，是可以使人发财得意的。那《群鬼》戏里的木匠，本是一个极下流的酒鬼，卖妻卖女都肯干的。但是他见了那位道学的牧师，立刻就装出宗教家的样子，说宗教家的话，做宗教家的唱歌祈祷，把这位蠢牧师哄得滴溜溜的转（二幕）。那《罗斯马庄》（Rosmersholm）戏里面的主人翁罗斯马本是一个牧师，后来他的思想改变了，遂不信教了。他那时想加入本地的自由党，不料党中的领袖却不许罗斯马宣告他脱离教会的事。为什么呢？因为他们党里很少信教的人，故想借罗斯马的名誉来号召那些信教的人家。可见宗教的兴旺，并不是因为宗教真有兴旺的价值，不过是因为宗教有可以利用的好处罢了。

第三，道德。法律宗教既没有裁制社会的本领，我们且看"道德"可有这种本事。据易卜生看来，社会上所谓"道德"不过是许多陈腐的旧习惯。合于社会习惯的，便是道德；不合于社会习惯的，便是不道德。正如我们中国的老辈人看见少年男女实行自由结婚，便说是"不道德"。为什么呢？因为这事不合于"父母之命，媒妁之言"的社会习惯。但是这班老辈人自己讨过许多小老婆，却以为是很平常的事，没有什么不道德。为什么呢？因为习惯如此。又如中国人死了父

母，发出讣书，人人都说"泣血稽颡""苫块昏迷"。其实他们何尝泣血？又何尝"寝苫枕块"？这种自欺欺人的事，人人都以为是"道德"，人人都不以为羞耻。为什么呢？因为社会的习惯如此，所以不道德的也觉得道德了。

这种不道德的道德，在社会上，造出一种诈伪不自然的伪君子。面子上都是仁义道德，骨子里都是男盗女娼。易卜生最恨这种人。他有一本戏，叫做《社会的栋梁》（Pillars of Society）。戏中的主人名叫褒匿，是一个极坏的伪君子：他犯了一桩奸情，却让他兄弟受这恶名，还要诬赖他兄弟偷了钱跑脱了。不但如此，他还雇了一只烂脱底的船送他兄弟出海，指望把他兄弟和一船的人都沉死在海底，可以灭口。

这样一个大奸，面子上却做得十分道德，社会上都尊敬他，称他做"全市第一个公民""公民的模范""社会的栋梁"！他谋害他兄弟的那一天，本城的公民，聚了几千人，排起队来，打着旗，奏着军乐，上他的门来表示社会的敬意，高声喊道，"褒匿万岁！社会的栋梁褒匿万岁！"

这就是道德！

四

其次，我们且看易卜生写个人与社会的关系。

易卜生的戏剧中，有一条极显而易见的学说，是说社会与个人互相损害；社会最爱专制，往往用强力摧折个人的个性，压制个人自由独立的精神；等到个人的个性都消灭了，等到自由独立的精神都完了，社会自身也没有生气了，也不会进步了。社会里有许多陈腐的习惯，老朽的思想，极不堪的迷信，个人生在社会中，不能不受这些势力的影响。有时有一两个独立的少年，不甘心受这种陈腐规矩的束缚，于是东冲西突

想与社会作对。上文所说的褒匿，当少年时，也曾想和社会反抗。但是社会的权力很大，网罗很密；个人的能力有限，如何是社会的敌手？社会对个人道："你们顺我者生，逆我者死；顺我者有赏，逆我者有罚。"那些和社会反对的少年，一个一个的都受家庭的责备，遭朋友的怨恨，受社会的侮辱驱逐。再看那些奉承社会意旨的人，一个个的都升官发财，安富尊荣了。当此境地，不是顶天立地的好汉，决不能坚持到底。所以像褒匿那般人，做了几时的维新志士，不久也渐渐的受社会同化，仍旧回到旧社会去做"社会的栋梁"了。社会如同一个大火炉，什么金银铜铁锡，进了炉子，都要熔化。易卜生有一本戏叫《雁》（The Wild Duck），写一个人捉到一只雁，把他养在楼上半阁里，每天给他一桶水，让他在水里打滚游戏。那雁本是一个海阔天空逍遥自得的飞鸟，如今在半阁里关久了，也会生活，也会长得胖胖的，后来竟完全忘记了他从前那种海阔天空来去自由的乐处了！个人在社会里，就同这雁在人家半阁上一般，起初未必满意，久而久之，也就惯了，也渐渐的把黑暗世界当作安乐窝了。

　　社会对于那班服从社会命令，维持陈旧迷信，传播腐败思想的人，一个一个的都有重赏。有的发财了，有的升官了，有的享大名誉了。这些人有了钱，有了势，有了名誉，就像老虎长了翅膀，更可横行无忌了，更可借着"公益"的名义去骗人钱财，害人生命，做种种无法无天的行为。易卜生的《社会的栋梁》和《博曼克》（John Gabriel Borkman）两本戏的主人翁都是这种人物，他们钱赚得够了，然后掏出几个小钱来，开一个学堂，造一所孤儿院，立一个公共游戏场，"捐二十磅金去买面包给贫人吃"（《社会的栋梁》二幕中语）。于是社会格外恭维他们，打着旗子，奏着军乐，上他们

家来，大喊"社会的栋梁万岁！"

那些不懂事又不安本分的理想家，处处和社会的风俗习惯反对，是该受重罚的。执行这种重罚的机关，便是"舆论"，便是大多数的"公论"。世间有一种最通行的迷信，叫做"服从多数的迷信"。人都以为多数人的公论总是不错的。易卜生绝对的不承认这种迷信。他说"多数党总在错的一边，少数党总在不错的一边"（《国民公敌》五幕）。一切维新革命，都是少数人发起的，都是大多数人所极力反对的。大多数人总是守旧麻木不仁的；只有极少数人，有时只有一个人，不满意于社会的现状，要想维新，要想革命。这种理想家是社会所最忌的。大多数人都骂他是"捣乱分子"，都恨他"扰乱治安"，都说他"大逆不道"；所以他们用大多数的专制威权去压制那"捣乱"的理想志士，不许他开口，不许他行动自由；把他关在监牢里，把他赶出境去，把他杀了，把他钉在十字架上活活的钉死，把他捆在柴草上活活的烧死。过了几十年几百年，那少数人的主张渐渐变成多数人的主张了，于是社会的多数人又把他们从前杀死钉死烧死的那些"捣乱分子"一个一个的重新推崇起来，替他们修墓，替他们作传，替他们立庙，替他们铸铜像。却不知道从前那种"新"思想，到了这时候，又早已成了"陈腐的"迷信！当他们替从前那些特立独行的人修墓铸铜像的时候，社会里早已发生了几个新派少数人，又要受他们杀死钉死烧死的刑罚了！所以说"多数党总是错的，少数党总是不错的"。

易卜生有一本戏叫作《国民公敌》，里面写的就是这个道理。这本戏的主人翁斯铎曼医生从前发现本地的水可以造成几处卫生浴池。本地的人听了他的话，觉得有利可图，便集了资本造了几处卫生浴池。后来四方的人闻了这浴池的名，纷纷

来这里避暑养病。来的人多了，本地的商业市面便渐渐发达兴旺。斯铎曼医生便做了浴池的官医。后来洗浴的人之中，忽然发生一种流行病症；经这位医生仔细考察，知道这病症是从浴池的水里来的，他便装了一瓶水寄与大学的化学师请他化验。化验出来，才知道浴池的水管安的太低了，上流的污秽停积在浴池里，发生一种传染病的微生物，极有害于公众卫生。斯铎曼医生得了这种科学证据便做了一篇切切实实的报告书，请浴池的董事会把浴池的水管重行改造，以免妨碍卫生。不料改造浴池须要花费许多钱，又要把浴池闭歇一两年；浴池一闭歇，本地的商务便要受许多损失。所以本地的人全体用死力反对斯铎曼医生的提议。他们宁可听任那些来避暑养病的人受毒病死，却不情愿受这种金钱的损失，所以他们用大多数的专制威权压制这位说老实话的医生，不许他开口。他做了报告，本地的报馆都不肯登载。他要自己印刷，印刷局也不肯替他印。他要开会演说，全城的人都不把空屋借他做会场。后来好容易找到了一所会场，开了一个公民会议，会场上的人不但不听他的老实话，还把他赶下台去，由全体一致表决，宣告斯铎曼医生从此是国民的公敌。他逃出会场，把裤子都撕破了，还被众人赶到他家，用石头掷他，把窗户都打碎了。到了明天，本地政府革了他的官医；本地商民发了传单不许人请他看病；他的房东请他赶快搬出屋去；他的女儿在学堂教书，也被校长辞退了。这就是"特立独行"的好结果！这就是大多数惩罚少数"捣乱分子"的辣手段！

五

其次，我们且说易卜生的政治主义。易卜生的戏剧不大讨论政治问题，所以我们须要用他的《尺牍》（Letters，ed.

by his son，Sigurd lbsen，English Trans.1905）做参考的材料。

易卜生起初完全是一个主张无政府主义的人。当普法之战（1870~1871年）时，他的无政府主义最为激烈。1871年，他有信与一个朋友道：

……个人绝无做国民的需要。不但如此，国家简直是个人的大害。请看普鲁士的国力，不是牺牲了个人的个性去买来的吗？国民都成了酒馆里跑堂的了，自然个个是好兵了。再看犹太民族：岂不是最高贵的人类吗？无论受了何种野蛮的待遇，那犹太民族还能保存本来的面目。这都因为他们没有国家的原故。国家总得毁去。这种毁除国家的革命，我也情愿加入。毁去国家观念，单靠个人的情愿和精神上的团结做人类社会的基本，——若能做到这步田地，这可算得有价值的自由起点。那些国体的变迁，换来换去，都不过是弄把戏，——都不过是全无道理的胡闹。（《尺牍》第七九）

易卜生的纯粹无政府主义，后来渐渐的改变了。他亲自看见巴黎“市民政府”（Commune）的完全失败（1871），便把他主张无政府主义的热心减了许多（《尺牍》第八一）。到了1884年，他写信给他的朋友说，他在本国若有机会，定要把国中无权的人民联合成一个大政党，主张极力推广选举权，提高妇女的地位，改良国家教育，要使脱除一切中古陋习（《尺牍》第一七八）。这就不是无政府的口气了。但是他自己到底不曾加入政党。他以为加入政党是很下流的事（《尺牍》第一五八）。他最恨那班政客，他以为“那班政客所力争的，全是表面上的权利，全是胡闹。最要紧的是人心的大革命。”（《尺牍》第七七）

易卜生从来不主张狭义的国家主义，从来不是狭义的爱国者。1888年，他写信给一个朋友说道：

知识思想略为发达的人，对于旧式的国家观念，总不满意。我们不能以为有了我们所属的政治团体便足够了。据我看来，国家观念不久就要消灭了，将来定有人种观念起来代他。即以我个人而论，我已经过这种变化，我起初觉得我是那威国人，后来变成斯堪丁纳维亚人（那威与瑞典总名斯堪丁纳维亚）。我现在已成了条顿人了。（《尺牍》第二〇六）

这是1888年的话。我想易卜生晚年临死的时候（1906），一定已进到世界主义的进步了。

六

我开篇便说过易卜生的人生观只是一个写实主义。易卜生把家庭、社会的实在情形都写了出来，叫人看了动心，叫人看了觉得我们的家庭社会原来是如此黑暗腐败，叫人看了觉得家庭社会真正不得不维新革命——这就是"易卜生主义"。表面上看去，像是破坏的，其实完全是建设的。譬如医生诊了病，开的一个脉案，把病状详细写出，这难道是消极的破坏的手续吗？但是易卜生虽开了许多脉案，却不肯轻易开药方。他知道人类社会是极复杂的组织，有种种绝不相同的境地，有种种绝不相同的情形。社会的病，种类纷繁，决不是什么"包医百病"的药方所能治得好的。因此他只好开个脉案，说出病情，让病人各人自己去寻医病的药方。

虽然如此，但是易卜生生平却也有一种完全积极的主张。他主张个人须要充分发达自己的天才性；须要充分发展自己的个性，他有一封信给他的朋友兰戴说道：

我所最期望于你的是一种真正纯粹的为我主义。要使你有时觉得天下只有关于我的事最要紧，其余的都算不得什么。……你要想有益于社会，最好的法子莫如把你自己这块材

料铸造成器。……有的时候我真觉得全世界都像海上撞沉了船，最要紧的还是救出自己。（《尺牍》第八四）

最可笑的是有些人明知世界"陆沉"，却要跟着"陆沉"，跟着堕落，不肯"救出自己！"却不知道社会是个人组成的，多救出一个人便是多备下一个再造新社会的分子。所以孟轲说"穷则独善其身"，这便是易卜生所说"救出自己"的意思。这种"为我主义"，其实是最有价值的利人主义。所以易卜生说，"你要想有益于社会，最好的法子莫如把你自己这块材料铸造成器"。《娜拉》戏里，写娜拉抛了丈夫儿女飘然而去，也只为要"救出自己"。那戏中说：

（郝尔茂）……你就是这样抛弃你的最神圣的责任吗？

（娜拉）你以为我的最神圣的责任是什么？

（郝）还等我说吗？可不是你对于你的丈夫和你的儿女的责任吗？

（娜）我还有别的责任同这些一样的神圣。

（郝）没有的。你且说，那些责任是什么。

（娜）是我对于我自己的责任。

（郝）最要紧的，你是一个妻子，又是一个母亲。

（娜）这种话我现在不相信了。我相信第一我是一个人正同你一样。——无论如何，我务必努力做一个人。（三幕）

1882年，易卜生有信给朋友道：

这样生活，须使各人自己充分发展：——这是人类功业顶高的一层；这是我们大家都应该做的事。（《尺牍》第一六四）

社会最大的罪恶莫过于摧折个人的个性，不使他自由发展。那本《雁》戏所写的只是一件摧残个人才性的惨剧。那戏

写一个人少年时本极有高尚的志气，后来被一个恶人害得破家荡产，不能度日；那恶人又把他自己通奸有孕的女子配给他做妻子，从此家累日重一日，他的志气便日低一日。到了后来，他堕落深了，竟变成了一个懒人懦夫，天天受那妇人和两个无赖的恭维，他洋洋得意的觉得这种生活很可以终身的。所以那本戏借一个雁做比喻，那雁在半阁上关得久了，他从前那种高飞远举的志气全消灭了。居然把人家的半阁做他的极乐国了！

发展个人的个性须要有两个条件。

第一，须使个人有自由意志。

第二，须使个人担干系，负责任。《娜拉》戏中写郝尔茂的最大错处只在他把娜拉当作"玩意儿"看待，既不许她有自由意志，又不许她担负家庭的责任，所以娜拉竟没有发展她自己个性的机会。所以娜拉一旦觉悟时，恨极她的丈夫，决意弃家远去，也正为这个原故。易卜生又有一本戏，叫做《海上夫人》（The Lady From The Sea），里面写一个女子哀梨妲少年时嫁给人家做后母，她丈夫和前妻的两个女儿看她年轻，不让她管家务，只叫她过安闲日子。哀梨妲在家觉得做这种不自由的妻子，不负责任的后母，是极没趣的事。因此她天天想跟人到海外去过那海阔天空的生活。她丈夫越不许她自由，她偏越想自由。后来她丈夫知道留她不住，只得许她自由出去，她丈夫说道：

（丈夫）……我现在立刻和你毁约，现在你可以有完全自由拣定你自己的路子。……现在你可以自己决定，你有完全的自由，你自己担干系。

（哀梨妲）完全自由！还要自己担干系！还担干系咧！有这么一来，样样事都不同了。

哀梨妲有了自由又自己负责任了，忽然大变了，也不

想那海上的生活了，决意不跟人走了（《海上夫人》第五幕）。这是为什么呢？因为世间只有奴隶的生活是不能自由选择的，是不用担干系的。个人若没有自由权，又不负责任，便和做奴隶一样，所以无论怎样好玩，无论怎样高兴，到底没有真正乐趣，到底不能发展个人的人格。所以哀梨姐说，有了完全自由，还要自己担干系，有这么一来，样样事都不同了。

家庭是如此，社会国家也是如此。自治的社会，共和的国家，只是要个人有自由选择之权，还要个人对于自己所行所为都负责任。若不如此，决不能造出自己独立的人格。社会国家没有自由独立的人格如同酒里少了酒曲，面包里少了酵，人身上少了脑筋：那种社会国家决没有改良进步的希望。

所以易卜生的一生目的只是要社会极力容忍，极力鼓励斯铎曼医生一流的人物（斯铎曼事见上文四节）；要想社会上生出无数永不知足，永不满意，敢说老实话攻击社会腐败情形的"国民公敌"；要想社会上有许多人都能像斯铎曼医生那样宣言道："世上最强有力的人就是那个孤立的人！"

社会国家是时刻变迁的，所以不能指定哪一种方法是救世的良药：十年前用补药，十年后或者须用泻药了；十年前用凉药，十年后或者须用热药了。况且各地的社会国家都不相同，适用于日本的药，未必完全适用于中国；适用于德国的药，未必适用于美国。只有康有为那种"圣人"，还想用他们的"戊戌政策"来救戊午的中国；只有辜鸿铭那班怪物，还想用两千年前的"尊王大义"来施行于二十世纪的中国。易卜生是聪明的人，他知道世上没有"包医百病"的仙方，也没有"施诸四海而皆准，推之百世而不悖"的真理。因此他对于社会的种种罪恶污秽，只开脉案，只说病状，却不肯下药。但他虽不肯下药，却到处告诉我们一个保卫社会健康的卫生良

法。他仿佛说道："人的身体全靠血里面有无量数的白血轮时时刻刻与人身的病菌开战，把一切病菌扑灭干净，方才可使身体健全，精神充足。社会国家的健康也全靠社会中有许多永不知足，永不满意，时刻与罪恶分子龌龊分子宣战的白血轮，方才有改良进步的希望。我们若要保卫社会的健康，须要使社会里时时刻刻有斯铎曼医生一般的白血轮分子。但使社会常有这种白血轮精神，社会决没有不改良进步的道理。"1883年，易卜生写信给朋友道：

十年之后，社会的多数人大概也会到了斯铎曼医生开公民大会时的见地了。但是这十年之中，斯铎曼自己也刻刻向前进；所以到了十年之后，他的见地仍旧比社会的多数人还高十年。即以我个人而论，我觉得时时刻刻总有进境。我从前每作一本戏时的主张，如今都已渐渐变成了很多数人的主张。但是等到他们赶到那里时，我久已不在那里了。我又到别处去了。我希望我总是向前去了。（《尺牍》第一七二）

（本文1918年5月16日作于北京，原载1918年6月15日《新青年》第4卷第6号）

现代名家经典文库

问题与主义

一

本报（《每周评论》）第二十八号里，我曾说过：

现在舆论界大危险，就是偏向纸上的学说，不去实地考察中国今日的社会需要究竟是什么东西。那些提倡尊孔祀天的人，固然是不懂得现时社会的需要。那些迷信军国主义或无政府主义的人，就可算是懂得现时社会的需要么？

要知道舆论家的第一天职，就是细心考察社会的实在情形。一切学理，一切"主义"，都是这种考察的工具。有了学理作参考材料，便可使我们容易懂得所考察的情形，容易明白某种情形有什么意义，应该用什么救济的方法。

我这种议论，有许多人一定不愿意听。但是前几天北京《公言报》《新民国报》《新民报》（皆安福部的报），和日本文的《新××报》，都极力恭维安福部首领王揖唐主张民生主义的演说，并且恭维安福部设立"民生主义的研究会"的办法。有许多人自然嘲笑这种假充时髦的行为。但是我看了这种消息，发生一种感想。这种感想是："安福部也来高谈民生主义了，这不够给我们这班新舆论家一个教训吗？"什么教训呢？这可分三层说：

第一，空谈好听的"主义"，是极容易的事，是阿猫阿狗都能做的事，是鹦鹉和留声机器都能做的事。

第二，空谈外来进口的"主义"，是没有什么用处的。一切主义都是某时某地的有心人，对于那时那地的社会需要的

救济方法。我们不去实地研究我们现在的社会需要，单会高谈某某主义，好比医生单记得许多汤头歌诀，不去研究病人的症候，如何能有用呢？

第三，偏向纸上的"主义"，是很危险的。这种口头禅很容易被无耻政客利用来做种种害人的事。欧洲政客和资本家利用国家主义的流毒，都是人所共知的。现在中国的政客，又要利用某种某种主义来欺人了。罗兰夫人说，"自由自由，天下多少罪恶，都是借你的名做出的！"一切好听的主义，都有这种危险。

这三条合起来看，可以看出"主义"的性质。凡"主义"都是应时势而起的。某种社会，到了某时代，受了某种的影响，呈现某种不满意的现状。于是有一些有心人，观察这种现象，想出某种救济的法子。这是"主义"的原起。主义初起时，大都是一种救时的具体主张。后来这种主张传播出去，传播的人要图简便，便用一两个字来代表这种具体的主张，所以叫他做"某某主义"。主张成了主义，便由具体的计划，变成一个抽象的名词。"主义"的弱点和危险，就在这里。因为世间没有一个抽象名词能把某人某派的具体主张都包括在里面。比如"社会主义"一个名词，马克思的社会主义，和王揖唐的社会主义不同；你的社会主义，和我的社会主义不同：决不是这一个抽象名词所能包括。你谈你的社会主义，我谈我的社会主义，王揖唐又谈他的社会主义，同用一个名词，中间也许隔开七八个世纪，也许隔开两三万里路，然而你和我和王揖唐都可自称社会主义家，都可用这一个抽象名词来骗人。这不是"主义"的大缺点和大危险吗？

我再举现在人人嘴里挂着的"过激主义"做一个例：现在中国有几个人知道这一个名词做何意义？但是大家都痛恨痛

骂"过激主义"，内务部下令严防"过激主义"，曹锟也行文严禁"过激主义"，卢永祥也出示查禁"过激主义"。前两个月，北京有几个老官僚在酒席上叹气，说，"不好了，过激派到了中国了。"前两天有一个小官僚，看见我写的一把扇子，大诧异道："这不是过激党胡适吗？"哈哈，这就是"主义"的用处！

我因为深觉得高谈主义的危险，所以我现在奉劝新舆论界的同志道："请你们多提出一些问题，少谈一些纸上的主义。"

更进一步说："请你们多多研究这个问题如何解决，那个问题如何解决，不要高谈这种主义如何新奇，那种主义如何奥妙。"

现在中国应该赶紧解决的问题，真多得很。从人力车夫的生计问题，到大总统的权限问题；从卖淫问题到卖官卖国问题；从解散安福部问题到加入国际联盟问题；从女子解放问题到男子解放问题；哪一个不是火烧眉毛紧急问题？

我们不去研究人力车夫的生计，却去高谈社会主义；不去研究女子如何解放，家庭制度如何救正，却去高谈公妻主义和自由恋爱；不去研究安福部如何解散，不去研究南北问题如何解决，却去高谈无政府主义；我们还要得意扬扬夸口道，"我们所谈的是根本解决"。老实说罢，这是自欺欺人的梦话，这是中国思想界破产的铁证，这是中国社会改良的死刑宣告！

为什么谈主义的人那么多，为什么研究问题的人那么少呢？这都由于一个懒字。懒的定义是避难就易。研究问题是极困难的事，高谈主义是极容易的事。比如研究安福部如何解散，研究南北和议如何解决，这都是要费工夫，挖心血，收集

材料，征求意见，考察情形，还要冒险吃苦，方才可以得一种解决的意见。又没有成例可援，又没有黄梨洲、柏拉图的话可引，又没有《大英百科全书》可查，全凭研究考察的工夫：这岂不是难事吗？高谈"无政府主义"便不同了。买一两本实社《自由录》，看一两本西文无政府主义的小册子，再翻一翻《大英百科全书》，便可以高谈无忌了：这岂不是极容易的事吗？

高谈主义，不研究问题的人，只是畏难求易，只是懒。

凡是有价值的思想，都是从这个那个具体的问题下手的。先研究了问题的种种方面的种种的事实，看看究竟病在何处，这是思想的第一步工夫。然后根据于一生经验学问，提出种种解决的方法，提出种种医病的丹方，这是思想的第二步工夫。然后用一生的经验学问，加上想象的能力，推想每一种假定的解决法，该有甚么样的效果，推想这种效果是否真能解决眼前这个困难问题。推想的结果，拣定一种假定的解决，认为我的主张，这是思想的第三步工夫。凡是有价值的主张，都是先经过这三步工夫来的。不如此，不算舆论家，只可算是抄书手。

读者不要误会我的意思。我并不是劝人不研究一切学说和一切"主义"。学理是我们研究问题的一种工具。没有学理做工具，就如同王阳明对着竹子痴坐，妄想"格物"，那是做不到的事。种种学说和主义，我们都应该研究。有了许多学理做材料，见了具体的问题，方才能寻出一个解决的方法。但是我希望中国的舆论家，把一切"主义"摆在脑背后，做参考资料，不要挂在嘴上做招牌，不要叫一知半解的人拾了这些半生不熟的主义，去做口头禅。

"主义"的大危险，就是能使人心满意足，自以为寻着

包医百病的"根本解决",从此用不着费心力去研究这个那个具体问题的解决法了。

<h2 style="text-align:center">二</h2>

我那篇《多研究些问题,少谈些主义》,承蓝知非、李守常两先生,作长篇的文章,同我讨论,把我的一点意思,发挥的更透彻明了,还有许多匡正的地方,我很感激他们两位。

蓝君和李君的意思,有很相同的一点:他们都说主义是一个"共同趋向的理想"(李君的话),是"多数人共同行动的标准,或是对于某种问题的进行趋向或态度"(蓝君的话)。这种界说,和我原文所说的话,并没有冲突。我说,"主义初起时,大都是一种救时的具体主张。后来这种主张,传播出去,传播的人,要图简便,便用一两个字来代表这种具体的主张,所以叫他做某某主义。主张成了主义,便由具体的计划,变成一个抽象的名词"。我所说的是主义的历史,他们所说的是主义的现在的作用。试看一切主义的历史,从老子的无为主义,到现在的布尔什维克主义,哪一个主义起初不是一种"救时的具体主张"?

蓝、李两君的误会,由于他们错解我所用的"具体"两个字。凡是可以指为这个或那个的,凡是关于个体的及特别的事物的,都是具体的。譬如俄国新宪法,主张把私人所有的土地,森林,矿产,水力,银行,收归国有;把制造和运输等事,归工人自己管理;无论何人,必须工作;一切遗产制度,完全废止;一切秘密的国际条约,完全无效:……这都是个体的政策,这都是这个那个政治或社会问题的解决法。——这都是"具体的主张"。现在世界各国,有一班

"把耳朵当眼睛"的妄人，耳朵里听见一个"布尔什维克主义"的名词，或只是记得一个"过激主义"的名词，全不懂得这一个抽象名词所代表的是什么具体的主张，便大起恐慌，便出告示捉拿"过激党"，便硬把"过激党"三个字套在某人某人的头上。这种妄人，脑筋里的主义，便是我所攻击的"抽象名词"的主义。我所说的"主义的危险"，便是指这种危险。

蓝君的第二个大误会，是把我所用的"抽象"两个字解错了。我所攻击的"抽象的主义"，乃是指那些空空荡荡，没有具体的内容的全称名词。如现在官场所用的"过激主义"，便是一例；如现在许多盲目文人心里的"文学革命"大恐慌，便是二例。蓝君误会我的意思，把"抽象"两个字，解作"理想"，这便是大错了。理想不是抽象的，是想象的。譬如一个科学家，遇着一个困难的问题，他脑子里推想出几种解决方法，又把每种假设的解决所涵的结果，一一想象出来，这都是理想的。但这些理想的内容，都是一个个具体的想象，并不是抽象的。我那篇原文自始至终，不但不曾反对理想，并且极力恭维理想。我说：

凡是有价值的思想，都是从这个那个具体的问题下手的。先研究了问题的种种方面的种种事实，看看究竟病在何处，这是思想的第一步工夫。然后根据于一生的经验学问，提出种种解决的方法，提出种种医病的丹方，这是思想的第二步工夫。然后用一生的经验学问，加上想象的能力，推想每一种假定的解决法，该有什么样的效果，推想这种效果，是否真能解决眼前这个困难问题。推想的结果，拣定一种假定的解决，认为我的主张，这是思想的第三步工夫。凡是有价值的主张，都是先经过这三步工夫来的。不如此，算不得舆论家，只

可算是抄书手。

这不是极力恭维理想的作用吗？

但是我所说的理想的作用，乃是这一种根据于具体事实和学问的创造的想象力，并不是那些抄袭现成的抽象的口头禅的主义。我所攻击的，也是这种不根据事实的，不从研究问题下手的抄袭成文的主义。

蓝、李两君所辩护的主义，其实乃是些抽象名词所代表的种种具体的主张（这个分别，请两君及一切读者，不要忘记了）。如此所说的主义，我并不曾轻视。我屡次说过，"一切学理，一切主义，都只是我们研究问题的工具"。我又屡次说过，"有了学理做参考的材料，便可使我们容易懂得所考察的情形，看什么意义，应该用什么救济方法"。我这种议论，和李君所说的"应该使社会上多数人，先有一个共同趋向的理想主义，作他们实验自己生活上满意不满意的态度"，并没有什么冲突的地方。和蓝君所说的"我们要提出一种具体的方法来解决问题，必定先要鼓吹这问题的意义，以及理论上的根据，引起一般人的反省"，也没有什么冲突的地方。因为蓝、李两君这两段话，所含的意思，都是要用主义学理作解决问题的工具和参考材料，所以同我的意见相合。如果蓝、李两君认定主义学理的用处，不过是能供给"这问题"的意义，以及理论上的根据，——如果两君认定这观点，我决没有话可以驳回了。

但是蓝君把"抽象"和理想混作一事，故把我所反对的和我所恭维的，也混作一事。如他说"问题愈广，理想的分子亦愈多；问题愈狭，现实的色彩亦愈甚"。这是我所承认的。但是此处所谓"理想的分子"，乃是上文我所说的"推理""假设""想象"几步工夫，并不是说问题的本身是

"抽象的"。凡是能成问题的问题，都是具体的，都只是这个问题或那个问题。决没有空空荡荡，不能指定这个那个的问题，而可以成为问题的。

蓝君说："问题的范围愈大，那抽象性亦愈增加"。这里他把"抽象性"三字，代替上文的"理想的分子"五字，便容易使人误解了。试看他所举的例，如法国大革命所目标自由平等，如中国辛亥革命所标示的排满，都不是问题本身，都是具体问题的解决。为什么要排满呢？因为清末的种种具体的腐败情形，种种具体的民生痛苦，和政治黑暗，刺激一般有思想的志士，成了具体的问题，所以他们提出排满的目标，作为解决当时的问题的计划。这问题是具体的，这解决也是具体的。法国革命以前的情形，社会不平等，人民不自由，痛苦的刺激，引起一般学者的研究。一般学者的答案说：人类本生来自由平等的，一切不平等不自由，都只是不自然的政治社会的结果。故法国大革命所标示的自由平等，乃是对于法国当日情形的具体解决。法国大革命所要解决的问题，都是具体的。大革命所提出的自由平等，在我们眼里，自然很抽象了，在当日都是具体的主张，因为这些抽象名词，在当日所代表的政策，如废王室，废贵族制度，行民主政体，人人互称"同胞"，……哪一件不是具体的主张？

所以我要说：蓝君说的"问题的范围愈大，那抽象性亦愈增加"，是错了。他应该说，"问题的范围愈大，我们研究这种问题时所需要的思想作用格外繁难，格外复杂，思想的方法，应该格外小心，格外精密"。更进一步：他应该说，"问题的范围愈大，里面的具体小问题愈多。我们研究时，决不可单靠几个好听的抽象名词，就可敷衍过去；我们应该把那太大的范围缩小下来，把那复杂的分子分析出来，使他

们都成一个一个的具体的简单问题，如此然后可以做研究的工夫"。

我且举几个例：譬如手指割破了，牙齿虫蛀了，这都是很简单的病，可以随手解决。假如你生了肠热症，病状一时不容易明了，因为里面的分子太复杂了。你的医生，必须用种种精密的试验方法，每时记载你的热度，每日画成曲线表，表示热度的升降，诊察你的脉，看你的舌苔，化验你的大小便，取出你的血来，化验血里的微菌：……如此方才可以断定你的病是否肠热症。断定之后，方才可以用疗治的方法。一切大问题，一切复杂的问题，并不是"抽象性增加"；乃是里面所含的具体分子太多了，所以研究的时候，所需要的思想作用，也更复杂繁难了。补救这种繁难，没有别法子，只有用"分析"，把具体的大问题，分作许多更具体的小问题。

分析之后，然后把各分子的现象，综合起来，看他们有什么共同的意义。譬如医生把病人的脉，血，小便，热度等现象综合起来，寻出肠热症的意义，这便是"综合"。但是这种综合的结果，仍旧是一个具体的问题（肠热病），仍旧要用一种具体的解决法（肠热病的疗法）。并不是如蓝君所说"从许多要求中，抽出几种共同性，加上理想的色彩，成一种抽象性的问题"。

以上所说，泛论"问题与主义"，大旨只有几句话："凡是能成问题的问题，无论范围大小，都是具体的，决不是抽象的；凡是一种主义的起初，都是一些具体的主张，决不是空空荡荡，没有具体的内容的。问题本身，并没有什么抽象性；但是研究问题的时候，往往必须经过一番理想的作用；这一层理想的作用，不可错认作问题本身的抽象性。主义本来都是具体问题的具体解决法。但是一种问题的解决法，在大同小

异的别国别时代，往往可以借来作参考材料。所以我们可以说主义的原起，虽是个体的，主义的应用，有时带着几分普遍性。但不可因为这或有或无的几分普遍性，就说主义本来只是一种抽象的理想。"

蓝君和我有一个根本不同的地方。我认定主义起初都是一些具体的主张。蓝君便不然。他说：

一种主张，能成为标准趋向态度，与具体的方法恰成反比例。因为愈具体，各部分的利害愈不一致。……故主义是一件事，实行的方法又是一件事。……主义并不一定含着实行的方法，那实行的方法也并不是一定要从主义中推演出来的。……故往往有一种主义，在主义进行的时候，效力非常之大，各部分的团结也非常坚强。一到具体问题的时候，主张纷歧，立刻成一纷扰的现象。

蓝君这几段话，简直是自己证明主义决不可和具体的方法分开。因为有些人，用了几个抽象名词，来号召大众；因为他们的"主义"里面，不幸不曾含有"实行的方法"和"具体的主张"；所以当鼓吹的时候，未尝不能轰轰烈烈的哄动了无数信徒，一到了实行解决具体问题的时候，便闹糟了，便闹出"主张分歧，立刻扰乱"的笑柄来了。所以后来扰乱的原因，正为当初所"鼓吹"的，只不过是几个糊涂的抽象名词，里面并不曾含有具体的主张。最大最明的例，就是这一次威尔逊先生在巴黎和会的大失败。威总统提出了许多好听的抽象名词，——人道，民族自决，永久和平，公道正义等等，——受了全世界人的崇拜，他的信徒，比释迦、耶稣在日多了无数倍，总算"效力非常之大"了。但他一到了巴黎，遇着了克里蒙梭、鲁意乔治、牧野、奥兰多等一班大奸雄，他们从袖子里抽出无数现成的具体的方法，贴上"人道""民族自

决""永久和平"的签条，——于是威总统大失败了，连口都
开不得。这就可证明主义决不可不含具体的主张。没有具体主
张的"主义"，必致闹到扰乱失败的地位。所以我说蓝君的
"主义是一件事，实行的方法又是一件事"，只是人类一桩大
毛病，只是世界一个大祸根，并不是主义应该如此的。

　　请问我们为什么要提倡一个主义呢？难道单是为了"号
召党徒"吗？还是要想收一点实际的效果，做一点实际的改
良呢？如果是为了实际的改革，那就应该使主义和实行的方
法，合为一件事，决不可分为两件不相关的事。我常说中国人
（其实不单是中国人）有一个大毛病，这病有两种病征：一方
面是"目的热"，一方面是"方法盲"。蓝君所说的"主义
并不一定含着实行的方法"，便是犯了这两种病。只管提出
"涵盖力大"的主义，便是目的热；不管实行的方法如何，便
是方法盲。

　　李君的话，也带着这个毛病。他说：

　　大凡一个主义，都有理想与实用两方面。例如民主主义
的理想，不论在那一国，大致都很相同。把这个理想适用到实
际的政治上去，那就因时，因地，因事的性质情形，有些不
同。……我们只要把这个那个主义拿来做工具，用以为实际
的运动，他会因时因地因事的性质情形，生一种适用环境的
变化。

　　这是一种不负责任的主义论。前次杜威先生在教育部
讲演，也曾说民治主义在法国便偏重平等；在英国便偏重自
由，不认平等；在美国并重自由与平等，但美国所谓自由，又
不是英国的消极自由，所谓平等，也不是法国的天然平等！但
是我们要知道这并不是民治主义的自然适应环境，这都是因为
英国、法国、美国的先哲，当初都能针对当日本国的时势需

要，提出具体的主张，故三国的民治各有特别的性质（试看法国革命的第一、二次宪法，和英国边沁等人的驳议，便可见两国本来主张不同）。这一个例，应该给我们一个很明显的教训：我们应该先从研究中国社会上政治上种种具体问题下手；有什么病，下什么药；诊察的时候，可以参用西洋先进国的历史和学说，用作一种"临症须知"；开药方的时候，可以参考西洋先进国的历史和学说，用作一种"验方新编"。不然，我们只记得几首汤头歌诀，便要开方下药，妄想所用的药进了病人肚里，自然"会"起一种适应环境的变化，那就要犯一种"庸医杀人"的大罪了。

蓝君对于主义的抽象性极力推崇，认他为最合于人类的一种神秘性；又说："抽象性大，涵盖力可以增大。涵盖力大，归依的人数愈增多。"这种议论，自然有一部分真理。但是我们同时也该承认人类的这种"神秘性"，实在是人类的一点大缺陷。蓝君所谓"神秘性"，老实说来，只是人类的愚昧性。因为愚昧不明，故容易被人用几个抽象名词骗去赴汤蹈火，牵去为牛为马，为鱼为肉。历史上许多奸雄政客，懂得人类有这一种劣根性，故往往用一些好听的抽象名词，来哄骗大多数的人民，去替他们争权夺利，去做他们的牺牲。不要说别的，试看一个"忠"字，一个"节"字，害死了多少中国人？试看现今世界上多少黑暗无人道的制度，那一件不是全靠几个抽象名词，在那里替他做护法门神的？人类受这种劣根性的遗毒，也尽够了。我们做学者事业的，做舆论家的生活的，正应该可怜人类的弱点，打破他们对于抽象名词的迷信，使他们以后不容易受这种抽象的名词的欺骗。所以我对于蓝君的推崇抽象性和人类的"神秘性"，实在很不满意。蓝君是很有学者态度的人，他将来也许承认我这种不满意是不

错的。

　　但是我们对于人类迷信抽象名词的弱点，该用什么方法去补救他呢？我的答案是：多研究些具体的问题，少谈些抽象的主义。一切主义，一切学理，都该研究，但是只可认作一些假设的见解，不可认作天经地义的信条；只可认作参考印证的材料，不可奉为金科玉律的宗教；只可用作启发心思的工具，切不可用作蒙蔽聪明，停止思想的绝对真理。如此方才可以渐渐养成人类的创造的思想力，方才可以渐渐使人类有解决具体问题的能力，方才可以渐渐解放人类对于抽象名词的迷信。

1919年7月

名　教

中国是个没有宗教的国家，中国人是个不迷信宗教的民族。——这是近年来几个学者的结论。有些人听了很洋洋得意，因为他们觉得不迷信宗教是一件光荣的事。有些人听了要做愁眉苦脸，因为他们觉得一个民族没有宗教是要堕落的。

于今好了，得意的也不可太得意了，懊恼的也不必懊恼了。因为我们新发现中国不是没有宗教的：我们中国有一个很伟大的宗教。

孔教早倒霉了，佛教早衰亡了，道教也早冷落了。然而我们却还有我们的宗教。这个宗教是什么教呢？提起此教，大大有名，他就叫做"名教"。

名教信仰什么？信仰"名"。

名教崇拜什么？崇拜"名"。

名教的信条只有一条："信仰名的万能。"

"名"是什么？这一问似乎要做点考据。《论语》里孔子说，"必也正名乎"，郑玄注：正名，谓正书字也。古者曰名，今世曰字。

《仪礼·聘礼》注：名，书文也。今谓之字。

《周礼·大行人》下注：书名，书文字也。古曰名。

《周礼·外史》下注：古曰名，今曰字。

《仪礼·聘礼》的释文说：名，谓文字也。

总括起来，"名"即是文字，即是写的字。

"名教"便是崇拜写的文字的宗教；便是信仰写的字有神力，有魔力的宗教。

　　这个宗教，我们信仰了几千年，却不自觉我们有这样一个伟大宗教。不自觉的缘故正是因为这个宗教太伟大了，无往不在，无所不包，就如同空气一样，我们日日夜夜在空气里生活，竟不觉得空气的存在了。

　　现在科学进步了，便有好事的科学家去分析空气是什么，便也有好事的学者去分析这个伟大的名教。

　　民国十五年有位冯友兰先生发表一篇很精辟的《名教之分析》。冯先生指出"名教"便是崇拜名词的宗教，是崇拜名词所代表的概念的宗教。

　　冯先生所分析的还只是上流社会和知识阶级所奉的"名教"，它的势力虽然也很伟大，还算不得"名教"的最重要部分。

　　这两年来，有位江绍原先生在他的"礼部"职司的范围内，发现了不少有趣味的材料，陆续在《语丝》《贡献》几种杂志上发表。他同他的朋友们收的材料是细大不捐，雅俗无别的；所以他们的材料使我们渐渐明白我们中国民族崇奉的"名教"是个什么样子。

　　究竟我们这个贵教是个什么样子呢？且听我慢慢道来。

　　先从一个小孩生下地说起。古时小孩生下地之后，要请一位专门术家来听小孩的哭声，声中某律，然后取名字。现在的民间变简单了，只请一个算命的，排排八字，看他缺少五行之中的那一行。若缺水，便取个水旁的名字；若缺金，便取个金旁的名字。若缺火又缺土的，我们徽州人便取个"灶"字。名字可以补气禀的缺陷。

　　小孩命若不好，便把他"寄名"在观音菩萨的座前，取个和尚式的"法名"，便可以无灾无难了。

　　小孩若爱啼啼哭哭，睡不安宁，便写一张字帖，贴在行

人小便的处所，上写着：

天皇皇，地皇皇，我家有个夜哭郎。过路君子念一遍，一夜睡到大天光。

文字的神力真不少。

小孩跌了一跤，受了惊骇，那是骇掉了"魂"了，须得"叫魂"。魂怎么叫呢？到那跌跤的地方，撒把米，高叫小孩子的名字，一路叫回家，叫名便是叫魂了。

小孩渐渐长大了，在村学堂同人打架，打输了，心里恨不过，便拿一条柴炭，在墙上写着诅咒他的仇人的标语："王阿三热病打死。"他写了几遍，心上的气便平了。

他的母亲也是这样。她受了隔壁王七嫂的气，便拿一把菜刀，在刀板上剁，一面剁，一面喊"王七老婆"的名字，这便等于乱剁王七嫂了。

他的父亲也是"名教"的信徒。他受了王七哥的气，打又打他不过，只好破口骂他，骂他的爹妈，骂他的妹子，骂他的祖宗十八代。骂了便算出了气了。

据江绍原先生的考察，现在这一家人都大进步了。小孩在墙上会写"打倒阿毛"了。他妈也会喊"打倒周小妹"了。他爸爸也会贴"打倒王庆来"了。

他家里人口不平安，有病的，有死的。这也有好法子。请个道士来，画几道符，大门上贴一张，房门上贴一张，茅厕上也贴一张，病鬼便都跑掉了，再不敢进门了。画符自然是"名教"的重要方法。

死了的人又怎么办呢？请一班和尚来，念几卷经，便可以超度死者了。念经自然也是"名教"的重要方法。符是文字，经是文字，都有不可思议的神力。

死了人，要"点主"。把神主牌写好，把那"主"字上

头的一点空着，请一位乡绅来点主。把一只雄鸡头上的鸡冠切破，那位赵乡绅把朱笔蘸饱了鸡冠血，点上"主"字。从此死者灵魂遂凭依在神主牌上了。

吊丧须用挽联，贺婚贺寿须用贺联；讲究的送幛子，更讲究的送祭文寿序。都是文字，都是"名教"的一部分。

豆腐店的老板梦想发大财，也有法子。请村口王老师写副门联："生意兴隆通四海，财源茂盛达三江。"这也可以过发财的瘾了。

赵乡绅也有他的梦想，所以他也写副门联："总集福荫，备致嘉祥。"王老师虽是不通，虽是下流，但他也得写一副门联："文章华国，忠孝传家。"豆腐店老板心里还不很满足，又去请王老师替他写一个大红春帖："对我生财"，贴在对面墙上，于是他的宝号就发财的样子十足了。

王老师去年的家运不大好，所以他今年元旦起来，拜了天地，洗净手，拿起笔来，写个红帖子，"戊辰发笔，添丁进财"。他今年一定时运大来了。

父母祖先的名字是要避讳的。古时候，父名晋，儿子不得应进士考试。现在宽的多了，但避讳的风俗还存在一般社会里。皇帝的名字现在不避讳了。但孙中山死后，"中山"尽管可用作学校地方或货品的名称，"孙文"便很少人用了；忠实同志都应该称他为"先总理"。

南京有一个大学，为了改校名，闹了好几次大风潮，有一次竟把校名牌子抬了送到大学院去。

北京下来之后，名教的信徒又大忙了。北京已改做"北平"了；今天又有人提议改南京做"中京"了。还有人郑重提议"故宫博物院"应该改作"废宫博物院"。将来这样大改革的事业正多呢。

前不多时，南京的《京报附刊》的画报上有一张照片，标题是"军事委员会政治训练部宣传处艺术科写标语之忙碌"。

图上是五六个中山装的青年忙着写标语；桌上，椅背上，地板上，满铺着写好了的标语，有大字，有小字，有长句，有短句。

这不过是"写"的一部分工作；还有拟标语的，有讨论审定标语的，还有贴标语的。

五月初济南事件发生以后，我时时往来淞沪铁路上，每一次四十分钟的旅行所见的标语总在一千张以上；出标语的机关至少总在七八十个以上。有写着"枪毙田中义一"的，有写着"活埋田中义一"的，有写着"杀尽倭贼"而把"倭贼"两字倒转来写，如报纸上寻人广告倒写的"人"字一样。"人"字倒写，人就会回来了："倭贼"倒写，倭贼也就算打倒了。

现在我们中国已成了口号标语的世界。有人说，这是从苏俄学来的法子。这是很冤枉的。我前年在莫斯科住了三天，就没有看见墙上有一张标语。标语是道地的国货，是"名教"国家的祖传法宝。

试问墙上贴一张"打倒帝国主义"，同墙上贴一张"对我生财"或"抬头见喜"，有什么分别？是不是一个师父传授的衣钵？试问墙上贴一张"活埋田中义一"同小孩子贴一张"雷打王阿毛"，有什么分别？是不是一个师父传授的法宝？

试问"打倒唐生智""打倒汪精卫"，同王阿毛贴的"阿发黄病打死"，有什么分别？王阿毛尽够做老师了，何须远学莫斯科呢？

　　自然，在某些高官的心目中，口号标语是一种宣传的方法，政治的武器。但在中小学生的心里，在第九十九师十五连第三排的政治部人员的心里，口号标语便不过是一种出气泄愤的法子罢了。如果"打倒帝国主义"是标语，那么，第十区的第七小学为什么不可贴"杀尽倭贼"的标语呢？如果"打倒汪精卫"是正当的标语，那么"活埋田中义一"为什么不是正当的标语呢？

　　如果多贴几张"打倒汪精卫"可以有效果，那么，你何以见得多贴几张"活埋田中义一"不会使田中义一打个寒噤呢？

　　故从历史考据的眼光看来，口号标语正是"名教"的正传嫡派。因为在绝大多数人的心里，墙上贴一张"国民政府是为全民谋幸福的政府"正等于门上写一条"姜太公在此"，有灵则两者都应该有灵，无效则两者同为废纸而已。

　　我们试问，为什么豆腐店的张老板要在对门墙上贴一张"对我生财"？岂不是因为他天天对着那张纸可以过一点发财的瘾吗？为什么他元旦开门时嘴里要念"元宝滚进来"？岂不是因为他念这句话时心里感觉舒服吗？

　　要不然，只有另一个说法，只可说是盲从习俗，毫无意义。张老板的祖宗传下来每年都贴一张"对我生财"，况且隔壁剃头店门口也贴了一张，所以他不能不照办。

　　现在大多数喊口号，贴标语的，也不外这两种理由：一是心理上的过瘾，一是无意义的盲从。

　　少年人抱着一腔热沸的血，无处发泄，只好在墙上大书"打倒卖国贼"，或"打倒日本帝国主义"。写完之后，那二尺见方的大字，那颜鲁公的书法，个个挺出来，好生威武，他自己看着，血也不沸了，气也稍稍平了，心里觉得舒服的

多，可以坦然回去休息了。于是他的一腔义愤，不曾收敛回去，在他的行为上与人格上发生有益的影响，却轻轻地发泄在墙头的标语上面了。

这样的发泄感情，比什么都容易，既痛快，又有面子，谁不爱做呢？一回生，二回熟，便成了惯例了，于是"五一""五三""五四""五七""五九""六三"……都照样做去：放一天假，开个纪念会，贴无数标语，喊几句口号，就算做了纪念了！

于是月月有纪念，周周做纪念周，墙上处处是标语，人人嘴上有的是口号。于是老祖宗几千年相传的"名教"之道遂大行于今日，而中国遂成了一个"名教"的国家。

我们试进一步，试问，为什么贴一张"雷打王阿毛"或"枪毙田中义一"可以发泄我们的感情，可以出气泄愤呢？

这一问便问到"名教"的哲学上去了。这里面的奥妙无穷，我们现在只能指出几个有趣味的要点。

第一，我们的古代老祖宗深信"名"就是魂，我们至今不知不觉地还逃不了这种古老迷信的影响。"名就是魂"的迷信是世界人类在幼稚时代同有的。埃及人的第八魂就是"名魂"。我们中国古今都有此迷信。《封神演义》上有个张桂芳能够"呼名落马"；他只叫一声"黄飞虎还不下马，更待何时！"黄飞虎就滚下五色神牛了。不幸张桂芳遇见了哪吒，喊来喊去，哪吒立在风火轮上不滚下来，因为哪吒是莲花化身，没有魂的。《西游记》上有个银角大王，他用一个红葫芦，叫一声"孙行者"，孙行者答应一声，就被装进去了。后来孙行者逃出来，又来挑战，改名叫"行者孙"，答应了一声，也就被装了进去！因为有名就有魂了。民间"叫魂"，只是叫名字，因为叫名字就是叫魂了。因为如此，所以小孩在墙

上写"鬼捉王阿毛",便相信鬼真能把阿毛的魂捉去。党部中人制定"打倒汪精卫"的标语,虽未必相信"千夫所指,无病自死";但那位贴"枪毙田中"的小学生却难保不知不觉地相信他有咒死田中的功用。

第二,我们的古代老祖宗深信"名"(文字)有不可思议的神力,我们也免不了这种迷信的影响。这也是幼稚民族的普通迷信,高等民族也往往不能免除。《西游记》上如来佛写了"唵嘛呢叭咪吽"六个字,便把孙猴子压住了五百年。观音菩萨念一个"唵"字咒语,便有诸神来见。他在孙行者手心写一个"迷"字,就可以引红孩儿去受擒。小说上的神仙妖道作法,总得"口中念念有词"。一切符咒,都是有神力的文字。现在有许多人似乎真相信多贴几张"打倒军阀"的标语便可以打倒张作霖了。他们若不信这种神力,何以不到前线去打仗,却到吴淞镇的公共厕所墙上张贴"打倒张作霖"的标语呢?

第三,我们的古代圣贤也曾提倡一种"理智化"了的"名"的迷信,几千年来深入人心,也是造成"名教"的一种大势力。卫君要请孔子去治国,孔老先生却先要"正名"。他恨极了当时的乱臣贼子,却又"手无斧柯,奈龟山何!"所以他只好做一部《春秋》来褒贬他们:"一字之贬,严于斧钺;一字之褒,荣于华衮。"这种思想便是古代所谓"名分"的观念。尹文子说:

善名命善,恶名命恶。故善有善名,恶有恶名。……今亲贤而疏不肖,赏善而罚恶。贤不肖,善恶之名宜在彼;亲疏赏罚之称宜属我。……"名"宜属彼,"分"宜属我。我爱白而憎黑,韵商而舍徵,好膻而恶焦,嗜甘而逆苦。白黑商徵,膻焦甘苦,彼之"名"也;爱憎韵舍,好恶嗜逆,我之

"分"也。定此名分，则万事不乱也。

"名"是表物性的，"分"是表我的态度的。善名便引起我爱敬的态度，恶名便引起我厌恨的态度。这叫做"名分"的哲学。"名教""礼教"便建筑在这种哲学的基础之上。一块石头，变作了贞节牌坊，便可以引无数青年妇女牺牲她们的青春与生命去博礼教先生的一篇铭赞，或志书"列女"门里的一个名字。"贞节"是"名"，羡慕而情愿牺牲，便是"分"。女子的脚裹小了，男子赞为"美"，诗人说是"三寸金莲"，于是几万万的妇女便拼命裹小脚了。"美"与"金莲"是"名"，羡慕而情愿吃苦牺牲，便是"分"。

现在人说小脚"不美"，又"不人道"，名变了，分也变了，于是小脚的女子也得塞棉花，充天脚了。——现在的许多标语，大都有个褒贬的用意：宣传便是宣传这褒贬的用意。说某人是"忠实同志"，便是教人"拥护"他。说某人是"军阀""土豪劣绅""反动""反革命""老朽昏庸"，便是教人"打倒"他。故"忠实同志""总理信徒"的名，要引起"拥护"的分。"反动分子"的名，要引起"打倒"的分。故今日墙上的无数"打倒"与"拥护"，其实都是要寓褒贬，定名分。不幸标语用的太滥了，今天要打倒的，明天却又在拥护之列了；今天的忠实同志，明天又变为反革命了。于是打倒不足为辱，而反革命有人竟以为荣。于是"名教"失其作用，只成为墙上的符箓而已。

两千年前，有个九十岁的老头子对汉武帝说："为治不在多言，顾力行何如耳。"两千年后，我也要对现在的治国者说：治国不在口号标语，顾力行何如耳。一千多年前，有个庞居士，临死时留下两句名言：但愿空诸所有。慎勿实诸所无。

"实诸所无"，如"鬼"本是没有的，不幸古代的浑人造出"鬼"名，更造出"无常鬼""大头鬼""吊死鬼"等等名，于是人的心里便像煞真有鬼了。我们对于现在的治国者，也想说：但愿实诸所有。慎勿实诸所无。

末了，我们也学时髦，编两句口号：打倒名教！名教扫地，中国有望！

1928年7月

（本文选自《胡适文存》第3集卷1，上海亚东图书馆1931年6月版）

差不多先生传

你知道中国最有名的人是谁？

提起此人，人人皆晓，处处闻名。他姓差，名不多，是各省各县各村人氏。你一定见过他，一定听过别人谈起他。差不多先生的名字天天挂在大家的口头，因为他是中国全国人的代表。

差不多先生的相貌和你和我都差不多。他有一双眼睛，但看的不很清楚；有两只耳朵，但听的不很分明；有鼻子和嘴，但他对于气味和口味都不很讲究。他的脑子也不小，但他的记性却不很精明，他的思想也不很细密。

他常常说："凡事只要差不多，就好了。何必太精明呢？"

他小的时候，他妈叫他去买红糖，他买了白糖回来。他妈骂他，他摇摇头说："红糖白糖不是差不多吗？"

他在学堂的时候，先生问他："直隶省的西边是哪一省？"他说是陕西。先生说："错了。是山西，不是陕西。"他说："陕西同山西，不是差不多吗？"

后来他在一个钱铺里做伙计；他也会写，也会算，只是总不会精细。十字常常写成千字，千字常常写成十字。掌柜的生气了，常常骂他。他只是笑嘻嘻地赔小心道："千字比十字只多一小撇，不是差不多吗？"

有一天，他为了一件要紧的事，要搭火车到上海去。他从从容容地走到火车站，迟了两分钟，火车已开走了。他白瞪着眼，望着远远的火车上的煤烟，摇摇头道："只好明天再走了，今天走同明天走，也还差不多。可是火车公司未免太认真

了。八点三十分开，同八点三十二分开，不是差不多吗？"他一面说，一面慢慢地走回家，心里总不明白为什么火车不肯等他两分钟。

有一天，他忽然得了急病，赶快叫家人去请东街的汪医生。那家人急急忙忙地跑去，一时寻不着东街的汪大夫，却把西街牛医王大夫请来了。差不多先生病在床上，知道寻错了人；但病急了，身上痛苦，心里焦急，等不得了，心里想道："好在王大夫同汪大夫也差不多，让他试试看罢。"于是这位牛医王大夫走近床前，用医牛的法子给差不多先生治病。不上一点钟，差不多先生就一命呜呼了。

差不多先生差不多要死的时候，一口气断断续续地说道："活人同死人也差……差……差不多，……凡事只要……差……差……不多……就……好了，……何……何……必……太……太认真呢？"他说完了这句格言，方才绝气了。

他死后，大家都很称赞差不多先生样样事情看得破，想得通；大家都说他一生不肯认真，不肯算账，不肯计较，真是一位有德行的人。于是大家给他取个死后的法号，叫他作圆通大师。

他的名誉越传越远，越久越大。无数无数的人都学他的榜样。于是人人都成了一个差不多先生。——然而中国从此就成为一个懒人国了。

（本文选自1924年6月28日《申报·平民周刊》第1期）

人权与约法

四月二十日国民政府下了一道保障人权的命令，全文是：

世界各国人权均受法律之保障。当此训政开始，法治基础亟宜确立。凡在中华民国法权管辖之内，无论个人或团体均不得以非法行为侵害他人身体、自由及财产。违者即依法严行惩办不贷。着行政司法各院通饬一体遵照。

此令。

在这个人权被剥夺几乎没有丝毫余剩的时候，忽然有明令保障人权的盛举，我们老百姓自然是喜出望外，但我们欢喜一阵之后，揩揩眼镜，仔细重读这道命令，便不能不感觉大失望。失望之点是：

第一，这道命令认"人权"为"身体、自由、财产"三项，但这三项都没有明确规定。就如"自由"究竟是哪几种自由？又如"财产"究竟受怎样的保障？这都是很重要的缺点。

第二，命令所禁止的只是"个人或团体"，而并不曾提及政府机关。个人或团体固然不得以非法行为侵害他人身体自由及财产，但今日我们最感觉痛苦的是种种政府机关或假借政府与党部的机关侵害人民的身体自由及财产。如今日言论出版自由之受干涉，如各地私人财产之被没收，如近日各地电气工业之被没收，都是以政府机关的名义执行的。四月二十日的命令对于这一方面完全没有给人民什么保障。这岂不是"只许州官放火，不许百姓点灯"吗？

第三，命令中说，"违者即依法严行惩办不贷"，所谓"依法"是依什么法？我们就不知道今日有何种法律可以保障

人民的人权。中华民国刑法固然有"妨害自由罪"等章，但种种妨害若以政府或党部名义行之，人民便完全没有保障了。

果然，这道命令颁布不久，上海各报上便发现"反日会的活动是否在此命令范围之内"的讨论。日本文的报纸以为这命令可以包括反日会（改名救国会）的行动；而中文报纸如《时事新报》畏垒先生的社论则以为反日会的行动不受此命令的制裁。

岂但反日会的问题吗？无论什么人，只须贴上"反动分子""土豪劣绅""反革命""共党嫌疑"等等招牌，便都没有人权的保障。身体可以受侮辱，自由可以完全被剥夺，财产可以任意宰制，都不是"非法行为"了。无论什么书报，只须贴上"反动刊物"的字样，都在禁止之列，都不算侵害自由了。无论什么学校，外国人办的只须贴上"文化侵略"字样，中国人办的只须贴上"学阀""反动势力"等等字样，也就都可以封禁没收，都不算非法侵害了。

我们在这种种方面，有什么保障呢？

我且说一件最近的小事，事体虽小，其中含着的意义却很重要。

三月二十六日上海各报登出一个专电，说上海特别市党部代表陈德征先生在三全大会提出了一个（严厉处置反革命分子案）。此案的大意是责备现有的法院太拘泥证据了，往往使反革命分子容易漏网。陈德徵先生提案的办法是：

几经省党部及特别市党部书面证明为反革命分子者，法院或其他法定之受理机关应以反革命罪处分之。如不服，得上诉。惟上级法院或其他上级法定之受理机关，如得"中央党部"之书面证明，即当驳斥之。

这就是说，法院对于这种案子，不须审问，只凭党部的

一纸证明，便须定罪处刑。这岂不是根本否认法治了吗？

我那天看了这个提案，有点忍不住，便写了封信给司法院长王宠惠博士，大意是问他"对于此种提议作何感想"，并且问他"在世界法制史上，不知在那一世纪哪一个文明民族曾经有这样一种办法，笔之于书，立为制度的吗？"

我认为这个问题是值得大家注意的，故把信稿送给国闻通信社发表。过了几天，我接得国闻通信社的来信，说：

昨稿已为转送各报，未见刊出，闻已被检查者扣去。兹将原稿奉还。

我不知道我这封信有什么军事上的重要而竟被检查新闻的人扣去。这封信是我亲自负责署名的。我不知道一个公民为什么不可以负责发表对于国家问题的讨论。

但我们对于这种无理的干涉，有什么保障呢？

又如安徽大学的一个学长，因为语言上顶撞了蒋主席，遂被拘禁了多少天。他的家人朋友只能到处奔走求情，决不能到任何法院去控告蒋主席。只能求情而不能控诉，这是人治，不是法治。

又如最近唐山罢市的案子，其起源是因为两益成商号的经理杨润普被当地驻军指为收买枪枝，拘去拷打监禁。据四月二十八日《大公报》的电讯，唐山总商会的代表十二人到一百五十二旅去请求释放，军法官不肯释放。代表等辞出时，正遇兵士提杨润普入内，"时杨之两腿已甚臃肿，并有血迹，周身动转不灵，见代表等则欲哭无泪，语不成声，其凄惨情形，实难尽述"。但总商会及唐山商店八十八家打电报给唐生智，也只能求情而已；求情而无效，也只能相率罢市而已。人权在哪里？法治在哪里？

我写到这里，又看见五月二日的《大公报》，唐山全

市罢市的结果，杨润普被释放了。"但因受刑过重，已不能行走，遂以门板抬出，未回两益成，直赴中华医院医治。"《大公报》记者亲自去访问，他的记载中说：

> ……见杨润普前后身着短褂，血迹模糊。衣服均粘于身上，经医生施以手术，始脱下。记者当问被捕后情形，杨答，苦不堪言，曾用旧时惩治盗匪之压杠子，余实不堪其苦。正在疼痛难忍时，压于腿上之木杠忽然折断。旋又易以竹板，周身抽打，移时亦断。时刘连长在旁，主以铁棍代木棍，郑法官恐生意外，未果。此后每讯必打，至今周身是伤。据医生言，杨伤过重，非调养三个月不能复原。

这是人权保障的命令公布后十一日的实事，国民政府诸公对于此事不知作何感想？

我在上文随便举的几件实事，都可以指出人权的保障和法治的确定决不是一纸模糊命令所能办到的。

法治只是要政府官吏的一切行为都不得逾越法律规定的权限。法治只认得法律，认不得人。在法治之下，国民政府的主席与唐山一百五十二旅的军官都同样的不得逾越法律规定的权限。国民政府主席可以随意拘禁公民，一百五十二旅的军官自然也可以随意拘禁拷打商人了。

但是现在中国的政治行为根本上从没有法律规定的权限，人民的权利自由也从没有法律规定的保障。在这种状态之下，说什么保障人权！说什么确立法治基础！

在今日如果真要保障人权，如果真要确立法治基础，第一件应该制定一个中华民国的宪法，至少，至少，也应该制定所谓训政时期的约法。

孙中山先生当日制定《革命方略》时，他把革命建国事业的措施程序分作三个时期：

第一期为军法之治（三年）。

第二期为约法之治（六年）。……"凡军政府对于人民之权利义务，及人民对于军政府之权利义务，悉规定于约法。军政府与地方议会及人民各循守之。有违法者，负其责任。……"

第三期为宪法之治。

《革命方略》成于丙午年（1906），其后续有修订。至民国八年中山先生作孙文学说时，他在第六章里再三申说"过渡时期"的重要，很明白地说："在此时期，行约法之治，以训导民人，实行地方自治。"至民国十二年一月，中山先生作《中国革命史》时，第二时期仍名为"过渡时期"，他对于这个时期特别注意。他说：

"第二为过渡时期。在此时期内，施行约法（非现行者），建设地方自治，促进民权发达。以一县为自治单位，每县于散兵驱除战事停止之日。立颁约法，以规定人民之权利义务，与革命政府之统治权。以三年为限，三年期满，则由人民选举其县官。……革命政府之对于此自治团体只能照约法所规定而行其训政之权。"

又过了一年之后，当民国十三年四月中山先生起草《建国大纲》时，建设的程序也分作三个时期，第二期为"训政时期"。但他在建国大纲里不曾提起训政时期的约法，又不曾提起训政时期的年限，不幸一年之后他就死了，后来的人只读他的建国大纲，而不研究这"三期"说的历史，遂以为训政时期可以无限地延长，又可以不用约法之治，这是大错的。

中山先生的《建国大纲》虽没有明说"约法"，但我们研究他民国十三年以前的言论，可以知道他决不会相信统治这样一个大国可以不用一个根本大法的。况且《建国大纲》里遗

漏的东西多着哩。如二十一条说"宪法未颁布以前，各院长皆归总统任免"，是训政时期有"总统"，而全篇中不说总统如何产生。又如民国十三年一月国民党第一次代表大会宣言已有"以党为掌握政权之中枢"的话，而是年四月十二日中山先生草定《建国大纲》全文二十五条中没有一句话提到一党专政的。这都可见《建国大纲》不过是中山先生一时想到的一个方案，并不是应有尽有的，也不是应无尽无的。大纲所有，早已因时势而改动了。（如十九条五院之设立在宪政开始时期，而去年已设立五院了）大纲所无，又何妨因时势的需要而设立呢？

我们今日需要一个约法，需要中山先生说的"规定人民之权利义务与革命政府之统治权"的一个约法。我们要一个约法来规定政府的权限；过此权限，便是"非法行为"。我们要一个约法来规定人民的"身体、自由及财产"的保障：有侵犯这法定的人权的，无论是一百五十二旅的连长或国民政府的主席，人民都可以控告，都得受法律的制裁。

我们的口号是：

快快制定约法以确定法治基础！

快快制定约法以保障人权！

（本文最初发表于1929年《新月》第2卷第2号，选自《人权论集》，上海新月书店1930年1月版）

爱国运动与求学

当五月七日北京学生包围章士钊宅，警察拘捕学生的事件发生以后，北京各学校的学生团体即有罢课的提议。有些学校的学生因为北大学生会不曾参加五七的事，竟在北大第一院前辱骂北大学生不爱国。北大学生也有很愤激的，有些人竟贴出布告攻击北大代理校长蒋梦麟媚章媚外。然而几日之内，北大学生会举行总投票表决罢课问题，共投一千一百多票。反对罢课者八百余票，这件事真使一班留心教育问题的人心里欢喜。可喜的不在罢课案的被否决，而在（一）投票之多；（二）手续的有秩序；（三）学生态度的镇静。我的朋友高梦旦在上海读了这段新闻，写了一封长信给我，讨论此事，说，这样做去，便是在求学的范围以内做救国的事业，可算是在近年学生运动史上开一个新纪元。——只可惜我还没有回高先生的信，上海五卅的事件已发生了，前二十天的秩序与镇静都无法维持了。于是六月三日以后，全国学校遂都罢课了。

这也是很自然的。在这个时候，国事糟到这步田地，外间的刺激这么强：上海的事件未了，汉口的事件又来了，接着广州、南京的事件又来了：在这个时候，许多中年以上的人尚且忍耐不住，许多六十老翁尚且要出来慷慨激昂地主张宣战，何况这无数的少年男女学生呢？

我们观察这七年来的"学潮"，不能不算民国八年的五四事件与今年的五卅事件为最有价值。这两次都不是有什么作用，事前预备好了然后发动的；这两次都只是一般青年学生的爱国血诚，遇着国家的大耻辱，自然爆发，纯然是烂漫的天

真，不顾利害地干将去，这种"无所为而为"的表示是真实的，可敬爱的。许多学生都是不愿意牺牲求学的时间的；只因为临时发生的问题太大了，刺激太强烈了，爱国的感情一时迸发，所以什么都顾不得了：功课也不顾了，秩序也不顾了，辛苦也不顾了。所以北大学生总投票表决不罢课之后，不到二十天，也就不能不罢课了。二十日前不罢课的表决可以表示学生不愿意牺牲功课的诚意；二十日后毫无勉强地罢课参加救国运动，可以证明此次学生运动的牺牲的精神。这并非前后矛盾：有了前回的不愿牺牲，方才更显出后来的牺牲之难能而可贵。岂但北大一校如此？国中无数学校都有这样的情形。

但群众的运动总是不能持久的。这并非中国人的"虎头蛇尾""五分钟的热度"。这是世界人类的通病。所谓"民气"，所谓"群众运动"，都只是一时的大问题刺激起来的一种感情上的反应。感情的冲动是没有持久性的；无组织又无领袖的群众行动是最容易松散的。我们不看见北京大街的墙上大书着"打倒英日""不要五分钟的热度"吗？其实写那些大字的人，写成之后，自己看着很满意，他的"热度"早已消除大半了；他回到家里，坐也坐得下了，睡也睡得着了。所谓"民气"，无论在中国在欧美，都是这样：突然而来，倏然而去。几天一次的公民大会，几天一次的示威游行，虽然可以勉强多维持一会儿，然而那回天安门打架之后，国民大会也就不容易召集了。

我们要知道，凡关于外交的问题，民气可以督促政府，政府可以利用民气：民气与政府相为声援方才可以收效。没有一个像样的政府，虽有民气，终不能单独成功。因为外国政府决不能直接和我们的群众办交涉；民众运动的影响（无论是一时的示威或是较有组织的经济抵制）终是间接的。一个健全的

政府可以利用民气作后盾，在外交上可以多得胜利，至少也可以少吃点亏。若没有一个能运用民气的政府，我们可以断定民众运动的牺牲的大部分是白白地糟蹋了的。

倘使外交部于六月二十四日同时送出沪案及修改条约两照会之后即行负责交涉，那时民气最盛，海员罢工的声势正大，沪案的交涉至少可以得一个比较满人意的结果。但这个政府太不像样了：外交部不敢自当交涉之冲，却要三个委员来代肩末梢；三个委员都是很聪明的人，也就乐得三揖三让，延搁下去。他们不但不能用民气，反惧怕民气了！况且某方面的官僚想借这风潮延长现政府的寿命；某方面的政客也想借这问题延缓东北势力的侵逼。他们不运用民气来对付外人，只会利用民气来便利他们自己的志气！于是一误，再误，至于今日，沪案及其他关连之各案丝毫不曾解决，而民气却早已成了强弩之末了！

上海的罢工本是对英日的，现在却是对邮政当局，商务印书馆，中华书局了。北京的学生运动一变而为对付杨荫榆，又变而为对付章士钊了。广州对英的事件全未了结，而广州城却早已成为共产与反共产的血战场了。三个月的"爱国运动"的变相竟致如此！

这时候有一件差强人意的事，就是全国学生总会议决秋季开学后各地学生应一律到校上课，上课后应努力于巩固学生会的组织，为民众运动的中心。北京学联会也决议北京各校同学于开学前务必到校，一面上课，一面仍继续进行。

这是很可喜的消息。全国学生总会的通告里并且有"五卅运动并非短时间所可解决"的话。我们要为全国学生下一转语：救国事业更非短时间所能解决，帝国主义不是赤手空拳打得倒的，"英日强盗"也不是几千万人的喊声咒得死的。救国是一件顶大的事业：排队游街，高喊着"打倒英日强盗"，算

不得救国事业；甚至于砍下手指写血书，甚至于蹈海投江，杀身殉国，都算不得救国的事业。救国的事业须要有各色各样的人才；真正的救国的预备在于把自己造成一个有用的人才。

易卜生说的好：真正的个人主义在于把你自己这块材料铸造成个东西。

他又说：有时候我觉得这个世界就好像大海上翻了船，最要紧的是救出我自己。

在这个高唱国家主义的时期，我们要很诚恳的指出：易卜生说的"真正的个人主义"正是到国家主义的唯一大路。救国须从救出你自己下手！

学校固然不是造人才的唯一地方，但在学生时代的青年却应该充分地利用学校的环境与设备来把自己铸造成个东西。我们须要明白了解：

救国千万事，何一不当为？

而吾性所适，仅有一二宜。

认清了你"性之所近，而力之所能勉"的方向，努力求发展，这便是你对国家应尽的责任，这便是你的救国事业的预备工夫。国家的纷扰，外间的刺激，只应该增加你求学的热心与兴趣，而不应该引诱你跟着大家去呐喊，呐喊救不了国家。即使呐喊也算是救国运动的一部分，你也不可忘记你的事业有比呐喊重要十倍百倍的。你的事业是要把你自己造成一个有眼光有能力的人才。

你忍不住吗？你受不住外面的刺激吗？你的同学都出去呐喊了，你受不了他们的引诱与讥笑吗？你独坐在图书馆里觉得难为情吗？你心里不安吗？——这也是人情之常，我们不怪你：我们都有忍不住的时候。但我们可以告诉你一两个故事，也许可以给你一点鼓舞：德国大文豪哥德（Goethe）在他

的年谱里曾说，他每遇着国家政治上有大纷扰的时候，他便用心去研究一种绝不关系时局的学问，使他的心思不致受外界的扰乱。所以拿破仑的兵威逼迫德国最厉害的时期里，哥德天天用功研究中国的文物。又当利俾瑟之战的那一天哥德正关着门，做他的名著Essex的"尾声"。

德国大哲学家费希特（Fichte）是近代国家主义的一个创始者。然而他当普鲁士被拿破仑践破之后的第二年（1807）回到柏林，便着手计划一个新的大学——即今日之柏林大学。那时候，柏林还在敌国驻兵的掌握里。费希特在柏林继续讲学，在很危险的环境里发表他的"告德意志民族"。往往在他讲学的堂上听得见敌人驻兵操演回来的声。他这一套讲演——"告德意志民族"——忠告德国人不要灰心丧志，不要惊慌失措；他说，德意志民族是不会亡国的；这个民族有一种天赋的使命，就是要在世间建立一个精神的文明——德意志的文明；他说，这个民族的国家是不会亡的。

后来费希特计划的柏林大学变成了世界的一个最有名的学府；他那部"告德意志民族"不但变成了德意志帝国建国的一个动力，并且成了十九世纪全世界的国家主义的一种经典。

上边的两段故事是我愿意介绍给全国的青年男女学生的。我们不期望人人都做哥德与费希特。我们只希望大家知道：在一个扰攘纷乱的时期里跟着人家乱跑乱喊，不能就算是尽了爱国的责任，此外还有更难更可贵的任务——在纷乱的喊声里，能立定脚跟，打定主意，救出你自己，努力把你这块材料铸造成个有用的东西！

（本文原载1925年9月5日《现代评记》第2卷第39期，选自《胡适文存》第3集卷9）

现代名家经典文库

新思潮的意义

一

近来报纸上发表过几篇解释"新思潮"的文章。我读了这几篇文章，觉得他们所举出的新思潮的性质，或太琐碎，或太笼统，不能算作新思潮运动的真确解释，也不能指出新思潮的将来趋势。即如包世杰先生的《新思潮是什么》一篇长文，列举新思潮的内容，何尝不详细？但是他究竟不曾使我们明白那种种新思潮的共同意义是什么。比较最简单的解释，要算我的朋友陈独秀先生所举出的《新青年》两大罪案，——其实就是新思潮的两大罪案，——一是拥护德莫克拉西先生（民治主义），一是拥护赛因斯先生（科学）。陈先生说：

要拥护那德先生，便不得不反对孔教、礼法、贞节、旧伦理、旧政治。要拥护那赛先生，便不得不反对旧艺术，旧宗教。要拥护德先生，又要拥护赛先生，便不得不反对国粹和旧文学。（《新青年》六卷一号，页一〇）

这话虽然很简明，但是还嫌太笼统了一点。假使有人问："何以要拥护德先生和赛先生，便不能不反对国粹和旧文学呢？"答案自然是："因为国粹和旧文学是同德、赛两位先生反对的。"又问："何以凡同德、赛两位先生反对的东西都该反对呢？"这个问题可就不是几句笼统简单的话所能回答的了。

据我个人的观察，新思潮的根本意义只是一种新态度。这种新态度可叫做"评判的态度"。

评判的态度，简单说来，只是凡事要重新分别一个好与

不好。仔细说来，评判的态度含有几种特别的要求。

（一）对于习俗相传下来的制度风俗，要问："这种制度现在还有存在的价值吗？"

（二）对于古代遗传下来的圣贤教训，要问："这句话在今日还是不错吗？"

（三）对于社会上糊涂公认的行为与信仰，都要问："大家公认的，就不会错了吗？人家这样做，我也该这样做吗？难道没别样做法比这个更好、更有理、更有益的吗？"

尼采说现今时代是一个"重新估定一切价值"的时代。"重新估定一切价值"八个字便是评判的态度的最好解释。从前的人说妇女的脚越小越美，现在我们不但不认小脚为"美"，简直说这是"惨无人道"了。

十年前，人家和店家都用鸦片烟敬客。现在鸦片烟变成犯禁品了。二十年前，康有为是洪水猛兽一般的维新党。现在康有为变成老古董了。康有为并不曾变换，估价的人变了，故他的价值也跟着变了。这叫做"重新估定一切价值"。

我以为现在所谓"新思潮"，无论怎样不一致，根本上同有这公共的一点：评判的态度。孔教的讨论只是要重新估定孔教的价值；文学的评论只是要重新估定旧文学的价值；贞操的讨论只是要重新估定贞操的道德在现代社会的价值；旧戏的评论只是要重新估定旧戏在今日文学上的价值；礼教的讨论只是要重新估定古代的纲常、礼教在今日还有什么价值；女子的问题只是要重新估定女子在社会上的价值。政府与无政府的讨论，财产私有与公有的讨论，也只是要重新估定政府与财产等等制度在今日社会的价值。……我也不必往下数了，这些例很够证明这种评判的态度是新思潮运动的共同精神。

二

这种评判的态度，在实际上表现时，有两种趋势。一方面是讨论社会上、政治上、宗教上、文学上种种问题；一方面是介绍西洋的新思想、新学术、新文学、新信仰。前者是"研究问题"，后者是"输入学理"。这两项是新思潮的手段。

我们随便翻开这两三年以来的新杂志与报纸，便可以看出这两种的趋势。在研究问题一方面，我们可以指出（一）孔教问题；（二）文学改革问题；（三）国语统一问题；（四）女子解放问题；（五）贞操问题；（六）礼教问题；（七）教育改良问题；（八）婚姻问题；（九）父子问题；（十）戏剧改良问题，等等。

在输入学理一方面，我们可以指出《新青年》的"易卜生号""马克思号"，《民铎》的"现代思潮号"，《新教育》的"杜威号"，《建设》的"全民政治"的学理和北京《晨报》《国民公报》《每周评论》，上海《星期评论》《时事新报》《解放与改造》，广州《民风周刊》等等杂志报纸所介绍的种种西洋新学说。

为什么要研究问题呢？因为我们的社会现在正当根本动摇的时候，有许多风俗制度，向来不发生问题的，现在因为不能适应时势的需要，不能使人满意，都渐渐的变成困难的问题，不能不彻底研究，不能不考问旧日的解决法是否错误；如果错了，错在什么地方；错误寻出了，可有什么更好的解决方法；有什么方法可以适应现时的要求。例如孔教的问题，向来不成什么问题；后来东方文化与西方文化接近，孔教的势力渐渐衰微，于是有一班信仰孔教的人妄想要用政府法令的势力来恢复孔教的尊严；却不知道这种高压的手段恰好挑起一种怀疑

的反动。因此，民国四五年的时候，孔教会的活动最大，反对孔教的人也最多。孔教成为问题就在这个时候。现在大多数明白事理的人，已打破了孔教的迷梦，这个问题又渐渐的不成问题了，故安福部的议员通过孔教为修身大本的议案时，国内竟没有人睬他们了！

又如文学革命的问题。向来教育是少数"读书人"的特别权利，于大多数人是无关系的，故文字的艰深不成问题。近来教育成为全国人的公共权利，人人知道普及教育是不可少的，故渐渐的有人知道文言在教育上实在不适用，于是文言、白话就成为问题了。后来有人觉得单用白话做教科书是不中用的，因为世间决没有人情愿学一种除了教科书以外便没有用处的文字。这些人主张：古文不但不配做教育的工具，并且不配做文学的利器；若要提倡国语的教育，先须提倡国语的文学。文学革命的问题就是这样发生的。现在全国教育联合会已全体一致通过小学教科书改用国语的议案，况且用国语做文章的人也渐渐的多了，这个问题又渐渐的不成问题了。

为什么要输入学理呢？这个大概有几层解释。一来呢，有些人深信中国不但缺乏炮弹、兵船、电报、铁路，还缺乏新思想与新学术，故他们尽量的输入西洋近世的学说。二来呢，有些人自己深信某种学说，要想他传播发展，故尽力提倡。三来呢，有些人自己不能做具体的研究工夫，觉得翻译现成的学说比较容易些，故乐得做这种稗贩事业。四来呢，研究具体的社会问题或政治问题，一方面做那破坏事业，一方面做对症下药的工夫，不但不容易，并且很遭犯忌讳，很容易惹祸，故不如做介绍学说的事业，借"学理研究"的美名；既可以避"过激派"的罪名，又还可以种下一点革命的种子。五来呢，研究问题的人，势不能专就问题本身讨论，不能不从那问

题的意义上着想；但是问题引申到意义上去，便不能不靠许多学理做参考比较的材料，故学理的输入往往可以帮助问题的研究。

这五种动机虽然不同，但是多少总含有一种"评判的态度"，总表示对于旧有学术思想的一种不满意和对于西方的精神文明的一种新觉悟。

但是这两三年新思潮运动的历史，应该给我们一种很有益的教训。什么教训呢？就是：这两三年来新思潮运动的最大成绩差不多全是研究问题的结果。新文学的运动便是一个最明白的例。这个道理很容易解释。凡社会上成为问题的问题，一定是与许多人有密切关系的。这许多人虽然不能提出什么新解决，但是他们平时对于这个问题自然不能不注意。若有人能把这个问题的各方面都细细分析出来，加上评判的研究，指出不满意的所在，提出新鲜的救济方法，自然容易引起许多人的注意。起初自然有许多人反对。但是反对便是注意的证据，便是兴趣的表示。试看近日报纸上登的马克思的《赢余价值论》，可有反对的吗？可有讨论的吗？没有人讨论，没有人反对，便是不能引起人注意的证据。研究问题的文章所以能发生效果，正为所研究的问题一定是社会人生最切要的问题，最能使人注意，也最能使人觉悟。悬空介绍一种专家学说，如《赢余价值论》之类，除了少数专门学者之外，决不会发生什么影响。但是我们可以在研究问题里面做点输入学理的事业，或用学理来解释问题的意义，或从学理上寻求解决问题的方法。用这种方法来输入学理，能使人于不知不觉之中感受学理的影响。不但如此，研究问题最能使读者渐渐的养成一种批评的态度、研究的兴趣、独立思想的习惯。十部《纯粹理性的评判》，不如一点评判的态度；十篇《赢余价值论》，不如一点研究的兴趣；

十种"全民政治论"，不如一点独立思想的习惯。

总起来说：研究问题所以能于短时期中发生很大的效力，正因为研究问题有这几种好处：（一）研究社会人生切要的问题，最容易引起大家的注意；（二）因为问题关切人生，故最容易引起反对，但反对是该欢迎的，因为反对便是兴趣的表示，况且反对的讨论不但给我们许多不要钱的广告，还可使我们得讨论的益处，使真理格外分明；（三）因为问题是逼人的活问题，故容易使人觉悟，容易得人信从；（四）因为从研究问题里面输入的学理，最容易消除平常人对于学理的抗拒力，最容易使人于不知不觉之中受学理的影响；（五）因为研究问题可以不知不觉的养成一班研究的、评判的、独立思想的革新人才。

这是这几年新思潮运动的大教训！我希望新思潮的领袖人物以后能了解这个教训，能把全副精力贯注到研究问题上去；能把一切学理不看作天经地义，但看作研究问题的参考材料；能把一切学理应用到我们自己的种种切要问题上去；能在研究问题上面做输入学理的工夫；能用研究问题的工夫来提倡研究问题的态度，来养成研究问题的人才。

这是我对于新思潮运动的解释。这也是我对于新思潮将来的趋向的希望。

三

以上说新思潮的"评判的精神"在实际上的两种表现。现在要问："新思潮的运动对于中国旧有的学术思想，持什么态度呢？"我的答案是："也是评判的态度。"分开来说，我们对于旧有的学术思想有三种态度。其一，反对盲从；其二，反对调和；其三，主张整理国故。

盲从是评判的反面，我们既主张"重新估定一切价值"，自然要反对盲从。这是不消说的了。

为什么要反对调和呢？因为评判的态度只认得一个是与不是，一个好与不好，一个适与不适——不认得什么古今中外的调和。调和是社会的一种天然趋势。人类社会有一种守旧的惰性，少数人只管趋向极端的革新，而多数人至多只能跟你走半程路。这就是调和。调和是人类懒病的天然趋势，用不着我们来提倡。我们走了一百里路，大多数人也许勉强走三四十里。我们若先讲调和，只走五十里，他们就一步都不走了。所以革新家的责任只是认定"是"的一个方向走去，不要回头讲调和。社会上自然有无数懒人、懦夫出来调和。

我们对于旧有的学术思想，积极的只有一个主张，就是"整理国故"。整理就是从乱七八糟里面寻出一个条理脉络来；从无头无脑里面寻出一个前因后果来；从胡说谬解里面寻出一个真意义来；从武断迷信里面寻出一个真价值来。为什么要整理呢？因为古代的学术思想向来没有条理、没有头绪、没有系统，故第一步是条理系统的整理。因为前人研究古书，很少有历史进化的眼光的，故从来不讲究一种学术的渊源，一种思想的前因后果，所以第二步是要寻出每种学术思想怎样发生，发生之后有什么影响效果。因为前人读古书，除极少数学者以外，大都是以讹传讹的谬说，如太极图，爻辰，先天图，卦气……之类；故第三步是要用科学的方法，作精确的考证，把古人的意义弄得明白清楚。因为前人对于古代的学术思想，有种种武断的成见，有种种可笑的迷信，如骂杨朱、墨翟为禽兽，却尊孔丘为德配天地、道冠古今！故第四步是综合前三步的研究，各家都还他一个本来真面目，各家都还他一个真价值。

这叫做"整理国故"。现在有许多人自己不懂得国粹是什么东西，却偏要高谈"保存国粹"。林琴南先生做文章论古文之不当废，他说，"吾知其理而不能言其所以然！"现在许多国粹党，有几个不是这样糊涂懵懂的？这种人如何配谈国粹？若要知道什么是国粹，什么是国渣，先须要用评判的态度，科学的精神，去做一番整理国故的工夫。

四

新思潮的精神是一种评判的态度。

新思潮的手段是研究问题与输入学理。

新思潮将来趋势，依我个人的私见看来，应该是注重研究人生社会的切要问题，应该于研究问题之中做介绍学理的事业。

新思潮对于旧文化的态度，在消极一方面是反对盲从，是反对调和；在积极一方面，是用科学的方法来做整理的工夫。

新思潮唯一目的是什么呢？是再造文明。

文明不是笼统造成的，是一点一滴的造成的。进化不是一晚上笼统进化的，是一点一滴的进化的。现今的人爱谈"解放与改造"，须知解放不是笼统解放，改造也不是笼统改造。解放是这个那个制度的解放，这种那种思想的解放，这个那个人的解放，是一点一滴的解放。改造是这个那个制度的改造，这种那种思想的改造，这个那个人的改造，是一点一滴的改造。

再造文明的下手工夫，是这个那个问题的研究。再造文明的进行，是这个那个问题的解决。

（本文作于1919年11月1日，原载1919年12月1日《新青年》第7卷第1号）

一个防身药方的三味药

毕业班的诸位同学，现在都得离开学校去开始你们自己的事业了，今天的典礼，我们叫作"毕业"，叫作"卒业"，在英文里叫作"始业"，你们的学校生活现在有一个结束，现在你们开始进入一段新的生活，开始撑起自己的肩膀来挑自己的担子，所以叫作"始业"。

我今天承毕业班同学的好意，承阎校长的好意，要我来说几句话，我进大学是在五十年前（1910），我毕业是在四十六年前（1914），够得上做你们的老大哥了，今天我用老大哥的资格，应该送你们一点小礼物，我要送你们的小礼物只是一个防身的药方，给你们离开校门，进入大世界，作随时防身救急之用的一个药方。

这个防身药方只有三味药：

第一味药叫做"问题丹"。

第二味药叫做"兴趣散"。

第三味药叫做"信心汤"。

第一味药，"问题丹"，就是说：每个人离开学校，总得带一两个麻烦而有趣味的问题在身边作伴，这是你们入世的第一要紧的救命宝丹。

问题是一切知识学问的来源，活的学问、活的知识，都是为了解答实际上的困难，或理论上的困难而得来的。年轻入世的时候，总得有一个两个不大容易解决的问题在脑子里，时时向你挑战，时时笑你不能对付他，不能奈何他，时时引诱你去想他。

只要你有问题跟着你，你就不会懒惰了，你就会继续有知识上的长进了。

学堂里的书，你带不走；仪器，你带不走；先生，他们不能跟你去，但是问题可以跟你走到天边！有了问题，没有书，你自会省吃省穿去买书；没有仪器，你自会卖田卖地去买仪器！没有好先生，你自会找好师友；没有资料，你自会上天下地去找资料。

各位青年朋友，你今天离开学校，夹袋里准备了几个问题跟着你走？

第二味药，叫做"兴趣散"，这就是说：每个人进入社会，总得多发展一点专门职业以外的兴趣——"业余"的兴趣。

你们多数是学工程的，当然不愁找不到吃饭的职业，但四年前你们选择的专门职业，真是你们自己的自由志愿吗？你们现在还感觉你们手里的文凭真可以代表你们每个人终身的志愿，终身的兴趣吗？换句话说，你们今天不懊悔吗？明年今天还不会懊悔吗？

你们在这四年里，没有发现什么新的、业余的兴趣吗？在这四年里，没有发现自己在本行以外的才能吗？

总而言之，一个人应该有他的职业，又应该有他的非职业的玩意儿。不是为吃饭而是心里喜欢做的，用闲暇时间做的——这种非职业的玩意儿，可以使他的生活更有趣，更快乐，更有意思，有时候，一个人的业余活动也许比他的职业还更重要。

英国十九世纪的两个哲学家，一个是弥尔，他的职业是东印度公司的秘书，他的业余工作使他在哲学上、经济学上、政治思想史上，都有很大的贡献。一个是斯宾塞，他是一个测量工程师，他的业余工作使他成为一个很有势力的思

想家。

英国的大政治家丘吉尔，政治是他的终身职业，但他的业余兴趣很多，他在文学、历史两方面，都有大成就；他用余力作油画，成绩也很好。

今天到自由中国的贵宾，美国大总统艾森豪威尔先生，他的终身职业是军事，人都知道他最爱打高尔夫球，但我们知道他的油画也很有工夫。

各位青年朋友，你们的专门职业是不用愁的了，你们的业余兴趣是什么？你们能做的，爱做的业余活动是什么？

第三味药，我叫他做"信心汤"，这就是说：你总得有一点信心。

我们生存在这个年头，看见的、听见的，往往都是可以叫我们悲观，失望的——有时候竟可以叫我们伤心，叫我们发疯。

这个时代，正是我们要培养我们的信心的时候，没有信心，我们真要发狂自杀了。

我们的信心只有一句话："努力不会白费"，没有一点努力是没有结果的。

对你们学工程的青年人，我还用多举例来说明这种信心吗？工程师的人生哲学当然建筑在"努力不白费"的定律的基石之上。

我只举这短短几十年里大家都知道的两个例子：一个是亨利福特，这个人没有受过大学教育，他小时半工半读，只读了几年书，十六岁就在一小机器店里做工，每周工钱两块半美金，晚上还得去帮别家做夜工。

五十七年前（1903）他三十九岁，他创立福特汽车公司，原定资本十万元，只招得两万八千元。

五年之后（1908），他造成了他的最出名的Model T汽车，用全力制造这一种车子。

1913年——我已在大学三年级了，福特先生创立他的第一副"装配线"。

1914年——四十六年前——他就能够完全用"装配线"的原理来制造他的汽车了。同时（1914）他宣布他的汽车工人每天只工作八点钟，比别处工人少一点钟——而每天最低工钱五元美金，比别人多一倍。

他的汽车开始是九百五十元一部，他逐年减低卖价，从九百五十元直减到三百六十元——第一次世界大战之后，减到二百九十元一部。

他的公司，在创办时（1903）只有两万八千元的资本，到二十三年之后（1926）已值得十亿美金了！已成了全世界最大的汽车公司了。一九一五年，他造了一百万部汽车，1928年，他造了一千五百万部车。

他的"装配线"的原则在二十年里造成了全世界的"工业新革命"。

福特的汽车在五十年中征服全世界的历史还不能叫我们发生"努力不白费"的信心吗？

第二个例子是航空工程与航空工业的历史。

也是五十七年前——一九〇三年十二月十七日，正是我十二整岁的生日——那一天，在北加罗林那州的海边Kitty Hawk（基帝霍克）沙滩上，两个修理脚踏车的匠人，兄弟两人，用他们自己制造的一只飞机，在沙滩上试起飞，弟弟叫Owille Wright，他飞起了十二秒钟。哥哥叫Wilbur Wright，他飞起了五十九秒钟。

那是人类制造飞机飞在空中的第一次成功——现在那一

天（12月17日）是全美国庆祝的"航空日"——但当时并没有人注意到那两个弟兄的试验，但这两个没有受过大学教育的脚踏车修理匠人，他们并不失望，他们继续试飞，继续改良他们的飞机，一直到四年半之后（1908年5月）才有重要的报纸来报道那两个人的试飞，那时候，他们已能在空中飞三十八分钟了！

这四十年中，航空工程的大发展，航空工业的大发展，这是你们学工程的人都知道的，航空工业在最近三十年里已成了世界最大工业的一种。

我第一次看见飞机是在一九一二年。我第一次坐飞机是在一九三〇年（三十年前）。我第一次飞过太平洋是在二十三年前（1937）；第一次飞过大西洋是在十五年前（1945年），当我第一次飞渡太平洋的时候，从香港到旧金山总共费了七天！去年我第一次坐Jet机，从旧金山到纽约，五个半钟点飞了三千英里！下月初，我又得飞过太平洋，当天中午起飞，当天晚上就到美国西岸了！

五十七年前，Kitty Hawk沙滩上两个脚踏车修理匠人自造的一个飞机居然在空中飞起了十二秒钟，那十二秒钟的飞行就给人类打开了一个新的时代——打开了人类的航空时代。

这不够叫我们深信"努力不会白费"的人生观吗？

古人说："信心可以移山。"又说："功不唐捐"（唐是空的意思）。又说："只要功夫深，生铁磨成绣花针。"青年的朋友，你们有这种信心没有？

捶煮自然的灵物

　　究竟什么算是工程师的哲学呢？什么算是工程师的人生观呢？因为时间很短，我当然不能把这个大的题目讲得满意，只是提出几点意思，给现在的工程师同将来的工程师作个参考。法国从前有一位科学家柏格森说："人是制器的动物。"过去有许多人说："人是有效力的动物。"也有许多人说："人是理智的动物。"而柏格森说："人是能够制造器具的动物。"这个初造器具的动物，是工程师的老祖宗。什么叫做工程师呢？工程师的作用，在能够找出自然界的利益，强迫自然世界把它的利益一个一个贡献出来，就是改造自然，征服自然，控制自然，以减除人的痛苦，增加人的幸福。这是工程师哲学的简单说法。

　　大家都承认：学作工程师的，每天在课堂里面上应该上的课，在试验室里面作应该作的试验，也许忽略了最大的目标，或者忽略了真正的基本——工程师的人生观。所以这个题目，是值得我们考虑的。

　　昨天在工学院教授座谈会中，我说，我到了六十二岁，还不知道我专门学的什么。起初学农；以后弄弄文学，弄弄哲学，弄弄历史；现在搞《水经注》，人家说我改弄地理。也许六十五岁以后、七十岁的时候，说不定要到工学院作学生；只怕工学院的先生们不愿意收一个老学徒，说"老狗教不会新把戏"。今天在工学院作学生不够资格的人，要来谈谈现在的工程师同将来的工程师的人生观，实属狂妄，就是，有点大胆。不过我觉得我这个意思，值得提出来说说。人是能够制造

器具的动物，别的动物，也有能够制造东西的，譬如：蜘蛛能够制造网，蜜蜂能够制造蜜糖，珊瑚虫能够制造珊瑚岛。而我们人同这些动物之所以不同，就是蜘蛛制造网的丝，是从肚子里出来的，它肚子里有无穷无尽的丝，蜜蜂采取百花，经一番制造，作成的确比原料高明的蜜糖：这些动物，可算是工程师；但是它的范围，它用的只是它自己的本能。珊瑚虫能够做成很大的珊瑚岛，也是本能的。人，如果只靠他的本能，讲起来也是有限得很的！人与蜘蛛，蜜蜂、珊瑚虫所以不同，是在他充分运用聪明才智，揭发自然的秘密，来改造自然，征服自然，控制自然。控制自然，为的是什么呢？不是像蜘蛛织网，为的捕虫子来吃；人的控制自然为的是要减轻人的劳苦，减除人的痛苦，增加人的幸福，使人类的生活格外的丰富，格外有意义。

这是"科学与工业的文化"的哲学。我觉得柏格森这个"人"的定义，同我们刚才简单讲的工程师的哲学、工程师的人生观、工程师的目标，是值得我们随时想想，随时考虑的。

这个话同这个目标，不是外国来的东西，可以说是我们老祖宗在几百年，甚至几千年以前，就有了这种理想了。目前有些人提倡读经；我倒很愿意为工程师背几句经书，来说明这个理想。

人如何能控制自然，制造器具呢？人控制自然这个观念，无论东方的圣人贤人，西方的圣人贤人，都是同样有的。我现在提出我们古人的几句话，使大家知道工程师的哲学，并不是完全外来的洋货。我常常喜欢把《易经·系辞》里面几句话翻成外国文给外国人看。这几句话是："见乃谓之象；形乃谓之器；制而用之谓之法；利用出入，民咸用之，谓之神。"看见一个意思，叫做象；把这个意象变成一种东

西——形，叫做器；大规模的制造出来，叫做法；老百姓用工程师制造出来的这些器具，都说好呀！好呀！但是不晓得这器具是从一种意象来的，所以看见工程师便叫做神。

希腊神话，说火是从天上偷来的；中国历史上发明火的燧人氏被称为古帝之一——神。火，是一个大发明。发明火的人，是一个大工程师。我刚才所举《易经·系辞》，从一个观念——意象——造成器具，这个意思，是了不得的。人类历史上所谓文化的进步，完全在制造器具的进步。文化的时代，是照工程师的成绩划分的。人类第一发明是火；大体说来，火的发现是文化的开始。下去为石器时代。无论旧石器时代、新石器时代，都是人类用智慧把石头造成功器具的时候。再下去为青铜器时代。用钢制造器具，这是工程师最大的贡献。再下去为铁的时代。这是一个大的革命。后来把铁炼成钢。再下去发明蒸汽机，为蒸汽机时代。再下去运用电力，为电力的时代；现在为原子能时代：这都是制器的大进步。每一个大时代，都只是制器的原料与动力的大革命。从发明火以后，石器时代、铜器时代、铁器时代、电力时代、原子能时代；这些文化的阶段，都是依工程师所创造划分的。

这种理想，中国历史上，早就有了的。工学院水工试验室要我写字，我写了两句话。这两句话，是《荀子·天论》篇里面的。《荀子·天论》篇，是中国古代了不得的哲学，也就是西方柏格森征服自然，以为人用的思想。《荀子·天论》篇说："从天而颂之，孰与制天命而用之？大天而思之，孰与物畜而制之？"这个文字，依照清代学者校勘，稍须改动。但意思没有改动。"从天而颂之"，是说服从自然。"从天而颂之，孰与制天命而用之。"两句话联起来说，意思是：跟着自然走而歌颂，不如控制自然来用。"大天而思之"，是问自然

是怎样来的。"大天而思之，孰与物畜而制之？"是说：问自然从哪里来的，不如把自然看成一种东西，养它、制裁它。把自然控制来用，中国思想史上只有荀子才说得这样彻底。从这两句话，也可以看出中国在两千二三百年前，就有控制天命——古人所谓天命，就是自然——把天命看作一种东西来用的思想。

"穷理致知"四个字，是代表七八百年前至十一世纪到十二世纪——宋朝的思想的。宋代程子、朱子提倡格物——穷理——的哲学。什么叫做"格物"呢？这有七十几种说法。今天我们不去研究这些说法。照程子、朱子的解释，"格物"是"即物而穷其理。……即凡天下之物，莫不因其已知之理而益穷之，以求至乎其极。"这样的格物致知，可以扩大人的智识。程子说，"今天格一物，明天格一物，习而久之，自然贯通。"有人以范围问他；他说，"上自天地之高大，下至一草一木，都要格的"。这个范围，就是科学的范围，工程师的范围。

两千二三百年前，荀子就有"制天命而用之"的思想；七八百年前，程子、朱子就有格物——穷理——的哲学。这是科学的哲学，可算是工程师的哲学。我们老祖宗有这样的好思想、哲学，为什么不能作到科学工业的文化呢？简单一句话，我们不幸得很，二千五百年以前的时候，已经走上了自然主义的哲学一条路了。像《老子》《庄子》，以及更后的《淮南子》，都是代表自然主义思想的。这种自然主义的哲学发达的太早，而自然科学与工业发达的太迟：这是中国思想史的大缺点。

刚才讲的，人是用智慧制造器具的动物。这样，人就要天天同自然界接触，天天动手动脚的，抓住实物，把实物来

玩，或者打碎它，煮它，烧它。玩来玩去，就可以发现新的东西，走上科学工业的一条路。比方"豆腐"，就是把豆子磨细，用其他的东西来点，来试验；一次，二次，……经过许多次的试验，结果点成浆，做成功豆腐；做成功豆腐还不够，还要做豆腐干，豆腐乳。豆腐的做成，很显然的，是与自然界接触，动手、动脚，多方试验的结果，不是对自然界看看，想想，或作一首诗恭维自然界就行了的。

顶好一个例子，是格物哲学到了明朝的一个故事。明朝有一位大哲学家王阳明，他说，"照程子、朱子的说法，要做圣人，要'即物而穷其理'。'即物穷理'，你们没有试验过，我王阳明试验过了。"有一天，他同一位姓钱的朋友研究格物，并由钱先生动手格竹子，拿一个凳子坐在竹子旁边望，望了三天三夜，格不出来，病了。王阳明说："你不够做圣人，我来格。"也端把椅子对着竹子望；望了一天一夜，两天两夜，……到了七天七夜，王阳明也格不出来，病了。于是王阳明说："我们不配作圣人，不能格物。"从这个故事，可以看出传统的不动手动脚，拿天然实物来玩的习惯。今天工学院植物系的学生格竹子，是要把竹子劈开，用显微镜来细细的看，再加上颜色的水，作各种的试验，然后就可以判定竹子在工业上的地位。为什么王阳明格不出来，今天的工程师可以格出来？因王阳明没有动手动脚作器具的习惯，今天的工程师有动手动脚作器具的习惯。荀子"制天命而用之"的哲学，终敌不过老子，庄子"错（措）人而思天"的哲学。故程、朱的格物穷理的思想，终不能应用到自然界的实物上去，至多只能在"读书"上（文史的研究上）发生了一点功效。

今天送给各位工程师哲学的人生观，又约略讲一讲我们老祖宗为什么失败；为什么有了这样好的征服天然的理想，穷

理致知的哲学，而没有造成功科学文化，工业文化。我们可以了解我们老祖宗让西方人赶上去了。同时，从西方人后来实现了我们老祖宗的理想，我们亦就可以知道，只要振作，是可以迎头赶上的。我们只要二十年、三十年的努力，就可以同世界上科学工业发达的国家站在一样的地位。

二十年前，中国科学社要我作一个社歌，后来请赵元任先生作了乐谱。今天我把这个东西送给各位工程师。这个社歌，一共三段十二句。

我们不崇拜自然。他是一个刁钻古怪；

我们要捶他，煮他，要叫他听我们的指派。

我们要他给我们推车；我们要他给我们送信。

我们要揭穿他的秘密，好叫他服事我们人。

我们唱天行有常，我们唱致知穷理。

明知道真理无穷，进一寸有一寸的欢喜。

行为道德种种

杜威论人生的行为道德，也极力反对从前哲学家所固执的种种无谓的区别。

一、主内和主外的区别。主内的偏重行为的动机，偏重人的品性。主外的偏重行为的效果，偏重人的动作。其实这都是一偏之见。动机也不是完全在内的，因为动机都是针对一种外面的境地起来的。品性也不是完全在内的，因为品性往往都是行为的结果；行为成了习惯，便是品行。主外的也不对。行为的结果也不是完全在外的，因为有意识的行为都有一种目的，目的就是先已见到的效果。若没有存心，行为的善恶都不成道德的问题，譬如我无心中掉了十块钱，有人拾去，救了他一命。

结果虽好，算不得是道德。至于行为动作有外有内，更显而易见了。杜威论道德，不认古人所定的这些区别。他说，平常的行为，本没有道德和不道德的区别。

遇着疑难的境地，可以这样做，也可以那样做；但是这样做便有这等效果，那样做又有那种结果，究竟还是这样做呢？还该那样做呢？到了这个选择去取的时候，方才有一个道德的境地，方才有道德和不道德的问题。这种行为，自始至终，只是一件贯串的活动，没有什么内外的区别。最初估量抉择的时候，虽是有些迟疑。究竟疑虑也是活动，决定之后，去彼取此，决心做去，那更是很明显的活动了。这种行为和平常的行为并无根本的区别。这里面主持的思想，即是平常猜谜演算术的思想，并没有一个特别的良知。这里面所用的参考资

料和应用工具，也即是经验和观念之类，并无特别神秘的性质。总而言之，杜威论道德，根本上不承认主内和主外的分别，知也是外，行也是内；动机也是活动，疑虑也是活动，做出来的结果也是活动。

若把行为的一部分认作"内"，一部分认作"外"，那就是把一件整个的活动分作两截，那就是养成知行不一致的习惯，必致于向活动之外另寻道德的教育。活动之外的道德教育，如我们中国的读经修身之类，决不能有良好的效果的。

二、责任心和兴趣的分别。西洋论道德的，还有一个很严的区别，就是责任心和兴趣的区别。偏重责任心的人，说，你"应该"如此做。不管你是否愿意，你总得如此做。中国的董仲舒和德国的康德都是这一类。还有一班人偏重兴趣一方面，说，我高兴这样做，我爱这样做。孔子说的"知之者不如好之者，好之者不如乐之者"，便是这个意思。有许多哲学家把兴趣看错了，以为兴趣即是自私自利的表示，若跟着兴趣做去，必致于偏向自私自利的行为。这派哲学家因此便把兴趣和责任心看作两件绝对相反的东西。所以学校中的道德教育只是要学生脑子里记得许多"应该"做的事，或是用种种外面的奖赏刑罚之类，去监督学生的行为。

这种方法，杜威极不赞成。杜威以为责任和兴趣并不是反对的。兴趣并不是自私自利，不过是把我自己和所作的事看作一件事；换句话说，兴趣即是把所做的事认作我自己的活动的一部分。譬如一个医生，当鼠疫盛行的时候，他不顾传染的危险，亲自天天到疫区去医病救人。我们一定说他很有责任心。其实他只不过觉得这种事业是他自己的活动的一部分，所以冒险做去。他若没有这种兴趣，若不能在这种冒险救人的事业里面寻出兴趣，那就随书上怎么把责任心说得天花乱

坠，他决不肯去做。如此看来，真正责任心只是一种兴趣。杜威说，"责任"（Duty）古义本是"职务"（Offfice），只是"执事者各司其事"。兴趣即是把所要做的事认作自己的事。仔细看来，兴趣不但和责任心没有冲突，并且可以补助责任心。没有兴趣的责任，如囚犯作苦工，决不能真有责任心。况且责任是死的，兴趣是活的。兴趣的发生，即是新能力发生的表示，即是新活动的起点。即如上文所说的医生，他初行医的时候，他的责任只在替人医病，并不会想到鼠疫的事。后来鼠疫发生了，他若是觉得他的兴趣只在平常的医病，他决不会去冒险做疫区救济的事。他所以肯冒传染的危险，正为他此时发生一种新兴趣，把疫区的治疗认作他的事业的一部分，故疫区的危险都不怕了。学校中的德育也是如此。学生对于所做的功课毫无兴趣，怪不得要出去打牌吃酒去了。若是学校的生活能使学生天天发生新兴趣，他自然不想做不道德的事了。这才是真正的道德教育。社会上的道德教育，也是如此。商店的伙计，工厂的工人，一天做十五六点钟的苦工，做的头昏脑闷，毫无兴趣，他们自然要想出去干点不正当的娱乐。圣人的教训，宗教的戒律，到此全归无用。所以现在西洋的新实业家，一方面减少工作的时间，增加工作的报酬，一方面在工厂里或公司里设立种种正当的游戏，使做工的人都觉得所做的事是有趣味的事。有了这种兴趣，不但做事更肯尽职，并且不要去寻那不正当的娱乐了。所以真正的道德教育在于使人对于正当的生活发生兴趣，在于养成对于所做的事发生兴趣的习惯。

信心与反省

这一期（《独立》一〇三期）里有寿生先生的一篇文章，题为《我们要有信心》。在这文里，他提出一个大问题：中华民族真不行吗？他自己的答案是：我们是还有生存权的。

我很高兴我们的青年在这种恶劣空气里还能保持他们对于国家民族前途的绝大信心。这种信心是一个民族生存的基础，我们当然是完全同情的。

可是我们要补充一点：这种信心本身要建筑在稳固的基础之上，不可站在散沙之上，如果信仰的根据不稳固，一朝根基动摇了，信仰也就完了。

寿生先生不赞成那些旧人"拿什么五千年的古国哟，精神文明哟，地大物博哟，来遮丑"。这是不错的。然而他自己提出的民族信心的根据，依我看来，文字上虽然和他们不同，实质上还是和他们同样的站在散沙之上，同样的挡不住风吹雨打。例如他说：

我们今日之改进不如日本之速者，就是因为我们的固有文化太丰富了。富于创造性的人，个性必强，接受性就较缓。

这种思想在实质上和那五千年古国精神文明的迷梦是同样的无稽的夸大。

第一，他的原则"富于创造性的人，个性必强，接受性就较缓"，这个大前提就是完全无稽之谈，就是懒惰的中国士大夫捏造出来替自己遮丑的胡说。事实上恰是相反的：凡富于创造性的人必敏于模仿，凡不善模仿的人决不能创造。创造是一个最误人的名词，其实创造只是模仿到十足时的一点点新

花样。古人说的最好："太阳之下，没有新的东西。"一切所谓创造都从模仿出来。我们不要被新名词骗了。新名词的模仿就是旧名词的"学"字，"学之为言效也"是一句不磨的老话。例如学琴，必须先模仿琴师弹琴；学画必须先模仿画师作画；就是画自然界的景物，也是模仿。模仿熟了，就是学会了，工具用的熟了，方法练的细密了，有天才的人自然会"熟能生巧"，这一点功夫到时的奇巧新花样就叫作创造。凡不肯模仿，就是不肯学人的长处。不肯学如何能创造？伽利略（Galileo）听说荷兰有个磨镜匠人做成了一座望远镜，他就依他听说的造法，自己制造了一座望远镜。这就是模仿，也就是创造。

从十七世纪初年到如今，望远镜和显微镜都年年有进步，可是这三百年的进步，步步是模仿，也步步是创造。一切进步都是如此：没有一件创造不是先从模仿下手的。孔子说的好：三人行，必有我师焉；择其善者而从之，其不善者而改之。

这就是一个圣人的模仿。懒人不肯模仿，所以决不会创造。一个民族也和个人一样，最肯学人的时代就是那个民族最伟大的时代；等到他不肯学人的时候，他的盛世已过去了，他已走上衰老僵化的时期了，我们中国民族最伟大的时代，正是我们最肯模仿四邻的时代：从汉到唐、宋，一切建筑、绘画、雕刻、音乐、宗教、思想、算学、天文、工艺，那一件里没有模仿外国的重要成分？佛教和他带来的美术建筑，不用说了。从汉朝到今日，我们的历法改革，无一次不是采用外国的新法；最近三百年的历法是完全学西洋的，更不用了。……

第二，我们不可轻视日本人的模仿。寿生先生也犯了一般人轻视日本的恶习惯，抹杀日本人善于模仿的绝大长处。日

现代名家经典文库

本的成功，正可以证明我在上文说的"一切创造都从模仿出来"的原则。寿生说：

从唐以至日本明治维新，千数百年间，日本有一件事足为中国取镜者吗？中国的学术思想在她手里去发展改进过吗？我们实无法说有。

这又是无稽的诬告了。三百年前，朱舜水到日本，他居留久了，能了解那个岛国民族的优点，所以他写信给中国的朋友说，日本的政治虽不能上比唐虞，可以说比得上三代盛世。这是一个中国大学者在长期寄居之后下的考语，是值得我们的注意的。日本民族的长处全在他们肯一心一意的学别人的好处。他们学了中国的无数好处，但始终不曾学我们的小脚、八股文、鸦片烟。这不够"为中国取镜"吗？他们学别国的文化，无论在那一方面，凡是学到家的，都能有创造的贡献。这是必然的道理。浅见的人都说日本的山水人物画是模仿中国的；其实日本画自有他的特点，在人物方面的成绩远胜过中国画，在山水方面也没有走上四王的笨路。在文学方面，他们也有很大的创造。近年已有人赏识日本的小诗了。我且举一个大家不甚留意的例子。文学史家往往说日本的《源氏物语》等作品是模仿中国唐人的小说《游仙窟》等书的。现今《游仙窟》已从日本翻印回中国来了，《源氏物语》也有了英国人卫来先生（Arthur waley）的五巨册的译本。我们若比较这两部书，就不能不惊叹日本人创造力的伟大。如果"源氏"真是从模仿《游仙窟》出来的，那真是徒弟胜过师傅千万倍了！寿生先生原文里批评日本的工商业，也是中了成见的毒。日本今日工商业的长脚发展，虽然也受了生活程度比人低和货币低落的恩惠，但他的根基实在是全靠科学与工商业的进步。今日大阪与兰肯歇的竞争，骨子里还是新式工业与旧式工

业的竞争。日本今日自造的纺织器是世界各国公认为最新最良的。今日英国纺织业也不能不购买日本的新机器了。这是从模仿到创造的最好的例子。不然，我们工人的工资比日本更低，货币平常也比日本钱更贱，为什么我们不能"与他国资本家抢商场"呢？我们到了今日，若还要抹煞事实，笑人模仿，而自居于"富于创造性者"的不屑模仿，那真是盲目的夸大狂了。

第三，再看看"我们的固有文化"是不是真的"太丰富了"。寿生和其他夸大本国固有文化的人们，如果真肯平心想想，必然也会明白这句话也是无根的乱谈。这个问题太大，不是这篇短文里所能详细讨论的，我只能指出几个比较重要之点。使人明白我们的固有文化实在是很贫乏的，谈不到"太丰富"的梦话。近代的科学文化、工业文化，我们可以撇开不谈，因为在那些方面，我们的贫乏未免太丢人了。

我们且谈谈老远的过去时代罢。我们的周秦时代当然可以和希腊罗马相提并论，然而我们如果平心研究希腊、罗马的文学、雕刻、科学、政治，单是这四项就不能不使我们感觉我们的文化的贫乏了。尤其是造形美术与算学的两方面，我们真不能不低头愧汗。我们试想想，《几何原本》的作者欧几里得正和孟子先后同时；在那么早的时代，在两千多年前，我们在科学上早已大落后了（少年爱国的人何不试拿《墨子经上篇》里的三五条几何学界说来比较《几何原本》）！从此以后，我们所有的，欧洲也都有；我们所没有的，人家所独有的，人家都比我们强。试举一个例子：欧洲有三个一千年的大学，有许多个五百年以上的大学，至今继续存在，继续发展，我们有没有？至于我们所独有的宝贝，骈文、律诗、八股、小脚、太监、姨太太、五世同居的大家庭、贞节牌坊、

地狱活现的监狱、廷杖、板子夹棍的法庭，……虽然"丰富"，虽然"在这世界无不足以单独成一系统"，究竟都是使我们抬不起头来的文物制度。即如寿生先生指出的"那更光辉万丈"的宋明理学，说起来也真正可怜！讲了七八百年的理学，没有一个理学圣起来指出裹小脚是不人道的野蛮行为，只见大家崇信"饿死事极小，失节事极大"的吃人礼教：请问那万丈光辉究竟照耀到那里去了？

以上说的，都只是略略指出寿生先生代表的民族信心是建筑在散沙上面，经不起风吹草动，就会倒塌下来的。信心是我们需要的，但无根据的信心是没有力量的。

可靠的民族信心，必须建筑在一个坚固的基础之上，祖宗的光荣自是祖宗之光荣，不能救我们的痛苦羞辱。何况祖宗所建的基业不全是光荣呢？我们要指出：我们的民族信心必须站在"反省"的唯一基础之上。反省就是要闭门思过，要诚心诚意的想，我们祖宗的罪孽深重，我们自己的罪孽深重；要认清了罪孽所在，然后我们可以用全副精力去消灾灭罪。寿生先生引了一句"中国不亡是无天理"的悲叹词句，他也许不知道这句伤心的话是我十三四年前在中央公园后面柏树下对孙伏园先生说的，第二天被他记在《晨报》上，就流传至今。我说出那句话的目的，不是要人消极，是要人反省；不是要人灰心，是要人起信心，发下大弘誓来忏悔；来替祖宗忏悔，替我们自己忏悔；要发愿造新因来替代旧日种下的恶因。

今日的大患在于全国人不知耻。所以不知耻者，只是因为不曾反省。一个国家兵力不如人，被人打败了，被人抢夺了一大块土地去，这不算是最大的耻辱。一个国家在今日还容许整个的省份遍种鸦片烟，一个政府在今日还要依靠鸦片烟的税收——公卖税、吸户税、烟苗税、过境税——来做政府的收入

的一部分，这是最大的耻辱。一个现代民族在今日还容许他们的最高官吏公然提倡什么"时轮金刚法会""息灾利民法会"，这是最大的耻辱。一个国家有五千年的历史，而没有一个四十年的大学，甚至于没有一个真正完备的大学，这是最大的耻辱。一个国家能养三百万不能捍卫国家的兵，而至今不肯计划任何区域的国民义务教育，这是最大的耻辱。

真诚的反省自然发生真诚的愧耻。孟子说的好："不耻不若人，何若人有？"真诚的愧耻自然引起向上的努力，要发弘愿努力学人家的好处，铲除自家的罪恶。

经过这种反省与忏悔之后，然后可以起新的信心：要信仰我们自己正是拨乱反正的人，这个担子必须我们自己来挑起。三四十年的天足运动已经差不多完全铲除了小脚的风气：从前大脚的女人要装小脚，现在小脚的女人要装大脚了。风气转移的这样快，这不够坚定我们的自信心吗？

历史的反省自然使我们明瞭今日的失败都因为过去的不努力，同时也可以使我们格外明瞭"种瓜得瓜，种豆得豆"的因果铁律。铲除过去的罪孽只是割断已往种下的果。我们要收新果，必须努力造新因。祖宗生在过去的时代，他们没有我们今日的新工具，也居然能给我们留下了不少的遗产。我们今日有了祖宗不曾梦见的种种新工具，当然应该有比祖宗高明千百倍的成绩，才对得起这个新鲜的世界。日本一个小岛国，那么贫瘠的土地，那么少的人民，只因为伊藤博文、大久保利通、西乡隆盛等几十个人的努力，只因为他们肯拼命的学人家，肯拼命的用这个世界的新工具，居然在半个世纪之内一跃而为世界三五大强国之一。这不够鼓舞我们的信心吗？

反省的结果应该使我们明白那五千年的精神文明。那"光辉万丈"的宋明理学，那并不太丰富的固有文化，都是无

济于事的银样蜡枪头。我们的前途在我们自己的手里。我们的信心应该望在我们的将来。我们的将来全靠我们下什么种，出多少力。"播了种一定会有收获，用了力决不至于白费"，这是翁文灏先生要我们有的信心。

（本文原载《胡适文存》第4集第4卷）

我的儿子

一 汪长禄先生来信

昨天上午我同太虚和尚访问先生，谈起许多佛教历史和宗派的话，耽搁了一点多钟的工夫，几乎超过先生平日见客时间的规则五倍以上，实在抱歉的很。后来我和太虚匆匆出门，各自分途去了。晚边回寓，我在桌子上偶然翻到最近《每周评论》的文艺那一栏，上面题目是《我的儿子》四个字，下面署了一个"适"字，大约是先生做的。这种议论我从前在《新潮》《新青年》各报上面已经领教多次，不过昨日因为见了先生，加上"叔度汪汪"的印象，应该格外注意一番。我就不免有些意见，提起笔来写成一封白话信，送给先生，还求指教指教。

大作说，"树本无心结子，我也无恩于你。"这和孔融所说的"父之于子当有何亲……""子之于母亦复奚为……"差不多同一样的口气。我且不去管他。下文说的，"但是你既来了，我不能不养你教你，那是我对人道的义务，并不是待你的恩谊。"这就是做父母一方面的说法。换一方面说，做儿子的也可模仿同样口气说道："但是我既来了，你不能不养我教我，那是你对人道的义务，并不是待我的恩谊。"那么两方面凑泊起来，简直是亲子的关系，一方面变成了跛形的义务者，他一方面变成了跛形的权利者，实在未免太不平等了。平心而论，旧时代的见解，好端端生在社会一个人，前途何等遥远，责任何等重大，为父母的单希望他做他俩

的儿子，固然不对。但是照先生的主张，竟把一般做儿子的抬举起来，看做一个"白吃不回账"的主顾，那又未免太"矫枉过正"罢。

现在我且丢却亲子的关系不谈，先设一个譬喻来说。假如有位朋友留我在他家里住上若干年，并且供给我的衣食，后来又帮助我的学费，一直到我能够独立生活，他才放手。虽然这位朋友发了一个大愿，立心做个大施主，并不希望我些许报答，难道我自问良心能够就是这么拱拱手同他离开便算了吗？我以为亲子的关系，无论怎样改革，总比朋友较深一层。就是同朋友一样平等看待，果然有个鲍叔再世，把我看做管仲一般，也不能够说"不是待我的恩谊"罢。

大作结尾说道："我要你做一个堂堂的人，不要你做我的孝顺儿子。"这话我倒并不十分反对。但是我以为应该加上一个字，可以这么说："我要你做一个堂堂的人，不单要你做我的孝顺儿子。"为甚么要加上这一个字呢？因为儿子孝顺父母，也是做人的一种信条，和那"悌弟""信友""爱群"等等是同样重要的。旧时代学说把一切善行都归纳在"孝"字里面，诚然流弊百出。但一定要把"孝"字"驱逐出境"，划在做人事业范围以外，好像人做了孝子，便不能够做一个堂堂的人。

换一句话，就是人若要做一个堂堂的人，便非打定主意做一个不孝之子不可。总而言之，先生把"孝"字看得与做人的信条立在相反的地位。我以为"孝"字虽然没有"万能"的本领，但总还够得上和那做人的信条凑在一起，何必如此"雷厉风行"硬要把他"驱逐出境"呢？

前月我在一个地方谈起北京的新思潮，便联想到先生个人身上。有一位是先生的贵同乡，当时插嘴说道："现在一般

人都把胡适之看做洪水猛兽一样，其实适之这个人旧道德并不坏。"说罢，并且引起事实为证。我自然是很相信的。照这位贵同乡的说话推测起来，先生平日对于父母当然不肯做那"孝"字反面的行为，是决无疑义了。我怕的是一般根底浅薄的青年，动辄抄袭名人一两句话，敢于扯起幌子，便"肆无忌惮"起来。打个比方，有人昨天看见《每周评论》上先生的大作，也便可以说道："胡先生教我做一个堂堂的人，万不可做父母的孝顺儿子。"久而久之，社会上布满了这种议论，那么任凭父母老病冻饿以至于死，却可以不去管他了。我也知道先生的本意无非看见旧式家庭过于"束缚驰骤"，急急地要替他调换空气，不知不觉言之太过，那也难怪。从前朱晦庵说得好，"教学者如扶醉人"，现在的中国人真算是大多数醉倒了。先生可怜他们，当下告奋勇，使一股大劲，把他从东边扶起。我怕是用力太猛，保不住又要跌向西边去。那不是和没有扶起一样吗？万一不幸，连性命都要送掉，那又向谁叫冤呢？

我很盼望先生有空闲的时候，再把那"我的父母"四个字做个题目，细细的想一番。把做儿子的对于父母应该怎样报答的话（我以为一方面做父母的儿子，同时在他方面仍不妨做社会上一个人），也得咏叹几句，"恰如分际""彼此兼顾"，那才免得发生许多流弊。

二　我答汪先生的信

前天同太虚和尚谈论，我得益不少。别后又承先生给我这封很诚恳的信，感谢之至。

"父母于子无恩"的话，从王充、孔融以来，也很久了。从前有人说我曾提倡这话，我实在不能承认。直到今年我

自己生了一个儿子，我才想到这个问题上去。

　　我想这个孩子自己并不曾自由主张要生在我家，我们做父母的不曾得他的同意，就糊里糊涂的给了他一条生命。况且我们也并不曾有意送给他这条生命。我们既无意，如何能居功？如何能自以为有恩于他？他既无意求生，我们生了他，我们对他只有抱歉，更不能"市恩"了。我们糊里糊涂的替社会上添了一个人，这个人将来一生的苦乐祸福，这个人将来在社会上的功罪，我们应该负一部分的责任。说得偏激一点，我们生一个儿子，就好比替他种下了祸根，又替社会种下了祸根。他也许养成坏习惯，做一个短命浪子；他也许更堕落下去，做一个军阀派的走狗。所以我们"教他养他"，只是我们自己减轻罪过的法子，只是我们种下祸根之后自己补过弥缝的法子。这可以说是恩典吗？

　　我所说的，是从做父母的一方面设想的，是从我个人对于我自己的儿子设想的，所以我的题目是《我的儿子》。我的意思是要我这个儿子晓得我对他只有抱歉，决不居功，决不市恩。至于我的儿子将来怎样待我，那是他自己的事。我决不期望他报答我的恩，因为我已宣言无恩于他。

　　先生说我把一般做儿子的抬举起来，看做一个"白吃不还账"的主顾。这是先生误会我的地方。我的意思恰同这个相反。我想把一般做父母的抬高起来，叫他们不要把自己看做一种"放高利债"的债主。

　　先生又怪我把"孝"字驱逐出境。我要问先生，现在"孝子"两个字究竟还有什么意义？现在的人死了父母都称"孝子"。孝子就是居父母丧的儿子（古书称为"主人"），无论怎样忤逆不孝的人，一穿上麻衣，戴上高粱冠，拿着哭丧棒，人家就称他做"孝子"。

我的意思以为古人把一切做人的道理都包在孝字里，故战阵无勇，莅官不敬，等等，都是不孝。这种学说，先生也承认他流弊百出。所以我要我的儿子做一个堂堂的人，不要他做我的孝顺儿子。我的意想以为"一个堂堂的人"决不致于做打爹骂娘的事，决不致于对他的父母毫无感情。

　　但是我不赞成把"儿子孝顺父母"列为一种"信条"。易卜生的《群鬼》里有一段话很可研究（《新潮》第五号页八五一）：

　　（孟代牧师）你忘了没有，一个孩子应该爱敬他的父母？

　　（阿尔文夫人）我们不要讲得这样宽泛。应该说："欧士华应该爱敬阿尔文先生（欧士华之父）吗？"

　　这是说，"一个孩子应该爱敬他的父母"是耶教一种信条，但是有时未必适用。

　　即如阿尔文一生纵淫，死于花柳毒，还把遗毒传给他的儿子欧士华，后来欧士华毒发而死。请问欧士华应该孝顺阿尔文吗？若照中国古代的伦理观念自然不成问题。

　　但是在今日可不能不成问题了。假如我染着花柳毒，生下儿子又聋又瞎，终身残废，他应该爱敬我吗？又假如我把我的儿子应得的遗产都拿去赌输了，使他衣食不能完全，教育不能得着，他应该爱敬我吗？又假如我卖国卖主义，做了一国一世的大罪人，他应该爱敬我吗？

　　至于先生说的，恐怕有人扯起幌子，说，"胡先生教我做一个堂堂的人，万不可做父母的孝顺儿子。"这是他自己错了。我的诗是发表我生平第一次做老子的感想，我并不曾教训人家的儿子！

　　总之，我只说了我自己承认对儿子无恩，至于儿子将来对我作何感想，那是他自己的事，我不管了。

先生又要我做"我的父母"的诗。我对于这个题目，也曾有诗，载在《每周评论》第一期和《新潮》第二期里。

（本文原载1919年《每周评论》第34期）

慈幼的问题

我的一个朋友对我说过一句很深刻的话："你要看一个国家的文明，只消考察三件事：其一，看他们怎样待小孩子；其二，看他们怎样待女人；其三，看他们怎样利用闲暇的时间。" 这三点都很扼要，只可惜我们中国经不起这三层考察。这三点之中，无论哪一点都可以宣告我们这个国家是最野蛮的国家。我们怎样待孩子？我们怎样待女人？我们怎样用我们的闲暇工夫？——凡有夸大狂的人，凡是夸大我们的精神文明的人，都不可不想想这三件事。

其余两点，现今且不谈，我们来看看我们怎样待小孩子。

从生产说起。我们到今天还把生小孩看作最污秽的事，把产妇的血污看作最不净的秽物。血污一冲，神仙也会跌下云头！这大概是野蛮时代遗传下来的迷信。但这种迷信至今还使绝大多数的人民避忌产小孩的事，所以"接生"的事至今还在绝无知识的产婆的手里，手术不精，工具不备，消毒的方法全不讲究，救急的医药全不知道。顺利的生产有时还不免危险，稍有危难的征候便是有百死而无一生。

生下来了，小孩子的卫生又从来不讲究。小孩总是跟着母亲睡，哭时便用奶头塞住嘴，再哭时便摇他，再哭时便打他。饮食从没有分量，疾病从不知隔离。有病时只会拜神许愿，求仙方，叫魂，压邪。中国小孩的长大全是靠天，只是侥幸长大，全不是人事之功。

小孩出痘出花，都没有科学的防卫。供一个"麻姑娘娘"，供一个"花姑娘娘"，避避风，忌忌口；小孩子若安全

过去了，烧香谢神；小孩若遇了危险，这便是"命中注定"！

普通人家的男孩子固然没有受良好教育的机会，女孩子便更痛苦了。女孩子到了四五岁，母亲便把她的脚裹扎起来，小孩疼的号哭叫喊，母亲也是眼泪直滴。但这是为女儿的终身打算，不可避免的，所以母亲噙着眼泪，忍着心肠，紧紧地扎缚，密密地缝起，总要使骨头扎断。血肉干枯，变成三四寸的小脚，然后父母才算尽了责任，女儿才算有了做女人的资格！

孩子到了六七岁以上，女孩子固然不用进学堂去受教育，男孩子受的教育也只是十分野蛮的教育。女孩在家里裹小脚，男孩在学堂念死书。怎么"念死书"呢？他们的文字都是死人的文字，字字句句都要翻译才能懂，有时候翻译出来还不能懂。

例如《三字经》上的"苟不教"，我们小孩子念起来只当是"狗不叫"，先生却说是"倘使不教训"。又如《千字文》上的"天地玄黄，宇宙洪荒"，我从五岁时读起，现在做了十年大学教授，还不懂得这八个字究竟说的是什么话！所以叫做"念死书"。

因为念的是死书，所以要下死劲去念。我们做小孩子时候，天刚亮，便进学堂去"上早学"，空着肚子，鼓起喉咙，念三四个钟头才回去吃早饭。从天亮直到天黑，才得回家。晚上还要"念夜书"。这种生活实在太苦了，所以许多小孩子都要逃学。逃学的学生，捉回来之后，要受很严厉的责罚，轻的打手心，重的打屁股。有许多小孩子身体不好的，往往有被学堂磨折死的，也有得神经病终身的。

这是我们怎样待小孩子！

我们深深感谢××主义者，把我们从这种黑暗的迷梦里

惊醒起来。我们焚香顶礼感谢×××的传教士带来了一点点西方新文明和新人道主义，叫我们知道我们这样待小孩子是残忍的，惨酷的，不人道的，野蛮的。我们十分感谢这班所谓"文化侵略者"提倡"天足会""不缠足会"，开设新学堂，开设医院，开设妇婴医院。

我们用现在的眼光来看他们的工作，他们的学堂不算好学堂，他们的医院也不算好医院。但是他们是中国新教育的先锋，他们是中国"慈幼运动"的开拓者，他们当年的缺陷，是我们应该原谅宽恕的。

几十年来，中国小孩子比较的减少了一点痛苦，增加了一点乐趣。但"慈幼"的运动还只在刚开始的时期，前途的工作正多，前途的希望也正大。我们在这个时候，一方面固然要宣传慈幼运动的重要，一方面也应该细细计划慈幼事业的问题和他们的下手方法。中华慈幼协济会的主持人已请了许多专家分任各种问题的专门研究，我今天也想指出慈幼事业的几个根本问题，供留心这事的人的参考。

我以为慈幼事业在今日有这些问题：

一、产科医院和"巡行产科护士"（Visiting nurses）的提倡。产科医院的设立应该作为每县每市的建设事业的最紧急部分，这是毫无可疑的。但欧美的经验使我们知道××社会的妇女对于医院往往不肯信任，她们总不肯相信医院是为她们贫人设的，她们对于产科医院尤其怀疑畏缩。所以有"巡行护士"的法子，每一区区域内有若干护士到人家去访问视察，得到孕妇的好感，解释她们的怀疑，帮助她们解除困难，指点她们讲究卫生。这是慈幼事业的根本要着。

二、儿童卫生固然重要，但儿童卫生只是公共卫生的一个部分。提倡公共卫生即是增进儿童卫生。公共卫生不完

备，在蚊子苍蝇成群的空气里，在臭水沟和垃圾堆的环境里，在浓痰满地病菌飞扬的空气里，而空谈慈幼运动，岂不是一个大笑话？

三、女子缠足的风气在内地还不曾完全消灭，这也是慈幼运动应该努力的一个方向。

四、慈幼运动的中心问题是养成有现代知识训练的母亲。母亲不能慈幼，或不知怎样慈幼，则一切慈幼运动都无是处。现在的女子教育似乎很忽略这一方面，故受过中等教育的女子往往不知道怎样养育孩子。上月西湖博览会的卫生馆有一间房子墙上陈列许多产科卫生的图画和传染病的图画。我看见一些女学生进来参观，她们见了这种图画往往掩面飞跑而过。这是很可惜的。女子教育的目的固然是要养成能独立的"人"，同时也不能不养成做妻做母的知识。从前昏谬的圣贤说，"未有学养子而后嫁者也"。现在我们正要个个女子先学养子，学教子，学怎样保卫儿童的卫生，然后谈恋爱，择伴侣。故慈幼运动应该注重：（甲）女学的扩充；（乙）女子教育的改善。

五、儿童的教育应该根据儿童生理和心理。这是慈幼运动的一个基本原则。向来的学堂完全违背儿童心理，只教儿童念死书，下死劲。近年的小学全用国语教课，减少课堂工作，增加游戏运动，固然是一大进步。但我知道各地至今还有许多小学校不肯用国语课本，或用国语课本而另加古文课本；甚至于强迫儿童在小学二三年级作文言文，这是明明违背民国十一年以来的新学制，并且根本不合儿童生理和心理。慈幼的意义是改善儿童的待遇，提高儿童的幸福。这种不合儿童生理和心理的学校，便是慈幼运动的大仇敌，因为他们的行为便是虐待儿童，增加学校生活的苦痛。他们所以敢于如此，只

因为社会上许多报纸和政府的一切法令公文都还是用死文字做的，一般父兄恐怕儿女不懂古文将来谋生困难，故一些学校便迎合这种父兄心理，加添文言课本，强迫作文言文。故慈幼运动者在这个时候一面应该调查各地小学课程，禁止小学校用文言课本或用文言作文，一面还应该为减少儿童痛苦起见，努力提倡国语运动，请"中央"及各地方政府把一切法令公文改成国语，使顽固的父兄教员无所藉口。这是慈幼运动在今日最应该做而又最容易做的事业。

（本文选自《胡适文存》第3集卷9）